좋은 이별

좋은 이별

김 형 경
애도심리
에 세 이

사람풍경

Prologue

이별은 변화와 성장의 기회

먼저, 《사람 풍경》과 《천 개의 공감》에 보여 준 독자 여러분의 꾸준한 관심에 감사드린다. 사석에서 만난 많은 분들이 책을 읽고 개인적인 삶에 변화를 맞았을 뿐 아니라 주변 사람들에게 꾸준히 책을 소개하고 있다고 말씀해 주셨다. 그분들이 자기도 모르게 내 손을 덥석 잡을 때 가슴으로 전해지던 뜨겁고 뭉클한 기운 덕분에 이번 책을 쓸 동기와 용기를 얻게 되었다.

상실과 애도를 책의 주제로 잡은 것은 그것이 정신분석적 심리치료의 핵심 개념이기 때문이다. 개인적 사회적 병리의 모든 원인은 사랑을 잃거나 소중한 대상을 상실한 후 그 감정을 제대로 처리하지 못한 데서 비롯된다. 그럼에도 우리에게는 이별할 때 취할 만한 방법들이 정립되어 있지 않다. 세상에 통용되는 몇 가지 지침들은 오히려 마음을 더 병들게 할 뿐이다. 이즈음 정신분석과 심리학은 공히 애도를 마음 치료의 핵심 개념으로 제안한다. 오래된 상실에서 비롯된 마음의 문제는 지금이라도 애도 작업을 충실히 이행함으로써 치료할 수 있다. 잃은 대상을 뒤늦게라도 마음에서 떠나보내는 일은 또한 개인적으로 변화, 성장하는 소중한 방법이기도 하다.

책은 네 장으로 구성되어 있다. 첫 번째 장은 애도라는 개념이 언제 탄생하여 어떻게 발전해 왔는가를 사례 중심으로, 개괄적으로 소개하고 있다. 이어지는 세 장에서는 애도 심리의 실제와 그에 따르는 실천법들이 소개된다. 두 번째 장은 소중한 대상을 잃은 후에도 열정이 여전히 상대를 향해 흘러가고 있는 상태, 세 번째 장은 상대로부터 열정을 회수해 왔으나 그것을 잘못 사용하는 단계, 네 번째 장은 열정을 비로소 치유와 변화를 위해 사용하는 단계 등으로 나뉜다. 이 구분은 서술과 이해의 편의를 돕기 위한 장치일 뿐 정신분석이나 심리학 이론과는 무관하다는 사실도 더불어 밝혀 둔다. 각 꼭지마다 제시된 실천 항목은 심리학의 행동치료 기법, 유대인의 애도 전통, 종교와 신화 속에 전해지는 인류의 지혜 등에서 빌려 왔다.

책을 쓰는 과정에서 주로 외국 소설가들의 작품에서 사례를 인용하고 있다는 사실을 알아차렸다. 두 가지 이유가 짐작되었다. 하나는 오래전에 세워 둔, 동업자의 작품을 평가하지 않는다는 원칙 때문인 듯했다. 다른 하나는 정신분석학이 널리 수용된 나라 소설에는 그 학문의 영향이 두드러지게 배어 있고, 정신분석 관점에서 작품이 분석된 사례도 풍부하기 때문에 그렇게 된 것 같았다. 제목으로 인용된 시는 대체로 국내 시인들의 것이다. 한 줄의 시구에 애도 감정을 놀랍도록 충실하게 압축해 낸 시인들의 통찰력에 존경과 감사의 마음을 전한다.

2001년 《사랑을 선택하는 특별한 기준》부터 2009년 《좋은 이별》까지 지난 몇 년간 쓴 작품들에는 정신분석과 심리학의 영향이 배어 있다. 한 가지 주제를 잡아 한 번은 소설로, 한 번은 에세이로 그것을 풀어내곤 했다. 인간 마음을 개괄적으로 이해하고 파고드는 길로 안내하는 책은 《사랑을 선택하는 특별한 기준》과 《사람 풍경》이다. 개인의 정체성 형성에 근간이 되는 성과 사랑, 관계 맺기의 문제를 다룬 책은 《성에》와 《천개의 공감》이다. 상실과 애도 문제만을 본격 주제로 삼은 책은 《꽃피는 고래》와 《좋은 이별》이다. 자기 작업에 대해 부끄러움도 없이 언급하는 이유는 무의식 차원에서 여전히 대상 A로부터 인정받고자 하는 욕망 때문인지도 모르겠다. 하지만 의식 차원에서는 《좋은 이별》을 마지막으로 내 삶의 특별했던 한 시기를 마무리 짓고자 하는 의도 때문이다. 잘 가라, 지난 삶이여, 한때 축복이었던 모든 것들이여.

2012년 4월

김형경

Contents

Chapter 1
사랑의 다른 이름, 좋은 이별

Chapter 2
돌아오지 못한 마음, 사랑은 그 자리에

Chapter 3
거두어 온 마음을 어디에 둘까

Chapter 4
이제 나는 행복을 노래하련다

Chapter 1

사랑의 다른 이름, 좋은 이별

우리에게 사랑의 담론은 주체할 수 없을 정도로 넘치는 데 비해
이별의 언어는 기이할 정도로 빈약하다. 심지어 이별은 나쁜 것, 숨겨야 하는 것,
피하고 싶은 추악한 것처럼 인식된다. 우리 마음의 모든 문제는
잘 이별하지 못하는 데서 생기고, 치유와 성장은 잘 이별하는 데서 비롯된다.
뒤늦게라도 잘 이별하면 마음이 건강해질 수 있다.

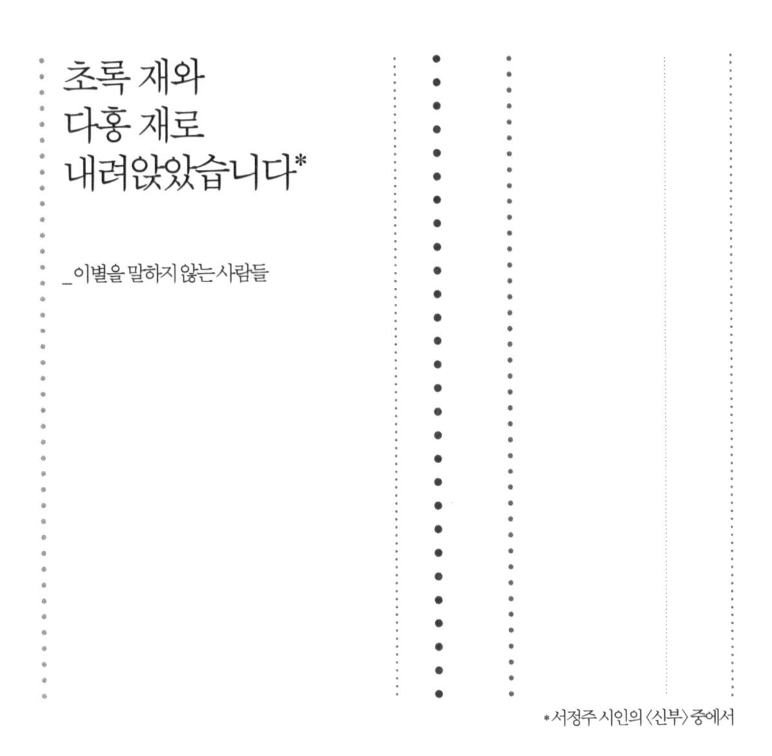

초록 재와 다홍 재로 내려앉았습니다*

_이별을 말하지 않는 사람들

*서정주 시인의 〈신부〉 중에서

어디서 들은 이야기인지 기억나지 않지만, 졸부들이 장식용으로 문학 전집이나 화집을 서른 권, 마흔 권씩 세트로 구입해서 꽂아 두는 일의 긍정적 기능을 말한 이가 있었다. 졸부인 할아버지는 장식용으로 전집들을 사 두었겠지만 성장하는 손자들은 그 책들을 펼쳐 보게 된다. 그렇게 하여 할아버지 세대에게는 문화적 허영이었던 것이 손자 세대쯤 이르면 그가 향유하거나 창작하는 문화가 된다는 내용이었다.

그 이야기를 들었을 때, 중학교 2학년 무렵 내 책상에 꽂혀 있었던 현대문학 전집이 떠올랐다. 어떤 경로로 그 책들을 소유하게 되었는지는 기억나지 않지만, 신구문화사에서 출간된 열 권인가 열두 권짜리 현대문학 전집이었다. 존 업다이크의《달려라 토끼》나 존 파울즈의《콜렉터》등이 있었던 걸 보면 진짜 현대문학이었다. 나는 그 책들을 마구잡이로 읽곤 했는데, 책 내용을 모두 이해했던 것은 아니다. 명료하게 알아듣지 못했기 때문에 계속 매혹적이었고, 되풀이해서 읽게 되었을 것이다. 바로 그 책들에 의해 내 미래가 결정되었던 게 아닐까 싶다.

카슨 매컬러스의《슬픈 카페의 노래》도 거기 있던 책들 중 하나였다. 여자 주인공 미스 아밀리아는 육 척 장신에 사팔뜨기이고 남자 이상으로 힘이 세다. 그녀는 아버지가 경영하던 사료 가게를 물려받아 운영하면서 마을의 의사 노릇도 하는데, 인색하고 야비하며 돈을 벌기 위해 수단 방법을 가리지 않는다. 그러던 그녀가 마을에 흘러 들어온 떠돌이 꼽추 라이먼을 사랑하게 되면서 관대하고 친절한 사람으로 변한다. 사람 사귀기를 좋아하는 라이먼을 위해 사료 가게를 카페로 만들고, 그곳에 항상 사람들이 흥청거리도록 하기 위해 자기가 가진 것을 내놓는다.

"사랑을 주는 사람이 해야 할 일이 딱 한 가지 있다. 그는 온 힘을 다해 사랑을 자기 내면에만 머무르게 해야 한다. 자기 속에 완전히 새로운 세상, 강렬하면서도 이상야릇하고, 그러면서도 완벽한 그런 세상을 만들어야 한다. […] 어떤 사랑이든지 그 가치나 질은 오로지 사랑하는 사람만이 결정할 수 있다."

저런 구절에 밑줄을 그으며 나는 그 책들에서 소설뿐 아니라 사랑도 배웠던 것 같다. 지금 보면 저 대목은 사랑의 상호 소통성보다는 자폐 성향이 더 많이 보이지만 그때는 그런 것이 사랑인 줄 알았다.

그 책에서 문학과 사랑뿐 아니라 이별도 배웠다는 사실을 알아차린 것은 더욱 나중의 일이었다. 미스 아밀리아가 그토록 사랑하는 라이먼은 그녀를 그저 편안하게 기생할 수 있는 숙주로 여길 뿐이다. 그는 아밀리아의 전남편, 감옥에서 가석방되어 마을에 들른 마빈 메이시를 보자마자 광적으로 사랑에 빠진다. 소설 마지막에 아밀리아와 마빈 메이시는 큰 싸움을 벌이는데 이때 라이먼은 메이시를 돕는다. 두 사람은 아밀리아를 때려눕히고 그녀가 가진 것을 모두 파괴한 다음 함께 도망친다.

> 미스 아밀리아는 머리카락이 제멋대로 자라도록 내버려 두었고 그것은 희끗희끗해져 갔다. 그녀의 얼굴은 수척해졌으며 단단했던 온몸의 근육들은 쪼그라들어 노처녀들이 히스테리 부릴 때처럼 날이 갈수록 여위어 갔다. 회색 눈은 나날이 조금씩 더 심하게 가운데로 모여 마치 슬픔과 고독의 눈빛을 나누기 위해 서로를 찾고 있는 것처럼 보였다. 게다가 지독하게 날카롭고 신랄한 말만 골라 아무렇게나 내뱉었기 때문에 사람들은 그녀의 말을 듣고 싶어 하지 않았다. […]
>
> 3년 동안 그녀는 매일 밤 현관 앞 계단에 앉아 조용히 앞쪽 길을

내다보며 꼽추를 기다렸다. 그러나 꼽추는 끝내 돌아오지 않았다. 마빈 메이시가 꼽추를 창문으로 올려 보내 도둑질을 시킨다거나 아니면 서커스단에 팔아먹었다는 소문이 들리긴 했다. 그러나 이 소문은 다 라이먼에게서 나온 것이었다. 미스 아밀리아가 목수 하나를 고용해서 집을 판자로 둘러쳐서 막게 한 것은 꼽추가 떠난 지 4년째 되던 해였다. 그 후로 그녀는 완전히 폐쇄된 그 집에서 나오지 않았다.

카페는 폐쇄되고 마을은 다시 황량한 분위기로 돌아갔다. 소설은 마지막에 마을 주변 들판에서 묵묵히 노역하는 열두 명의 죄수들을 묘사함으로써 미스 아밀리아가 갇힌 내면의 감옥을 보여 주고 끝난다. 그 이별 장면, 이별 후 여주인공의 태도, 죄수들의 노역 장면은 열세 살 내게 의외로 깊은 인상을 남겼던 것 같다.

《슬픈 카페의 노래》뿐 아니라 내가 공감한 시 속의 이별 장면들은 대체로 미스 아밀리아의 태도와 다르지 않았다. "나보기가 역겨워 가실 때에는 / 죽어도 아니 눈물 흘리오리다"나, "나는 나룻배 /당신은 행인 // […] 나는 당신을 기다리면서 날마다 날마다 낡아갑니다" 같은 시들이 그랬다. 가만히 앉아 몸과 마음이 삭아 가는 이별 방식의 가장 대표 격인 시는 서정주 시인의 〈신부〉였다.

신부는 초록 저고리 다홍치마로 겨우 귀밑머리만 풀리운 채 신랑하고 첫날밤을 아직 앉아 있었는데, 신랑이 그만 오줌이 급해져서 냉큼 일어나 달려가는 바람에 옷자락이 문돌쩌귀에 걸렸습니다. 그것을 신랑은 생각이 또 급해서 제 신부가 음탕해서 그새를 못 참아서 뒤에서 손으로 잡아당기는 거라고, 그렇게만 알고 뒤도 안 돌아보고 나가 버렸습니다. 문돌쩌귀에 걸린 옷자락이 찢어진 채로 오줌 누곤 못 쓰겠다며 달아나 버렸습니다.

그러고 나서 사십 년인가 오십 년이 지나간 뒤에 뜻밖에 딴 볼일이 생겨 이 신부네 집 옆을 지나가다가 그래도 잠시 궁금해서 신부 방의 문을 열고 들여다보니 신부는 귀밑머리만 풀린 첫날밤 모양 그대로 초록 저고리 다홍치마로 아직도 고스란히 앉아 있었습니다. 안쓰러운 생각이 들어 그 어깨를 가서 어루만지니 그때서야 매운재가 되어 폭삭 내려앉아 버렸습니다. 초록 재와 다홍 재로 내려앉아 버렸습니다.

스무 살 무렵 처음 읽었을 때 저 시는 이별의 슬픔을 가장 아름답게 표현한 시라고 생각되었다. 초록 재와 다홍 재로 내려앉다니, 비록 그것이 은유라 해도 상실의 막막함과 함께 삭아 내리는 시간이 재처럼 살갗으로 스미는 듯했다.

저 시들을 아무 의문 없이 받아들이던 시기에, 막상 현실의 삶에서 이별을 만나면 나는 저 시나 소설의 주인공들처럼 행동했다. 한자리에 가만히 앉아 있거나 문을 닫아걸고 세상으로부터 스스로를 유폐시켰다. 물론 마음으로 그랬다는 뜻이다. 한자리에 가만히 앉아, 모든 감정을 조용히 내려놓은 채, 날마다 낡아 가는 것. 그것 말고는 어떻게 해야 하는지 알지 못했다. 이별 이후에 어떻게든 취할 만한 방법이 있는 줄을 몰랐고, 아니 무슨 방법이 있을 거라는 상상조차 하지 못했다.

그렇게 가만히 앉아 있으면 저절로 몸이 일으켜질 때까지 걸리는 시간이 평균 3년쯤 되는 것 같았다. 사랑의 대상, 시간, 계절 등의 변수와 무관하게 이별의 후유증이 늘 3년쯤 지속되었다. 떠난 사람에 대한 그리움이 3년 갔던 게 아니라 마음이 무겁고 기분이 우울하고 어떠한 일에도 흥미가 느껴지지 않는 기간이 그만큼 되었다. 그 기간에는 어떤 이성도 눈에 들어오지 않았고 어떤 연애사에도 관심이 없었다.

내가 이별에 서투르다고 생각했기 때문에 다른 이들은 어떻게 이별하는지 유심히 보기도 했다. 사랑이 끝났을 때 어떤 이들은 순식간에 폭력적으로 변하면서 상대방에게 가학적인 언행을 했다. 어떤 이들은 상대방을 부여잡고 거듭거듭 매달리고, 어떤 이들은 잘 가라면서 쿨하게 돌아서서 재빨리 다른 연인을 만났다. 이별 후 아주 먼 곳으로 떠나거나 죄의식 속에서 자기 파괴적으로 행동하는 사람도 있었다. 나만이 아니라 다른 사람들도 이별에 서툴고 헤어진 후 어떻게 해야 하는지 잘 모르는 것 같았다.

물론 세상에 통용되는 몇 가지 이별의 지침들이 있기는 했다. 떠난 사람은 깨끗이 잊는 게 낫다. 바쁘게 지내다 보면 곧 괜찮아질 것이다. 이런 때일수록 어깨를 펴고 당당하게 지내야 한다. 슬픔이나 고통은 혼자 조용히 처리해야 성숙한 사람이다. 그런 지침들은 그러나 마음의 고통을 덜어 주지는 못하는 것 같았다. 아니,

아픔이 더 오래 지속되게 만드는 효과가 있는 것 같았다.

그것은 좀 이상한 느낌이었다. 우리는 이별하는 방법을 모를 뿐 아니라 이별에 대해 언급조차 하지 않으려 했다. 서점에 가면 사랑에 관한 책은 읽기도 숨찰 만큼 많은데 이별에 대한 책은 찾아내기조차 힘들었다. 이별도 사랑만큼 오래된 일이고 삶의 중요한 요소일 텐데 어떻게 그럴 수 있을까 싶었다.

내 마음은 고통으로 칠흑처럼 어두워졌다. 사방을 둘러봐도 보이는 것은 죽음뿐이었다. 내 고향은 나에게 고통이 되었으며 아버지의 집은 특별히 불행한 장소가 되었다. 친구와 함께했던 모든 것들이 그가 떠난 후 끝없는 고통이 될 뿐이었다. 나는 사랑을 두루 살펴 친구를 찾았지만 그는 어디에도 없었다. 나 자신이 알 수 없는 하나의 큰 수수께끼였다. […]

내 안에 뭔지 모를 상반되는 종류의 이상한 기운이 번져 갔다. 삶에 대한 회의와 죽음에 대한 공포가 나란히 함께했다. 죽음이 친구에게 했던 것처럼 모든 사람들을 순식간에 집어삼키고 말 것 같았다. 친구의 반쪽이라고 믿었던 내가 그가 죽은 후에도 살아 있다는 사실은 더욱 이상했다. 나는 친구와 두 몸에 담긴 하나의 혼처럼 느꼈기 때문에, 남은 반쪽으로 살아야 할 일이 소름 끼쳤다. 반쪽인 나마저 죽는다면 내가 그토록 사랑했던 그가 완전히 죽게 될까 봐 죽는 것조차 두려웠다.

아우구스티누스가 쓴《회상록》의 한 대목이다. 아우구스티누스 황제 시절에도 이미 이별이 있었고 이별의 고통이 있었지만, 이별과 그에 따른 감정 문제가 처음 논의된 것은 20세기에 이르러서였다. 1917년 프로이트는 1차 세계대전에서 전사한 장병의 유족이나 미망인이 특별한 감정 상태에 처한다는 것을 알아차렸다. 그들을 면담한 경험을 토대로 그는《애도와 우울증》이라는 논문을 발표했다.

"슬픔은 보통 사랑하는 사람의 상실, 혹은 사랑하는 사람의 자리에 대신 들어선 어떤 추상적인 것, 즉 조국, 자유, 이상 등의 상실에 대한 반응이다. 그런데 어떤 사람들의 경우에는 똑같은 종류의 상실이 슬픔을 유발하는 것이 아니라 우울증을 유발한다."

프로이트는 슬픔을 정상적 애도 반응, 우울증을 비정상적인 애도 반응으로 구분했다. 그가 제시하는 비정상적인 애도 반응에는 '고통스러울 정도의 낙심, 외부 세계에 대한 관심 중단, 사랑할 수 있는 능력 상실, 모든 행동의 억제, 그리고 자기를 비난하면서 급기야는 누가 자신을 벌주었으면 하는 마음을 갖는 상태' 등이 있다. 프로이트의 이론은 다음 세대 학자들에 의해 수정되어 왔지만 그는 잘 이별하지 못하면 병이 된다는 사실을 최초로 제안했다는 사실만으로도 뜻깊은 성취를 이루었다(이 글에서 '슬픔'은 내면에 깃든 생각과 감정을 의미하고, '애도'는 슬픔의 감정을 외부로 표현하는 상태를 가리킨다. '애도 작업'은 슬픔을 표현하는 행위뿐 아니라 슬픔과 관련된 감정의 단계를 거치면서 심리적으로 변화되는 과정을 통틀어 이른다).

내가 사랑뿐 아니라 이별에도 서툴렀다는 사실을 알아차린 것 역시 정신분석을 받은 이후의 일이었다. 나만이 아니라 우리 모두가 사랑에 서툴 듯 이별에 대해서도 그렇다는 것을 알게 되었다. 우리는 아예 이별이라는 경험을 마음 안으로 받아들이지 않고 있었다. 이별에 대한 이야기는 입 밖에 내지 않으며, 슬픔이나 고통을 토로하는 사람은 감정을 다스릴 줄 모르는 미숙한 사람으로 여기고 있었다. 심지어 우리는 이별을 삶의 경험 중 하나가 아니라 특별한 패배의 경험처럼 받아들이고 있었다. 이별했다고 말하는 게 아니라 사랑을 잃었다고 말하면서.

우리의 이별 무능력에 대해 이해하고 나자 위에 인용한 서정주 시인의 〈신부〉가 다르게 읽혔다. 그것은 사랑하고 이별하는 방법을 제대로 알지 못하는 우리 모두에 대한 풍자 같았다. 제멋대로 오해하고 도망친 신랑도, 재가 되어 무너져 내릴 때까지 한자리에 앉아 있던 신부도 코믹 만화의 한 장면이 틀림없어 보였다.

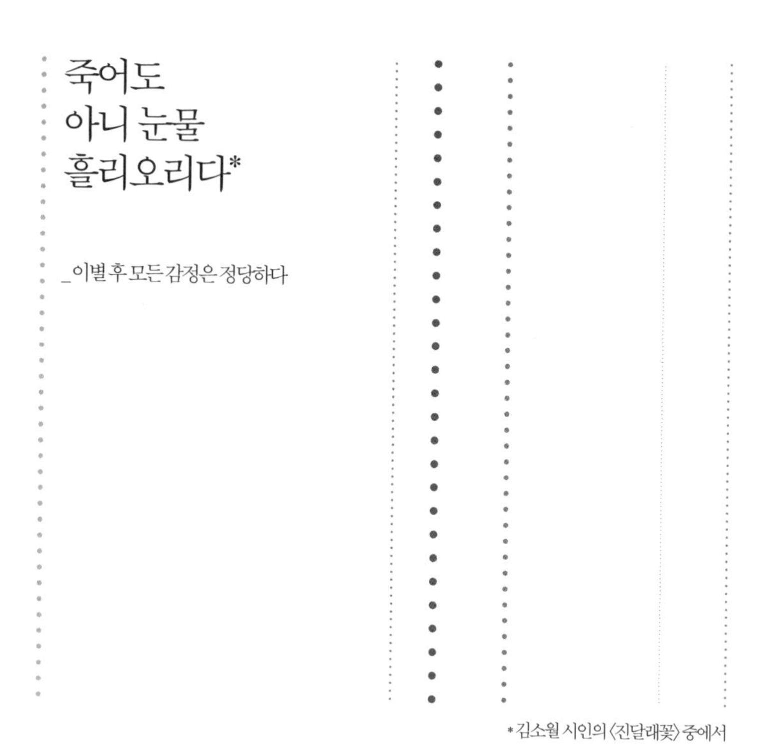

죽어도 아니 눈물 흘리오리다*

_이별 후 모든 감정은 정당하다

* 김소월 시인의 〈진달래꽃〉 중에서

기억 속에는 의문부호처럼 이해되지 않는 몇 장의 사진들이 있다. 그중 하나는 중학교 2학년 5월쯤 어느 날 일이다. 그날은 영어를 가르치던 우리 반 담임선생님이 전근 가시는 날이었다. 선생님이 떠날 거라는 소문이 있던 때부터 학급 분위기가 무거워져 떠나시는 당일에는 누구 한 사람 큰 소리로 떠들거나 장난치는 친구가 없었다. 선생님이 작별 인사를 하기 위해 교실에 들어서자 친구들은 일제히 훌쩍거리기 시작했다. 작별 인사를 하는 동안에도, 학생들이 준비한 선물과 편지를 건네는 중에도 교실은 잔잔한 울음

바다였다. 모든 작별 과정을 마치고 선생님이 교실을 나가실 때는 파도가 휘몰아치듯 울음의 파고가 높아졌다.

성품이 온유하고 학생들을 사랑하던 선생님이셨다. 그 또래 학생들이 선생님 별명을 우스꽝스럽거나 부정적인 뉘앙스로 짓는 것과는 달리 그 선생님 별명은 '아빠'였다. 학생들이 그토록 좋아했으니 이별이 슬픈 건 당연했다. 선생님이 교실을 나간 후에도 우리 반 학생들은 울음 끝을 가라앉히지 못해 오전 수업을 받지 못했다. 점심시간이 되어 선생님이 학교를 떠나실 때는 교실 유리창에 매달려 선생님의 뒷모습을 바라보며 또 울었다. 희고 눈부신 길을 걸어 교문을 향해 멀어지던 선생님의 둥근 어깨가 기억나는 걸 보면 나도 그 유리창에 매달려 있었던 것 같다. 열세 살 혹은 열네 살 소녀들의 일이었다.

흑백사진처럼 기억되는 그 장면은 나중에 떠올릴 때마다 두고두고 이상한 느낌을 주었다. 무엇이 이상한지 명확히 짚어 낼 수는 없지만, 예순 명쯤 되는 여학생들이 일제히 책상 위에 엎드려 우는 광경은 그 자체가 어떤 증상 같았다.

그 이별과 관련하여 이상하다고 느낀 것이 몇 가지 더 있었다. 선생님이 떠나신 후 가라앉은 교실 분위기는 교감 선생님이 임시 교사로 계시는 기간 동안 지속되었다. 그러나 새로운 담임선생님이 정해지자마자 친구들은 옛 선생님을 잊고 새로운 학급 분위기를 만들어 갔다. 옛 선생님에게 했던 것처럼 새 선생님의 말씀을 잘 들었고, 새 선생님을 존경하거나 사랑하게 되었다. 그런 친구들을 보면서 나는 일종의 배신감 같은 것을 느꼈다. 친구들이 옛 선생님을 그토록 빨리 잊었다는 사실을 그 선생님이 모르시기를 바랐고, 그런 마음속에는 죄의식이 있는 듯했다. 친구들도 내 마음도 잘 이해할 수 없었다.

그로부터 2년 후, 고등학교 1학년 때 비슷한 이별 상황이 다시 찾아왔다. 그때는 가정 과목을 가르치던 젊고 아름다운 여선생님이 함께 공부한 지 반년 만에 서울로 떠나게 되었다. 부모님이 편찮으셔서 집으로 돌아가게 되었다고 했다. 서울에서 태어나 그곳에서 대학까지 졸업한 젊고 아름다운 여선생님은 지방 소도시 소녀들이 동경하는 서울 이야기, 청춘과 관련된 이야기를 많이 들려주었다. 여학생들은 그 선생님을 언니처럼 친근하게 느끼거나, 연모의 감정을 품거나 했다. 그분 역시 대학 졸업 후 첫 부임이어서 남다른 열의와 정성을 학생들에게 쏟았다.

마지막 가정 수업 시간에 선생님이 작별 인사를 했을 때 친구들은 울음을 터뜨렸다. 결국 수업이 중단되었고 선생님은 일찍 교실을 나가셨다. 남은 시간 동안 친구들은 계속 울었다. 중학교 때보다 강도는 약했지만 학급 전체가 울음바다가 된 상황은 그때와 똑같았다. 그런데 내 마음은 중학교 때와 많이 달라져 있었다. 친구들처럼 책상에 엎드려 우는 대신 마음을 단단히 누른 채 이렇게 생각하고 있었다.

'고작 몇 달 함께 지냈을 뿐인데 얼마나 정이 들었을까? 그렇게 슬퍼해 봤자 내일이면 다 잊고 다른 선생님과 즐거워할 거잖

아. 적어도 석 달쯤 떠난 사람을 위해 슬퍼할 게 아니라면 아예 눈물 따위는 보이지 마.'

엎드려 우는 친구들 뒤통수를 보며 그런 마음을 품을 때 그 속에는 화난 듯한 감정이 있었다. 엎드려 울다가 우연히 고개 든 친구의 눈물범벅인 시선과 마주쳤을 때 친구는 건조하고 차가운 내 눈빛에 놀라는 표정을 지었다. 그날 이후 오래도록 그 친구는 나를 피도 눈물도 없는 사람쯤으로 여기는 것 같았다.

저 두 이별 장면이 내 정서에 어떤 영향을 미쳤는지 이해한 것 역시 정신분석을 받은 이후의 일이었다. 첫 번째 이별 이후 나는 내면에 깃든 감정들을 외부로 표출하여 행동화하기 시작했다. 그 전까지는 일기장에 분노와 상실감을 털어놓는, 겉으로는 얌전한 학생이었지만 중학교 2학년 2학기 때부터 반항적인 행동들을 하기 시작했다. 예전에는 그때부터 사춘기가 시작되었거니 생각했는데, 애도의 관점에서 보니 그것은 이별 이후의 감정을 잘 처리하지 못한 데서 비롯한 변화였다.

물론 내게는 이미 생의 더 이른 시기에 경험한 이별의 문제가 있었다. 그 이별의 감정을 제대로 돌보지 못했기 때문에 중학교 때 이별에 대해 친구들보다 더 크고 특별한 반응을 보였던 것이다. 또한 중학교 때의 이별을 잘 처리하지 못해 고등학교 때 찾아온 이별 안에서 한층 왜곡된 반응을 보였다. 슬퍼도 울지 않았고, 울지 않으려 입술을 깨물었고, 냉소적인 마음을 품으며 이별 자체를 경험하지 않으려 했다.

제1차 세계대전 때 프로이트가 제안한 애도 이론은 제2차 세계대전을 거치면서 더 넓게 발전했다. 프로이트의 딸 안나 프로이트는 제2차 세계대전 중 영국이 폭격당했을 때 '가족 없는 아이들'이 겪는 혼란을 폭넓게 연구했다. 어린 나이에 상실의 감정을 경험하면 체중 감소, 키가 잘 자라지 않는 현상, 항문 괄약근 기능 저하, 언어 발달 지연 등의 장애가 나타난다는 사실을 밝혀냈다.

미국의 정신분석학자 르네 스피츠는 1946년에 전쟁고아 수용시설에 대한 관찰 연구 보고서에서 '생후 첫 몇 개월 중요한 변화의 시기에 모성 결핍을 겪을 경우 아기에게 치명적인 결과가 생긴다'는 시실을 밝혔다. 시간 맞춰 분유를 먹이고 기저귀도 제때 갈아 주었지만 어머니의 보살핌을 받지 못한 아기들은 2개월째부터 체중이 줄며 제대로 잠들지 못했다. 3개월째는 무표정하고 무기력해지다가 먹을 것을 주어도 받아먹지 않았다. 아기들의 80퍼센트가 1년 안에 사망했다.

비슷한 시기에 멜라니 클라인은 애착 개념을 제안했다. 아기가 엄마와 나누는 애착의 감정이 아기를 정신적으로 탄생시키는 영양소이자 동력이라는 주장이었다. 아기가 엄마와 사랑을 잘 나누면 정신적 안정감, 잠재력, 창의성 등이 발견되고, 사랑의 대상을 잃거나 사랑이 결핍되면 분노, 시기심, 방어적 태도 등이 생긴다는 설명이다.

존 볼비는 애착과 상실 이론을 총망라하여 정리한 학자다. 그의 세 권의 저서 《애착》(1969년), 《분리》(1973년), 《상실》(1980년)은 정신분석학계의 고전으로 통용된다. 그는 멜라니 클라인의 애착 이론을 확장했고, 애착으로부터 분리되면서 성장하는 과정을 연구했다. 그중에서 상실에 대해 가장 신중하게 집필했다고 하는데, 그 책에서 애도 과정을 4단계로 나누어 설명한다. 마비, 그리움과 추구, 혼란과 절망, 재조직.

이제는 누구나 한 인간을 정신적으로 탄생시키고 꾸준히 성장하게 하는 힘이 사랑이라는 것을 알고 있다. 마찬가지로, 인간을 병들게 하거나 심리적 죽음에 이르게 하는 기제는 사랑을 잃거나 사랑하는 사람을 잃는 경험이다. 우리가 안고 있는 모든 심리적 문제들은 사랑을 잃은 이후 맞이하는 상실의 감정을 제대로 처리하지 못해 발생하는 것이다.

엘리자베스 퀴블러 로스는 애도의 5단계 이론을 제안하여 널리 알려진 심리학자이다. 어렸을 때 그는 집에서 토끼를 키웠는데 풀을 뜯어 토끼를 먹이는 일은 아이들 몫이었다. 토끼는 물론 식용이어서 어느 정도 자라면 푸줏간에 가서 고기로 바뀌었다. 토끼들 가운데 엘리자베스가 특별하게 생각하는 블랙키가 있었다. '블랙키는 나의 것이었고, 오직 나에게만 소속된 사랑스런 존재'여서 그는 블랙키에게만 특별히 먹이를 더 많이 주곤 했다.

아버지가 블랙키를 푸줏간에 데려가라고 했을 때 그는 멀리 달아나라며 토끼를 내쫓았다. 그러나 토끼는 거듭 그의 품으로 돌아왔다. 결국 아버지에게 야단맞은 후 블랙키를 푸줏간에 데려갔다.

그는 블랙키를 데려가는 내내 울었고, 자루에 담겨 나오는 그것을 받아들 때는 손을 덜덜 떨었다. 떨리는 손에는 그때까지도 블랙키의 온기가 전해졌다. 그때 푸줏간 아저씨가 말했다. 토끼를 지금 잡아 유감이라고, 하루 이틀 후면 새끼를 낳았을 거라고.

"그날 저녁 식사 시간에 식구들이 블랙키를 먹을 때 내 눈에는 그들이 모두 식인종처럼 보였다. 그 후 거의 40년 동안 나는 블랙키를 위해 또는 다른 어떤 이를 위해 울지 않았다."

엘리자베스 퀴블러 로스는 40년 후 슬픔을 표현하지 못한 대가를 치른다. 그가 워크숍을 하기 위해 하와이에 잠시 머물 때 그곳의 집주인은 사소한 것에도 5센트, 10센트씩 돈을 요구했다. 그곳에서 지내는 닷새 동안 그는 낯선 남자에게 믿을 수 없을 만큼 분노를 느꼈고, 그것이 얼마나 심했던지 심지어는 죽이고 싶을 정도였다. 그는 분노를 삭이려고 무진장 애쓰면서 무사히 워크숍을 마치고 귀국했다. 그러나 집에 돌아온 후 통제하지 못한 분노를 결국 친구에게 쏟아붓고 말았다. 몇 번이나 억눌렀지만 결국 분노는 폭발했고, 분노와 함께 울음도 터져 나왔다. 40년 동안 울지 않았던 그는 갑자기 통곡하는 자신의 모습에 스스로 충격을 받았다.

"그 분노는 깊이 숨어 있던 분노를 끌어냈고, 그것이 그 집주인에 대한 분노만은 아니라는 사실을 깨달았다. 그는 매사에 지나치게 알뜰한 아버지를 떠올리게 했던 것이다. 나는 블랙키를 잃은 슬픔에 울부짖는 어린 소녀가 되어 있었다. 이후 며칠 동안 블랙키와 그동안 슬퍼하지 않고 지나갔던 모든 상실 때문에 울음을 터뜨렸다."

저 대목을 읽을 때 40년 동안 울지 않은 사람의 마음은 어땠을까 오래 생각해 보았다. 아마도 엘리자베스 퀴블러 로스는 울지 않는 대신 자신의 슬픔을 집요하게 들여다보면서 감정을 지식화하여 상실의 5단계 이론을 제안했을 것이다. 1969년에 그가 제안한 애도의 5단계는 부정, 분노, 타협, 우울, 수용의 순서로 되어 있다. 그의 애도 과정에는 슬픔이나 통곡하기가 들어 있지 않다.

널리 알려진 애도 이론은 엘리자베스 퀴블러 로스의 5단계 이론이지만 그보다 앞선 1962년, 그랜저 E. 웨스트라는 심리학자가 소중한 것을 잃었을 때 사로잡히게 되는 감정의 10단계에 대해 먼저 발표했다. 그의 10단계는 충격, 감정의 표현, 절망과 외로움, 육체적 불쾌감, 공포, 죄책감, 분노와 적개심, 저항, 희망, 현실 긍정이다.

1970, 80년대에도 심리학과 정신분석학 분야 학자들이 다양한 애도 이론을 제안했다. 내가 이런저런 책에서 만난 애도 단계론은 열 가지가 넘는다. 거기에 거론된 감정 양태들은 인간 감정의 모든 범주를 망라한다고 볼 수 있다. 충격과 부정, 망연자실, 정신산만, 비탄과 절망, 거절과 버림받음, 실패감, 죄책감과 후회, 수치심, 적의와 원망, 분노와 증오, 불안과 두려움, 마비되는 감각, 불면, 안도감, 자기 파괴적 생각과 기분, 집중력 저하, 식습관 변화, 공상과 환상 등등.

여성에게 적합한 애도 작업을 따로 제안한 학자도 있다. 2004

년 로셸 알메이다는《애도의 정치학》에서 특별히 여성의 애도 작업 4단계를 제시한다. 상실의 현실 수용하기, 고통과 슬픔 통과하기, 망자 없는 환경에 적응하기, 죽은 자에 대한 감정을 재조직하고 삶과 함께 나아가기. 의존 대상이던 배우자를 잃었을 때 여성에게는 특히 자립과 생존의 문제가 더 무거운 현실이 된다는 의미일 것이다.

프로이트는 정상적 애도와 병리적 애도를 구분했지만 현대 정신분석학자들은 병리적 애도란 없다고 주장한다. 이별 후에 느끼는 모든 감정이 그 당사자에게 필요하고 정당한 반응이라는 것이다. 내가 사춘기 시절 선생님과 이별하면서 느꼈던 죄의식이나 분노, 차가운 마음과 반항심도 이별 후 찾아오는 온당한 감정들이었다. 40년 동안 울지 않는 일도 당사자에게는 정당한 반응이었다.

사람마다 애도 반응이 다른 것은 그의 내면에 이미 이별에 대응하는 저마다 다른 정서가 형성되어 있기 때문이다. 오래된, 그러나 애도하지 못한 이별의 경험이 내면에 들어 있는 사람은 새롭게 만나는 이별 앞에서 더 깊이 절망하고 더 오래 슬퍼한다. 당면한 이별이 묵은 상실의 감정들을 솟구쳐 오르게 하기 때문이다.

우리가 어떤 관습 속에서 살아가는가도 애도 반응에 영향을 미친다. 자연스럽게 슬픔을 표현할 수 있는 문화에서 자란 사람과 울음을 나약함과 미숙함의 증거로 보는 문화에서 자란 사람의 애도 반응은 다를 수밖에 없다.

애도 개념에 대해 이해하고 나자 왜 우리가 이별을 말하지 않는지, 이별을 경험조자 하지 않고 재빨리 흘려보내려 하는지 짐작할 수 있었다. 이별할 때면, 사랑할 때와 마찬가지로 내면의 모든 감정이 일시에 솟구쳐 오른다. 평소와는 다른, 어둡고 혼돈스러운 내면으로 들어가 저 위에 열거된 것과 같은 부정적인 자기 모습과 만나게 된다. 바로 그것을 마주 볼 자신이 없기 때문에 우리는 아예 이별을 외면하고 지나가는 것이다.

구석구석 안 아픈 데가 없겠지*

_애도는 나선계단 같은 것

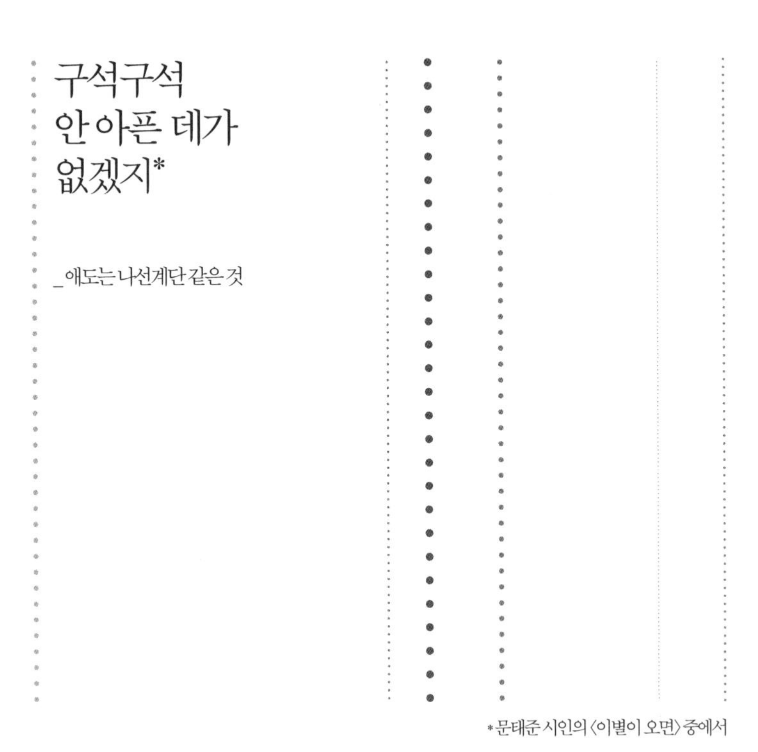

*문태준 시인의 〈이별이 오면〉 중에서

남성들로부터 애완동물을 잃은 경험담을 들을 기회가 더러 있었다. 내가 이십 대였을 때, 회사 동료였던 이는 자기가 어렸을 때 길렀던 토종 강아지가 얼마나 사랑스러웠는지에 대해 말해 주었다. 그 강아지는 사람 품으로 기어드는 것을 좋아했고, 혼자 있을 때는 부뚜막에 올라가 앉아 있는 것을 좋아했다고. 한동안 강아지에 대한 추억을 들려준 뒤 그는 이렇게 덧붙였다.

"그런데 그 강아지가, 낮잠 자던 식모 옆에 있다가 식모한테 깔려 죽었어."

그 순간 혼란스러운 감정이 잠깐 마음을 흔들고 지나갔던 일이 지금도 기억난다. 분명히 슬프고 안타까운 내용인데도 어딘가 코믹하고, 그럼에도 크게 웃고 털어 버릴 수 없는 감정들이 한꺼번에 뒤섞였다. 무엇보다 이해할 수 없었던 것은 잃은 강아지에 대해 말하는 이십 대 남성의 낯빛에 일던 슬픈 표정이었다. 그는 방금 강아지를 잃어버린 아이와 같이 절망적인 표정을 짓고 있었다. 그가 왜 그 시점에서 문득, 앞뒤 없이, 오래전에 잃은 강아지 이야기를 꺼냈는지도 이해되지 않았다. 그 일화는 명확히 짚어 낼 수 없는, 석연치 않은 감정들을 남기고 지나갔다.

그로부터 또 얼마 후, 삼십 대의 동종 업종 종사자로부터 잃어버린 강아지 이야기를 들었다. 그는 술자리에서 큰 목소리로 사랑했던 강아지에 대한 추억을 다소 코믹 버전으로 이야기했다. 그의 강아지는 마당에서 키우던 덩치 큰 토종 강아지였던 모양이다. 강아지와 함께 등교했고, 하교하면 강아지가 먼저 뛰어나와 반겨 주었다.

그런데 어느 날 학교에서 돌아오니 강아지가 달려 나오지 않았다. 대신 아버지가 동네 어른들과 함께 마루에서 술상을 벌이고 있었다. 그는 한순간 모든 것을 이해했다. 아무도 설명해 주지 않았지만 그런 것은 그냥 알게 되는 법이다. 그는 마당 한켠에서 꼼짝 않고 기다렸다가 어른들의 술자리가 파한 후 동생과 함께 상위의 뼈를 추슬러 모았다. 마당 감나무 밑에 땅을 파고 뼈를 가지런히 놓은 후 볼록한 모양이 되도록 흙을 덮었다. 동생과 나란히 서서 흙무덤을 향해 절할 때 그의 아버지가 다가와 엉덩이를 걷어 찼다.

"이 자식들이, 조상한테도 안 하는 절을 개새끼한테 하고 있어!"

술자리에서 술김에 잃은 강아지 이야기를 꺼낸 남성은 그 이야기를 시종 코믹하게 묘사하고 있었다. 그의 말투 탓인지 술자리에서는 자주 웃음이 터졌다. 나 역시 함께 웃었지만 그때도 미묘한 감정이 일었다 가라앉았다. 그가 왜 느닷없이 잃은 강아지 이야기를 꺼냈는지, 슬픈 이야기를 왜 코믹 버전으로 변형시켜 말하는지 이해할 수 없었다.

그 후로도 남성들이 잃은 강아지에 대해 슬퍼하는 사례를 꾸준히 만났다. 한 선배 소설가는 애완견을 잃고서 한 달 이상 사방팔방으로 녀석을 찾아다녔다. 마침내 마음으로부터 녀석을 포기한 후에는 일주일간 슬픔의 여행을 다녀오기도 했다.

한 후배 남성은 집에서 오래 기른 애완견과 산책을 나가 미끄럼틀을 태워 주었다. 그는 애완견이 유연하게 미끄럼틀을 타고 내려갈 줄 알았는데 뜻밖에도 녀석은 부들부들 떨며 미끄럼틀 아래로 내려가더니 퍽, 소리를 내며 땅바닥에 곤두박질쳤다. 그 후 그 애완견은 이틀 만에 세상을 떠났다. 그 이야기를 하는 후배 남성은 후회와 자책감이 가득 찬 낯빛을 하고 있었다.

잃어버린 강아지에 대해 이야기할 때 냉소적인 말투를 하든, 우스개처럼 말하든, 힘없이 쓸쓸한 표정을 짓든 그것이 그들에게는 정당한 반응이라는 것을 이제는 이해할 수 있다. 또 한 가지 뒤늦게 알아차린 사실은 남성들이 잃어버린 강아지에 대해 이야기할 때 그것은 비단 강아지만을 말하는 게 아니라는 점이었다. 강아지는 그들이 살면서 잃어 온 모든 것들에 대한 표상이거나 환유였다. 강아지는 잃어버린 부모거나, 미친 듯이 사랑했던 여성이거나, 회복할 수 없게 짓밟힌 자존심이었다. 슬픔이나 실연감을 겉으로 표현해서는 안 된다는 사회적 관습에 더 많이 지배당하고 있는 남성들은 실연이나 실직, 실패의 경험에 대해서는 거의 말하지 않고 오직 잃은 강아지에 대해서만 말할 수 있을 뿐이었다.

여성도 남성 못지않게 애완견을 많이 기르지만 죽은 강아지에 대해 슬퍼하는 여성의 하소연은 들어 보지 못했다. 여성은 강아지를 동원할 필요가 없기 때문일 것이다. 여성들은 슬퍼하거나 좌절하는 태도를 보이는 것이 사회적으로 더 많이 허용되기 때문에 사랑을 잃거나 시험에 낙방하거나 혼신을 다한 일에 실패했을 때, 그때마다 상실과 절망감을 직접 표현하면 되었다.

2000년대에 들어서도 애도에 대한 연구는 더욱 폭넓게 계속되고 있다. 현대 심리학자와 정신분석학자들은 애도가 특정한 감정의 단계가 아니라고 주장한다. 애도 과정은 다섯 가지나 열 가지 감정을 차례로 경험하고 넘어가는 일회성 과정이 아니며, 각 감정의 단계들이 명확히 구분되는 것도 아니다. 계단을 오르듯 차근차근 질서 있게 진행되는 작업이 아니며, 도표나 그래프로 표현할 수 있는 명료한 형태도 아니라고 한다.

오히려 애도란 '도식화할 수 없는 감정 모음, 혼란스러운 감정 덩어리'라는 쪽으로 의견이 모아지고 있다. 애도 작업은 나아갔다가 되돌아오고 막다른 곳에 도달해 우회하고, 다르면서도 비슷한 여러 감정들이 나선계단처럼 계속해서 되풀이된다. 그리하여 나선계단을 오르듯 어느새 빛이 들어오는 출구에 도달하게 되는 과정이다.

최근에는 상실(loss) 개념을 다시 박탈(deprivation)과 결핍(privation)으로 구분할 것을 제안하는 정신분석학자도 있다. 박탈은 사랑하는 대상 자체를 상실하거나 빼앗긴 상태이고, 결핍은 사랑의 대상은 존재하지만 보살핌이 부족하거나 사랑이 왜곡되게 전달된 상태를 의미한다. 사실 요즈음은 박탈보다는 결핍이 더 문제가 되며, 결핍에 대해서도 애도가 필요하다는 사실이 중요하게 제안되고 있다.

박탈과 결핍은 모든 심리적 문제의 원인이 된다. 사랑하는 사람을 박탈당하거나 사랑의 감정이 결핍된 양육은 심각한 마음의 문제를 낳는다. 특히 성장기에 상실을 경험하고 그 상실감이 보살펴지지 못하면 애도 반응으로써 나타나는 왜곡된 정서가 성격의 일부로 굳어진다. 유아기나 사춘기의 상실이 특히 문제가 되는 것은 그들이 그 경험을 이해할 수도 없고, 애도할 줄도 모르기 때문이다.

조지 부시 전 미국 대통령은 여섯 살 때 여동생 로빈을 백혈병으로 잃었다. 그의 부모는 동생을 데리고 여러 차례 치료를 받으러 떠났지만 어린 조지는 여동생이 아프다는 사실조차 몰랐다. 가족이 그토록 갑자기 집을 비우는 이유에 대해서도 아무런 설명을 듣지 못했다. 친하게 지냈던 동생이 가끔 집에 돌아와도 오히려 동생과 놀지 말라는 주의만 들었다.

"로빈은 1953년 10월 뉴욕에서 죽었다. 로빈의 부모는 다음 날 라이에서 골프를 쳤고, 그다음 날엔 간소한 추도식에 참석한 뒤 텍사스로 돌아왔다. 부시는 여동생이 아팠다는 사실을 동생이 죽고 나서 부모가 집으로 돌아온 뒤에야 알았다. 부시의 가족은 로빈이 코네티컷 주의 가족 묘지에 묻힐 때 집에 있었으며 장례식도 치르지 않았다."

정신분석가 저스틴 A. 프랭크는《부시의 정신분석》에서 부시의 부모가 자식을 잃고도 얼마나 애도할 줄 몰랐는가를 보여 준다. 아버지 부시는 "자기 성찰 분위기에 젖어 속내를 털어놓는 것은 우리에게 부자연스러운 일이다."라며 대놓고 '정신 상담'을 경멸하곤 했다. 애도할 줄 모르는 그들의 태도는 어린 부시에게 슬퍼할 수 있는 기회를 주지 못했고, 그 일로 인해 부시는 심각한 마음의 상처를 입었다.

어린 조지는 동생을 잃은 후 친구 집에 잠을 자러 갔다가, 엄마가 진정시키러 올 때까지 밤새도록 끝없는 악몽 속에 처박혀 있었다. 축구 경기를 관람하던 중에 "내가 로빈이었으면 좋겠어."라고 말해 부모를 놀라게 하기도 했다. 또한 조지는 여동생이 죽은 직후부터 어릿광대짓을 하기 시작했다. 자기도 어떻게 슬퍼해야 하는지 배우지 못한 상태에서 슬퍼하는 엄마를 기쁘게 해주는 역할을 스스로 떠맡았다는 뜻이다.

초등학교 저학년 때 조지는 '부시 테일'로 불렸는데 항상 정신없이 이리 뛰고 저리 뛰는 아이라는 뜻이었다. 감당하기 힘들 만큼 밀려드는 불안을 신체 활동으로 해소하려는 아이들에게 나타나는 증상이었다. 그에게는 또한 난독증과 언어 장애도 있었는데 그것 역시 불안 때문에 생긴 증상이었다. 그는 일곱 살에 이미 애도하지 못한 문제를 안게 되었고, 그 후의 삶에 지속적인 영향을 미칠 발달 장애를 겪었다. 지금도 그는 신문을 읽지 않으며, 한국을 거쳐 중국에 잠깐 다녀온 것을 제외하면 외국에 나간 일이 없고, 아내와 24시간 이상 떨어져 지내지 못한다고 위 책의 저자는 말한다.

최근에 학계에서 공감을 얻으며 정설이 되어 가는 이론이 있다. 만 12세 이전에 사랑하는 대상을 잃거나 사랑의 감정을 박탈당하면 성인이 된 이후의 삶에 심각한 문제가 일어난다는 것이다. 문제를 안은 채 청년기를 무사히 넘긴다 하더라도 중년의 입구에서 정신이 붕괴되는 중증 우울증과 맞닥뜨리게 된다. 영유아기에 엄마를 잃는 일은 특히 심각한 문제를 유발하는데, 할머니나 고모 등 대리 부모에게 양육되는 경우에도 같은 결과를 낳는다. 부모의 폭력이나 무관심, 우울증도 사랑을 박탈당하는 경험이 되어 자녀의 삶에 해결하기 힘든 문제를 남긴다고 한다.

상실이나 결핍이 모든 심리적 문제의 원인이라면 애도는 그 문제에 대한 본질적 해결책이다. 정신분석적 심리 치료는 지금 이곳에서 불편을 겪는 문제의 원인을 내면 깊은 곳에서 끄집어내어 해석해 주고, 상처 입은 곳으로 돌아가 그때 충분히 슬퍼하며 울지 못한 울음을 다시 우는 작업이다. 상처 입은 과거의 자기뿐 아니라 옛 영광에 집착하는 자기, 분노에 붙잡힌 자기도 충분히 슬퍼한 후에 떠나보낸다. 심리 치료는 그러므로 미뤄 둔 애도를 뒤늦게 실행하는 일이라고 할 수 있다.

현대 정신분석가들은 애도를 정신분석적 심리 치료의 핵심 개념으로 간주한다. 생을 그르치게 하는 문제와 맞닥뜨릴 때 그 문제의 핵심에는 늘 제대로 해결하지도 떠나보내지도 못한 과거의 상처가 존재한다. 블랙키를 잃은 상처 같은 것뿐 아니라 아무에게도 말하지 못한 수치스러운 기억, 학대당한 과거의 자기, 잘못된 자기 이미지 등이 반복적인 생의 문제를 만들어 낸다.

"애도는 새로운 자기 체험이 생겨날 수 있게 한다. 충격받은 사람의 삶에 새로운 질서를 부여하고 새로운 자기와 세계에 대한 체험을 이루게 하는 감정이다."

독일 심리학자 베레나 카스트의 책《애도》의 한 구절이다.

미국 정신분석가 수잔 K. 애들러도 애도만을 집중 연구하여《애도》라는 책을 썼는데 그는 특별히 '발달적 애도'라는 개념을 제안한다. 현재 느끼는 상실감 속에 섞여 있는 과거의 상실감을 알아차리고, 현재의 애도 작업을 잘 진행함으로써 그 결과 생애 초기의 묵은 상실감까지 해결할 수 있다는 주장이다. 그렇게 하면 애도 작업이 궁극적으로 정신적 성장과 발달의 도구가 된다.

애도가 심리적 성장 기제라는 사실은 널리 공감을 얻고 있다. 융 학파 정신분석학자 데이비드 로젠은 애도의 핵심을 '과거의 자기 죽이기, 새롭게 태어나기'라고 제안한다. 최근 미국에는 아예 '슬픔 치유'라는 심리 치유 프로그램이 등장하고 있다. 오직 내면의 슬픔만을 다루면서 잘 슬퍼하도록 이끌어 애도 작업을 돕는 것이다. 이제는 애도나 슬픔은 어엿한 독립 상품이 된 듯하다.

뒤늦게라도 잘 슬퍼하고 떠나보내야 할 이별의 대상은 부모, 형제, 연인만이 아니다. 프로이트가 이미 말했듯이 '사랑하는 사람의 자리에 대신 들어선 어떤 추상적인 것'에 대해서도 애도해야 한다. 오늘날에는 그 추상적인 것의 범주가 한층 넓어지고 있다.

정체성의 일부인 직장, 직위, 명예 등을 잃었을 때, 젊고 아름다웠던 과거의 자기를 떠나보내야 할 때, 부자라는 사실을 정체성의 일부로 여기는 이들이라면 주식 투자를 했다가 돈을 잃었을 때도 상실감을 경험한다. 생의 한 시기에 온 힘을 다해 몰두했던 꿈, 목표, 이데올로기 등을 잃었을 때, 연극배우들이 혼신을 다한 공연을 끝냈을 때, 고시 공부에 몰두한 이들이 시험에 합격했거나 불합격했을 때도 마찬가지다. 애착의 감정을 품었던 모든 대상, 애완견이나 필기구 같은 것을 잃었을 때도 상실감을 느낀다.

애도 대상에는 공간과 환경도 포함된다. “망명(이민)은 감옥이다.”라는 말이 있듯이 안전하고 친근한 환경을 떠나 낯선 나라로 간다는 것은 마음속에 불안감의 감옥을 만들어 가진다는 의미이다. 이민까지는 아니더라도 이사, 전학, 환경의 파괴 등도 당사자에게 심각한 상실의 문제를 떠안긴다. 어떤 대상과 어떤 방식으로 헤어지든 간에 이별 후 우리가 경험하는 감정은 대체로 비슷하며, 그것은 해결해야 하는 심리적 문제를 남긴다.

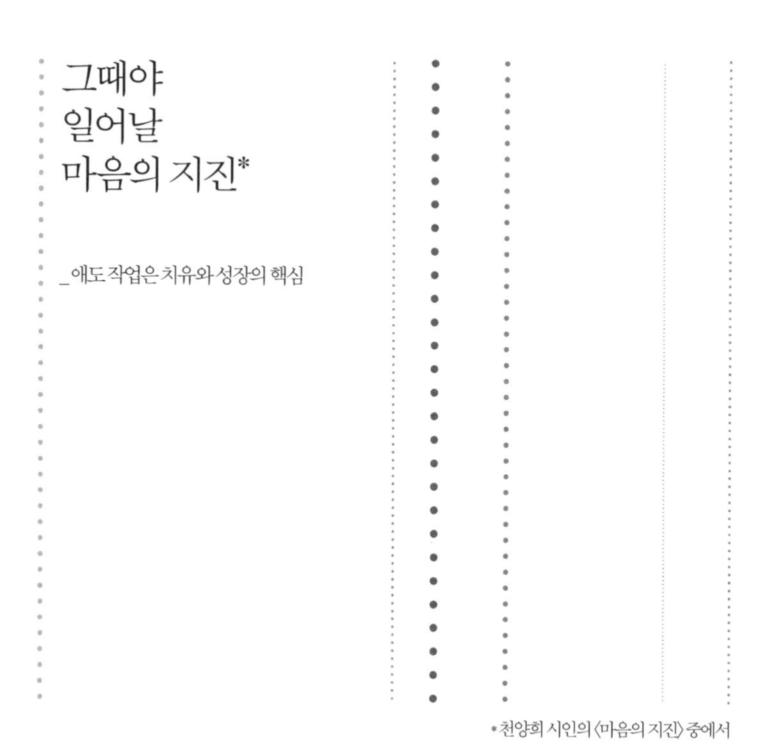

그때야 일어날 마음의 지진*

_애도 작업은 치유와 성장의 핵심

* 천양희 시인의 〈마음의 지진〉 중에서

그해 겨울 영동 지방에는 사흘쯤 계속되는 폭설이 내렸다. 강릉으로 넘어가는 영동 고속도로 대관령 구간이 폭설로 인해 막혔다고 했다가, 차량 통행이 재개되었다고 했다가, 다시 통행이 금지되었다고 하는 뉴스가 반복되었다. 2001년 1월의 일이었다. 당시 나는 정신분석을 받은 후 세상의 모든 관계뿐 아니라 사물들조차 정신분석적으로 보이는 변화의 시기를 보내고 있었다. 내게 해결하지 못한 오이디푸스적인 문제가 있다는 사실을 생을 통틀어 짚어 가며 알아차리던 무렵이기도 했다. 아버지의 부음을 들은 것은 그런 심리적 배경에서였다.

'아니야. 아직은 아니야.'

그 소식을 접했을 때 가장 먼저 든 생각이었다. 그 무렵에야 나는 겨우 심리적으로 아버지를 떠나보내기 위해 노력하고 있었는데, 내가 충분히 아버지를 떠나보내기 전에 아버지가 먼저 나를 떠나 버린 기분이었다. 아버지의 부음과 함께 나는 다시 한 번 홀로 남겨졌다는 느낌을 받았고, 동시에 머릿속이 텅 비는 감각이 이어졌다.

감정적으로는 아무것도 느낄 수 없는 상태인데 문득 온몸에서 힘이 빠지면서 팔다리가 떨려 왔다. 그것이 진정된 후에는 몸속 내장들이 꿈틀거렸는데, 그 감각이 낯설고 기이해서 그만 자리에 주저앉고 말았다. 주저앉은 채 교통편을 꼽아 보았다. 하필이면 폭설로 인해 대관령이 막혔다가 뚫렸다가 하고 있었지만, 결국은 자동차를 운전해 출발하기로 했다.

어떤 이동 수단도 혼자 운전하는 자동차만큼의 안락함을 보장해 주지 못할 것 같았고, 당시에는 그 안락함이 절실히 필요했다. 폭설에 대해서는 그렇게 생각했던 것 같다. 폭설 속에 한 사흘 갇혀 있다 한들…….

다행히 길은 막히지 않았지만 차선은 하나만 열려 있었다. 차선 양편에는 치워 둔 눈이 자동차 지붕보다 높게 쌓여 있어 눈으로 만들어진 굴속을 지나가는 느낌이었다. 앞서 가던 자동차가 한 대만 멈춰 서거나, 양편에 쌓아 올린 눈이 한 덩어리만 허물어져도 고스란히 도로가 막힐 판이었다. 그럼에도 이상하게 불안하거나 걱정스러운 마음이 없었다. 아무 일 없을 거라는 대책 없는 낙관이 있었던 것도 아니었다. 그냥, 아무것도 생각하지 못하는 멍한 상태에서 간간이 한 문장이 되풀이되었다.

'아니야, 아직은 아니야.'

아슬아슬한 눈길을 지나 지친 마음으로 대관령 휴게소에 차를 세웠다. 딱 한 대만……. 1년 전에 끊은 담배를 다시 피우고 싶은 마음과 싸우면서 매점 앞을 서너 번쯤 왕복했을 것이다. 그때 신문 가판대 옆에 서 있는 간이 서가가 눈에 들어왔다. 가만히 보니 그 무렵 부도 처리된 출판사의 재고 서적들을 균일가 3천 원에 판매하고 있었다. 아무 맥락 없이 꽂혀 있는 다양한 책 제목들을 훑어보는데 그중 한 권이 눈에 들어왔다. 《사랑, 그리고 상실의 아픔》. 표지에 흐리게 표기된 영문 원제목이 더 마음에 들었다. '사랑의 상실에서 살아남는 법(How to Survive the Loss of a Love)'

값을 치르고 책을 펼쳐 목차를 살펴볼 때까지도 내게는 기대감이 있었다. 독서가 늘 그랬듯이 담배 대신 위로가 되어 주겠구나. 제목뿐 아니라 목차들도 마음에 들었다. '상실감은 불치병이 아니다. 도움을 청하는 용기를 갖자. 고통을 힘껏 껴안자.' 그 구절들은 모두 내게 필요한 것이었다. 그러나 책의 본문을 펼쳤을 때 당황하고 말았다. 그곳에는 지극히 상식적이면서 '지당하신 말씀'들이 두세 문장씩 나열되어 있을 뿐이었다. 가령 이런 식이었다.

35. 우울해도 좋다

힘이 넘치는 것처럼, 일에 열중한 것처럼, 행복한 것처럼 가장하는 것은 좋지 못하다. 그것은 치유에 필요한 에너지를 소모시킨다.

마음이 아프다면 잠시 우울하게 지내라.

눈물은 고통으로 더러워진 마음을 맑게 정화시키는 아주 특별한 방법이다.

그렇게 단 서너 개의 문장이 적혀 있고 나머지는 여백인 채로 한 페이지가 끝났다. 그 옆 페이지에는 더 짧은 구절이 시처럼 행이 나뉜 상태로 인쇄되어 있었다.

"내가 / 가슴 아프기를 원했던 / 사람들이여! // 오늘 밤 / 당신들의 소망은 / 이루어졌다."

나는 그 구절들이 의미하는 바를 이해할 수 없었다. 한 개인의 상실감이 왜 세상 전체에 대한 노여움으로 대체되는지 알 수 없었다. 그럼에도 자동차로 돌아와 담배를 피우는 대신 책을 훑어보았다.

"잠시 멍청해지자. 죄책감을 느껴도 괜찮다. 슬퍼할 시간을 챙겨 두자."

그 구절들은 속삭이듯 달콤했지만 사랑 없는 연인의 빈말처럼 읽을수록 의문과 아쉬움만 증폭되었다. 결국 펜을 꺼내 들고, 그 순간 내면에서 솟아오르는 생각들을 책의 여백에 써 내려가기 시작했다. 책 내용에 대한 아쉬움과, 내면에서 전해지는 장기의 떨림과, 자동차 지붕보다 높게 쌓인 눈 더미 사이를 달리는 일들에 대해 그때 책 여백에 채워 넣었던 글들은 애도 작업의 시작이면서 동시에 지금 쓰는 책의 단초가 되었다.

위험한 눈길 고개를 무사히 넘어 강릉 시내에 들어갔을 때도 나는 곧바로 아버지 장례식장에 가지 않았다. 바닷가로 가서 파도를 바라보며 잠시 앉아 있었고, 근교 산길을 한동안 돌아다녔다. 자동차 바퀴가 눈구덩이에 빠지고, 근처 농가에서 가마니를 빌려 바퀴 밑에 깔고 자동차를 꺼내면서야 비로소 내가 무슨 일을 하고 있는지 알아차렸다. 나는 아버지의 죽음을 마주 보기 어려워 산과 바다를 돌아다니고 있었다. 상실의 충격을 감정 안으로 받아들이지 못해 내장이 내달리는 듯한 몸의 증상으로 전환시켰고, 상실의 고통을 피해 담배나 독서 같은 대상으로 도피하려 했다. 차를 몰고 폭설 속으로 들어설 때부터 이미 자기 파괴적인 위험 행위를 하고 있었다. 그 다양한 애도 반응이 그때 내게 필요한 것이었다.

애도를 정신분석적 심리 치료의 핵심 개념이라고 할 때, 뒤늦게라도 잘 떠나보내야 하는 중요하고도 핵심적인 대상은 내면에 간직된 부모 이미지이다. 우리 모두의 내면에는 유아기 때 만들어 가진, 긴밀하게 의존하고 있는 부모 이미지가 있다. 그들을 내면에 모셔 둔 채 부모를 위해 성공하려 하고, 성공의 영광을 부모에게 바치고 싶어 한다. 반대로 내면에서 질책하는 부모 목소리를 듣거나 모든 잘못된 문제를 부모 탓으로 돌리려는 유혹에 빠지기도 한다.

정신분석적 심리 치료가 목표로 하는 지점은 내면에 의존하고 있는 부모 이미지를 떠나보내고 주체적이고 자립적인 개인으로 서는 것이다.

경제적·사회적 독립보다 더 중요한 것은 부모와 관계된 애증의 감정으로부터 자유로워지는 일이다. 내면의 부모를 떠나보내는 일은 마음의 지진이나 산불과 같다. 유아기 때부터 부모와의 관계 속에서 형성해 온 자기 내면을 완전히 뒤집어엎는 일이기 때문이다.

엘리자베스 퀴블러 로스가 40년 만에 울음을 터뜨렸을 때 그는 '그동안 슬퍼하지 않고 지나갔던 모든 상실'을 위해서였다고 진술한다. 그가 슬퍼했던 대상은 우선 유년기에 잃어버린 토끼와, 토끼를 잃고 상심했던 그 시절의 자기였을 것이다. 하지만 그가 울음으로써 떠나보낸 더 본질적인 대상은 아버지였다. 유년기에 그토록 받고 싶었던 아버지의 사랑, 그러나 인색한 아버지가 끝내 주지 않았던 사랑에 대한 분노 때문에 울었던 것이다. 토끼는 그저 아버지의 사랑이 있어야 할 자리에 대신 들어선 사물이었을 뿐이다.

내가 만난 어느 융 학파 정신분석학자는 자신의 내담자 중 80퍼센트는 "프로이트의 아이들이었다"라고 말했다. 즉 오이디푸스적인 갈등에 사로잡힌 내면의 문제를 안고 있다는 뜻이다. 아마도 그가 만난 내담자의 나머지 20퍼센트는 집단 무의식이나 원형 등과 같은 융 이론으로 설명할 만한 문제를 안고 있는 사람들이었을 것이다.

미국의 현대 정신분석학자 오토 컨버그는 사랑 속에 내재하는 공격성의 문제를 집중적으로 연구한 사람이다. 그는 최근 저서에서 "나는 오이디푸스적인 요인이 문제가 되지 않는 환자를 단 한 명도 만난 적이 없다."라고 단언한다. 성인이 되었어도 우리 내면에는 유아기에 형성된 사랑의 플롯, 갈등의 메커니즘이 그대로 작동하고 있다는 의미이다. 그것이 그대로 작동하면서 성인이 된 후의 삶에 갈등과 왜곡을 빚어낸다.

애도 작업은 내면에서 작동하는 낡은 삶의 플롯, 어린 시절에 머물고 있는 내면의 자기를 함께 떠나보내는 일이다. 그 과정에서 치유와 성장이 자연스럽게 뒤따른다. 애도 작업을 잘 이행하면 자기 자신을 잘 알아보게 되고, 새롭게 태어날 수 있게 된다. 자기를 알아볼 수 있으면 타인도 잘 알아보게 되어 타인에 대한 이해와 공감 능력이 커진다. 애도 과정이란 인간이 경험할 수 있는 감정의 모든 영역을 두루 체험하는 일이기 때문에 그 과정을 지나오면 정서적으로 확장되는 것을 느낄 수 있다. 더불어 삶의 다양한 국면에 대한 이해력이 커진다.

그보다 좋은 것은 애도 작업을 통해 우리가 진정으로 주체적이고 자율적인 사람이 될 수 있다는 점이다. 우리 삶에서 중요한 역할을 했던 대상 없이도 살아갈 수 있고, 혼자 힘으로도 잘해 나갈 수 있다는 사실을 확인하면서 자신감과 자율성이 강화된다. 그리하여 애도 작업이 끝나면 우리는 자기도 모르는 새에 한결 강하고 지혜로운 사람으로 변화하게 된다. 생의 가치를 새롭게 발견하며 새로운 자기, 새로운 비전, 새로운 생을 만나게 되는 것이다.

이제 상실과 애도 개념은 비단 정신분석학뿐 아니라 인문학의 다양한 분야에서 연구되는 주제이다. 애도는 무엇보다도 현대문학의 중심 주제이면서 동시에 문학을 분석하는 도구로 사용된다. 애도 개념으로 문학작품을 읽어 내는 논문이 1990년대 후반부터 많이 등장하고 있다.

자크 데리다는 1974년부터 2004년까지 30년 동안 애도에 대해 연구해 온 학자이다. 그는 처음에는 애도를 "피할 수 없지만 위험하며, 불가능하다"라고 경고했다. 애도 작업이 자기 연민에 빠지거나 타인을 비인간적으로 소모할 위험이 있기 때문이라는 이유에서였다. 그러나 1990년 무렵에는 애도를 "끝나지 않는, 위로할 길 없는, 화해할 수 없는 유한성이다"라고 말하며 애도에 대해 긍정적인 태도를 취한다.

발터 벤야민은 "멜랑콜리가 진정한 역사 이해의 근원이 된다."라고 말한다. 실제로 애도하지 못한 오이디푸스적 갈등이 상징적 아버지인 국가를 향해 확대되었을 때, 그것이 프랑스혁명의 동력이 되었다는 분석도 나와 있다(린 헌트, 《프랑스혁명의 가족 로망스》).

줄리아 크리스테바는 현대사회의 폭력성은 애도 불이행의 문제라고 말하고(《검은 태양》), 주디스 버틀러는 현대사회의 폭력성뿐 아니라 동성애적 경향조차 애도 불이행의 문제라고 제안한다(《불안정한 사회》). 근대 이후 이성과 합리를 중시하는 사회가 삶 속에 있는 슬픔의 의례를 없앤 것도 현대인들이 심각한 심리적 문제를 안게 된 원인이라고 한다(윌리엄 왓킨). 이제 애도는 개인뿐 아니라 문화와 사회를 읽는 핵심 개념(폴 리쾨르)이 되었다.

프로이트는 사랑을 리비도의 투자, 이별을 리비도의 회수라고 설명한다. 리비도란 원본능 영역의 열정 덩어리로서 사랑하는 마음, 성 에너지, 심리적 집중 등을 통틀어 지칭하는 의미쯤 된다. 리비도를 거두어 오는 일은 그러나 빌려 주었던 책을 돌려받는 것처럼 쉬운 일이 아니다. 사랑했던 사람이 떠난 후에도 리비도는 관성의 법칙에 의해 한동안 상대방을 향해 흘러간다. 떠난 사람을 그리워하고, 찾아다니고, 고통스러워한다. 다음에 이어지는 이 책의 두 번째 장은 바로 그런 상태, 리비도가 여전히 상대를 향하고 있는 심리 단계를 다루고 있다.

세 번째 장은 잃은 대상을 마음에서 포기하고 바야흐로 리비도를 거두어 온 상태에 관한 내용이다. 사랑하는 마음과 열정을 되찾아 와 자기 내면에 간직하긴 했지만 그것을 어떻게 처리해야 할지 몰라 우왕좌왕한다. 사물을 사랑했다가, 자기 파괴적으로 사용했다가, 고갈시켜 버리려 시도하기도 한다. 그런 모든 감정들이 일제히 과장되기도 하는 게 세 번째 단계의 특징이다.

네 번째 장은 비로소 리비도를 회복과 변화를 위해 사용하는 단계이다. 상실을 슬퍼하고 고통스러운 감정을 표현하고 잃은 사람을 마음으로부터 떠나보내기 위해 적극적으로 노력해야 하는 과정을 담고 있다. 이 시기를 어떻게 보내느냐에 따라 새롭고 건강한 사람으로 태어날 수 있는지, 부정적 애도 단계에 멈추고 말 것인지가 결정된다.

물론 위의 세 과정은 서술의 편의를 위해 나누어 놓았을 뿐 정신분석학이나 심리학적으로 정립된 이론은 아니다. 세 단계가 일직선으로 진행되는 것도, 그 감정들이 차례대로 경험되는 것도 아니고 한 번 지나갔다고 완료되는 작업도 아니다. 저 모든 과정이 하루 만에 혹은 단 한 시간 만에 다 경험되기도 하고, 수없이 반복 경험되기도 한다.

Chapter 2

돌아오지 못한 마음 사랑은 그 자리에

열정을 쏟았던 대상은 사라졌지만 열정은 여전히 떠난 사람을 향하고 있다.
돌던 팽이가 단숨에 멈출 수 없는 것처럼 리비도 투자도 관성의 법칙을 따른다.
마음속에 여전히 잃은 대상을 간직한 채 그의 집 앞을 서성이거나,
그가 언제 돌아올 거라 믿거나, 뒤늦게 혼자 분노한다.
리비도 회수가 이루어지지 않은 단계이다.

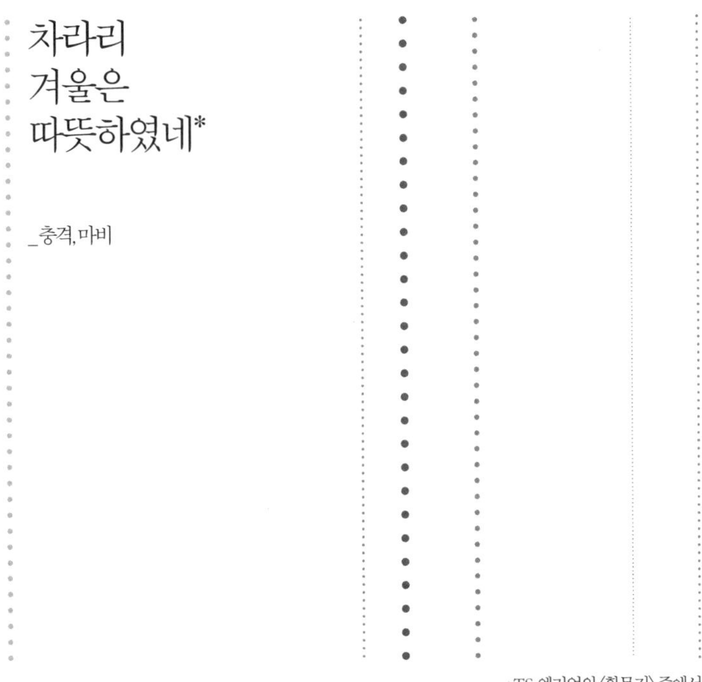

차라리 겨울은 따뜻하였네*

_충격, 마비

*T.S. 엘리엇의 〈황무지〉 중에서

서른 살이 되던 초봄, 할아버지 사망 소식을 듣던 순간 내게 특별한 감정은 없었다. 할아버지는 92세에 이르도록 장수하셨고, 죽음은 모든 인간에게 닥치는 일이고, 할아버지도 당연한 수순을 밟으셨다고 생각했다. 당시 나는 직장에 다니고 있었는데, 그다음에 든 생각은 그달 치 마감을 끝낸 직후여서 참 다행스럽다는 사실이었다. 이어서 입고 갈 검은 옷을 점검했고, 며칠 자리 비우는 틈에 대비하여 몇 가지 업무를 처리했다.

특별한 느낌이 없는 대신 나는 전체적으로 좀 멍한 상태였다.

할아버지 장례식 내내 눈앞이 뿌연 안개에 가려져 있는 듯, 세상이 허공 1백 미터쯤 상공에 떠 있는 듯 현실감이 없었다. 그것이 가족 중에서 최초로 만난 죽음이기 때문인 듯도 했고, 봄빛 때문인 듯도 했고, 서른 살이 되었다는 압박감 때문인 듯도 했다. 무엇보다도 눈물이 나오지 않는 일은 난감했다. 곁에서 누군가가 "곡해라. 그냥 아이고, 아이고라도 해라." 하고 권했지만 빈소리조차 나오지 않았다.

이따금 손끝 발끝이 싸늘해지면서 온몸의 근육들이 단단하게 굳는 느낌이 있기는 했지만 그것이 슬픔 같지는 않았다. 나는 슬픔이 느껴지지 않는 내면을 들여다보며 당황했고, 그런 자신에 대해 자책감을 느꼈다. 그 상황에서 내가 한 일은 단 하나였다. 무엇이든 일거리를 찾아내 열심히 그 일을 하는 것. 장례식 기간 내내 나는 주로 음식상과 설거지 그릇들 사이에 머물렀고 장례식은 나와 먼 곳에서 진행되는 듯했다.

휴가를 마치고 다시 출근했을 때는 몸과 마음이 모두 장례식 이전으로 돌아간 것 같았다. 모든 일이 이전과 똑같이 진행되었고 아무것도 달라진 것은 없었다. 출근 첫날 오전에 동료와 자동판매기 옆에서 커피를 마시며 창밖 고가도로 위를 빠르게 지나가는 자동차들을 바라보았던 일이 기억난다. 동료는 장례식을 잘 치렀느냐고 물었다. 그 질문에 내가 했던 대답이 오래도록, 두고두고 기이한 느낌과 함께 떠오르곤 했다.

"별일 없이 끝났어. 그런데 벌써 봄기운이 완연하더라. 나뭇가지마다 물이 오르느라 바쁜데……, 초록색이 아니라 빨갛게 불타듯 물오르는 나뭇가지들도 있더라구."

말하면서 나는 귀경길 고속도로 주변에서 너울처럼 출렁이던 관목들을 떠올렸다. 동료는 잠시 말이 없더니 이렇게 대응했다.

"나무들이 미쳤나 보지."

우리는 털어내듯 웃으며 커피를 마저 마셨고, 방금 나눈 대화를 폐기하듯 종이컵을 쓰레기통에 버렸다. 그날 이후, 이전과 똑같은 날들이 반복되었고, 그것이 전부였다. 내가 할아버지 사망과 관련하여 경험한 심리적 내용물은.

문제는 장례식 몇 주 후부터 생기기 시작했다. 봄이 화창해질수록 나는 이상하게 '견딜 수 없다'는 감정에 시달리기 시작했다. 원래 봄을 좀 타는 편이기는 했지만 그 봄은 유난히 심했다. 사실 나는 직장 생활에 몸을 잘 맞추는 타입은 아니었다. 회사 분위기가 자유로운 편이고 업무에 창의적인 요소가 많아서 일하는 것을 재미있어 했을 뿐 유능한 직원도 아니었다. 그래도 월급 받는 만큼은 봉사한다는 원칙으로 꽤 성실히 일했는데 그 봄 무렵, 어디서 비롯되는지 알 수 없는 '견딜 수 없다'는 느낌에 사로잡혔다. 견딜 수 없는 것이 직장 생활인지, 나 자신인지, 화창한 봄빛인지도 불분명한 채로 온몸이 비틀리는 듯한 불편함만이 생생했다. 진정한 내가 존재하지 않는 듯한 느낌, 가짜인 나로 가짜인 삶을 사는 듯한 공허감 같은 게 있었다.

그때 나는 서른세 살쯤 퇴직할 계획을 세워 놓고 있었다. 서른

세 살이란 천재들이 요절하는 마지막 시간이어서, 그 이후는 천재 아닌 이들이 남아 꾸역꾸역 살아가는 시간이라 여겼다. 그래, 서른세 살쯤 퇴직하여 꾸역꾸역 애쓰는 소설가가 되어 보리라 꿈꾸었다. 그런데 할아버지 장례식 이후 '견딜 수 없다'는 느낌에 밀려 자꾸만 현실로부터, 시간으로부터 뒷걸음질 치게 되었다. 더 이상 뒷걸음질 칠 공간 없는 벼랑을 등지고 선 느낌이 들었을 때 결국 사직서를 제출했다. 여름이 시작된 6월 말의 일이었다.

할아버지 장례식에서 충동적인 퇴사까지, 그 다섯 달 사이에 마음속에서 무슨 일이 일어났는지를 정확히 이해한 것은 아주 나중의 일이었다. 할아버지 장례식에서 나는 상실의 슬픔을 껴안을 힘이 없었기 때문에 감정과 감각을 마비시키고 있었다. 슬픔으로부터 도망쳐 숨을 대상으로 일거리를 찾아다녔고, 그 상실에 대해 말하지 못해 엉뚱한 나뭇가지 이야기를 했다. 그 후로도 상실의 슬픔과 고통에 정직하게 닿지 못한 채 그저 '참을 수 없다'고만 느꼈다.

예상치 못한 상실로 충격을 받을 때 몸과 마음이 제일 먼저 하는 일은 그 충격으로부터 자신을 보호하는 일이다. 재빨리 감정과 감각을 마비시켜 충격이 몸과 마음으로 들어오지 못하게 한다. 우리는 흔히 헤어지자는 연인의 말에 "그게 무슨 말이지?"라고 반문하면서 이별의 말을 알아듣지 못한다. 언어는 알아들어도 그 언어에 내포되어 있는 의미가 이해되지 않는다. 생각도 멎고, 감각도 멎고, 동작도 멎는다.

"뭐라고? 다시 한 번 말해 봐."

그러면서 이해하려고 애쓰는 동안 몸에서도 마비의 느낌이 온다. 손끝 발끝이 싸늘하게 식어 가거나 심장박동이 느려진다. 화가 나서 소리치려 하면 큰 손이 목울대를 쥐는 듯 목소리가 나오지 않는다. 믿을 수 없는 그 사실을 받아들일 준비가 될 때까지 충격으로부터 자신을 보호하기 위한 일이다.

충격과 마비의 반응 앞에서 슬픔이 느껴지지 않는 내면을 들여다보며 죄의식을 느끼는 인물들은 소설에서도 간혹 만났다. 미시마 유키오의《금각사》주인공은 '아버지의 죽음을 조금도 슬퍼하지 않는다는 사실에 대해 놀라움이라고도 말할 수 없는 일종의 무력한 감회'를 느낀다. 저 문장에서 '무력한'이라는 형용사는 마비의 본질을 가리키고 있다.

알베르 카뮈의《이방인》은 작품 전체에 몽롱한 마비의 감각이 배어 있다. 뫼르소는 어머니의 부음을 듣고 장례식장으로 가는 버스 안에서 내내 잠에 떨어져 있었다. 요양원에 도착해서도 몽롱한 졸음기를 매단 채 움직이고, 어머니의 관 앞에서 밤을 새우면서도 반쯤 잠에 취한 상태로 앉아 있는다. 장례 행렬을 따라가는 동안에는 질식당할 듯한 더위와 계속 흐르는 땀 이외에 다른 감각은 없다. 장례식을 끝내고 돌아온 후에도 뫼르소의 감각을 지배하는 것은 온통 몽롱한 햇살이다.

그가 해변에서 우발적으로 살인을 저지른 후 법정에서 "햇살이 눈부시기 때문이었다."라고 진술하는 대목은 실존주의의 명제가 아니라 마비된 감각에 대한 은유로 들린다. 뫼르소가 내내 시달렸던 졸음도 육체가 알아서 정신을 보호한 행동이었다. 시야를 흐리게 한 햇살 이미지도 상실의 현실을 분명하게 보지 않으려는 감각의 자기 보호 작용이었다.

카뮈에게는 어머니 죽음 이전, 더 이른 생애 초기에 이미 상실이 존재했다. 그의 아버지는 1914년 1차 세계대전에 징집되어 전장에 나갔다가 한 달 만에 큰 부상을 입고 전사한다. 그가 한 살이 채 되지 못했을 때의 일이다. 미망인이 된 어머니는 카뮈와 그의 형을 데리고 친정집으로 들어간다. 카뮈의 외할머니는 아이들을 때리는 거세고 독선적인 인물이었고, 외삼촌은 거의 벙어리였다. 그의 어머니 역시 불구에 문맹이었다. 남의 집 가정부로 고단한 삶을 살았던 어머니는 아이들을 사랑했지만 그 사랑을 자식에게 내보인 적이 없었다.

"그 기이한 어머니의 무관심! 나로 하여금 그 깊이를 헤아릴 수 있게 해주는 것은 세계의 이 광대한 고독밖에 없다."(《안과 겉》, '긍정과 부정의 사이' 에서)

그 어머니가 또 한 번 죽음과도 같은 경험을 한다. 어느 날 저녁 아무도 없는 집에 한 사내가 침범하여 어머니에게 난폭한 짓을 하고는 도망쳤다. 어머니는 기절했고 카뮈는 의사가 시킨 대로 어머니 곁에서, 어머니와 나란히 누워 밤을 지냈다. 그 경험은 카뮈에게도 생에 대한 기절과 같은 경험이었다. 나중에 카뮈는 그 순간을 이렇게 묘사한다.

> 세계는 완전히 해체되어 버렸고 그와 동시에 삶이 매일매일 다시 시작된다는 환상도 사라져 버렸다. 공부도, 야망도, 어느 식당이 더 좋고 어느 색깔이 더 마음에 들고 하는 느낌도……. 이제는 아무것도 존재하지 않는다. 질병과, 내가 그 속에 잠겨 있다고 느껴지는 죽음만이 존재하고 있었다.

사실 카뮈가 부조리라고 명명한 세계, 그의 작품에서 느껴지는 몽롱한 비현실의 분위기는 저 '기이한 어머니의 무관심'이나 '해체되어 버린 세계'와 같아 보인다. 고통스러운 상실에 대해 아무것도 해결할 수 없고, 누구에게도 도움을 청할 수 없을 때 아이가 택할 수 있는 방법은 죽음에 근접할 정도로 감각을 마비시키는 것뿐이었으리라. 충격과 공포를 나른하고 몽롱한 분위기로 변질시켜 정신적으로 살아남았을 것이다. 어머니의 기이한 무관심뿐 아니라 자신의 내면에도 "일종의 선천적 불구와도 같은 깊은 무관심이 있다"고 서술한 것을 보면 그 역시 내면에 형성된 마비의 감각에 대해 알고 있었을 것이라 짐작된다.

가족의 죽음 앞에서 슬픔의 감정을 느끼지 못하는 건 소설 속 인물들의 특성만은 아닌 듯하다. 지인들의 문상을 여러 차례 가보았지만 슬퍼하며 우는 상주를 본 기억이 없다. 그들은 대체로 정중하게, 혹은 가만히 웃음 띤 낯빛으로 조문객을 맞았다. 간혹 어머니나 아버지가 어떻게 돌아가셨는지에 대해 높고 빠른 말투로 이야기하는 사람을 만나기는 했지만 그것도 슬픔을 표현하는 방식은 아니었다.

우리는 대체로 머리로는 죽음을 이해하지만 그것을 가슴으로 내려보내는 데는 시간이 좀 걸린다. 멀쩡하게 장례를 치른 다음, 한두 주나 한두 달쯤 지난 후에야 비로소 머리에 있던 상실감이 가슴으로 내려온 것을 알아차린다. 아니, 그것을 상실감이나 슬픔이라고 느끼기보다는 왠지 가슴이 답답하고 소화가 잘 되지 않는 증상으로 느낀다. 간혹 일이 손에 잡히지 않거나 삶이 견딜 수 없다고 생각하기도 한다.

"나는 남편의 죽음을 잘 이겨냈어. 너무 많이 슬퍼하지 않았고, 장례 문제도 손수 처리했고, 몸과 마음이 무너지게 아프지도 않으면서 잘 버텼어."

그렇게 말하면서 스스로를 대견하게 여기는 중년 여성을 만난 일이 있다. 그녀는 남편이 죽은 지 5년이 지났음에도 여전히 불면증, 소극적 분노, 비행기를 타지 못하는 문제 등에 시달리고 있었다.

R e c i p e

애도 일지 기록하기

애도 작업은 상실이 일어난 바로 그 순간부터 시작되어야 한다. 최초의 충격과 혼돈부터 기록함으로써 위험한 감정들을 위험하지 않은 형태로 표현하기 시작한다. 잘 쓰거나 규칙적으로, 의무적으로 쓸 필요는 없다. 종이와 연필을 들고 내면의 목소리가 이끄는 대로 써 나가면 된다.

생의 속도를 늦추기

애도 작업은 한순간에 끝낼 수 있는 일이 아니다. 절대적 시간이 필요한 감정적, 정서적 과정이며, 많은 심리적 에너지가 필요한 작업이다. 생의 속도를 늦추더라도 우선 애도 작업을 잘 이행하는 게 중요하다는 사실을 인식한다.

중요한 결정은 뒤로 미룬다

마비 상태는 잠시 후 해소되지만 이어지는 감정 상태는 평소와 다르다. 이 시기에 느닷없이 퇴직, 유학, 여행 등을 결정하는 것은 내면이 갈등을 잘못 해소하는 방법이므로 나쁜 결과를 초래할 수 있다. 간혹 자녀를 잃은 후 부부가 이혼하는 경우를 보는데 이는 애도 과정에서 맞게 되는 분노와 죄의식을 배우자에게 쏟아부으며 파국으로 치달은 결과다. 애도 기간에 꼭 결정할 사안이 있다면 지혜와 경험을 갖춘 윗사람과 의논한다.

슬픔을 느끼지 않아도 괜찮다

슬픔이 느껴지지 않을 때는 무감각하고 마비된 상태에 있다는 사실을 알아차린다. 눈물을 흘리지 않아도, 슬퍼하지 않아도 잘못된 것이 아니라고 느낄 수 있도록 주변에서도 배려해 준다.

모든 것은 지나간다

상실감이 마음을 덮치면 그 암흑과 같은 절망이 영원할 것 같은 두려움이 인다. 그러나 일찍이 솔로몬 왕이 반지에 새긴 단 하나의 중요한 문장처럼, 모든 것은 지나간다. 상실감이나 슬픔뿐 아니라 애도 작업조차도. 마비된 듯 현실감이 느껴지지 않는다면 겨울을 지나고 있기 때문이라고 이해한다. 더 아름다운 꽃을 피우기 위해, 수선화처럼, 알뿌리를 단단하게 다지는 중이라고 믿는다.

사랑하는 사람이 죽으면 우리는
그의 죽음에서 자신의 죽음을 미리 맛볼 뿐 아니라
어떤 방식으로든 그와 함께 죽는다.
-베레나 카스트

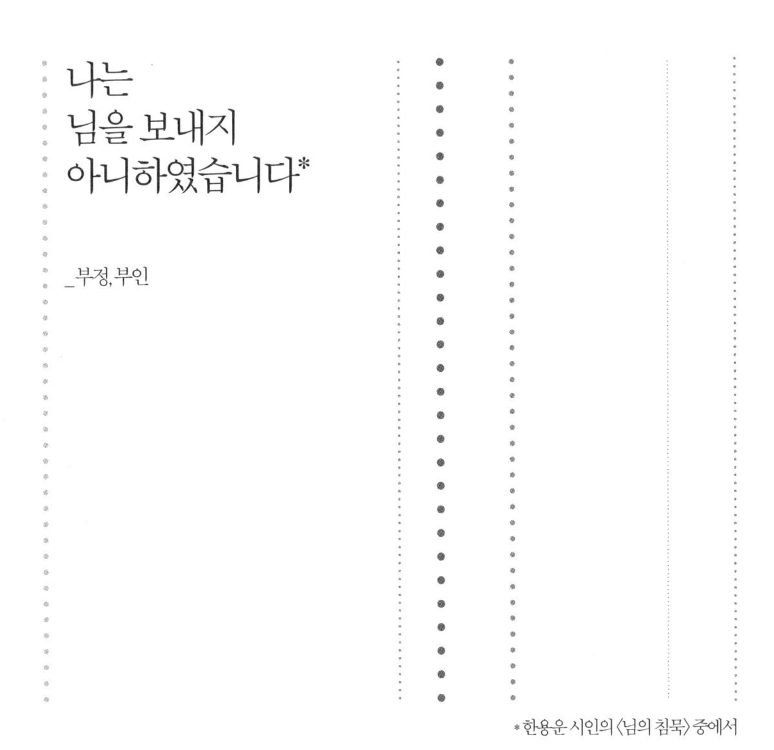

나는 님을 보내지 아니하였습니다*

_부정, 부인

*한용운 시인의〈님의 침묵〉중에서

내가 알베르 카뮈만큼 되풀이해서 읽는 작가가 또 한 사람 있는데 그는 로맹 가리, 혹은 에밀 아자르이다. 그의 모든 소설을 좋아하지만 그중《새벽의 약속》과《자기 앞의 생》을 이따금 펼쳐 본다. 조금 더 솔직하게 고백하자면, 저 두 소설은 펼쳐 들 때마다 몇 장 넘기지 않아서 서늘하고 습기 찬 슬픔의 감정 속으로 젖어 들곤 한다. 맨 처음《새벽의 약속》을 읽었을 때는 간단없이 눈물이 흘렀던 기억이 있다.

"나이는 여덟 살밖에 되지 않았으나 [···] 나는 서서히, 그러나 확실하게, 대놓고 모욕을 받고도 전혀 개의치 않는 법을 배우게 되었다. 이제 나는 인간이란 결코 웃음거리가 될 수 없는 무엇임을 잘 알고 있다. 그러나 조롱과 빈정거림과 욕지기를 맞으며 층계에 서 있던 그 몇 분 동안에는, 내 가슴은 수치와 공포에 사로잡힌 짐승이 절망적으로 빠져나가려 몸부림치는 우리로 변하였다."

가령 저런 대목에서 목이 멘다.《새벽의 약속》을 처음 읽었을 때 친구에게 그 책을 들고 가 읽어 보라고 권했다. 문학을 공부한 친구는 오후 나절에 책을 읽기 시작했는데 내가 잠드는 자정까지도 책을 붙들고 있었다. 책을 읽는 내내 울기는커녕, 간간이 낮은 웃음을 터뜨리곤 했다. 그렇다고 친구가 책에 몰두하지 않은 것은 아니었다. 내가 새벽에 잠에서 깨었을 때도 책을 붙들고 있었고, 여전히 눈물 따위는 흘리지 않았고, 그날 정오 무렵에 마지막 책장을 덮었다. 나는 친구에게 그 책이 슬프지 않더냐고 물었다. 친구는 눈을 동그랗게 뜨면서 되물었다.

"이 책이 왜 슬픈데?"

로맹 가리의 아버지는 그가 태어난 지 얼마 지나지 않아 어머니와 헤어졌다. 그는 어머니와 둘이 살았는데 그 모자는 유대인이라는 이유로 러시아에서 추방당한 후 폴란드를 거쳐 프랑스로 이주하며 가난과 불안의 삶을 이끌어 왔다. 이미 열세 살 적에 그는 "세상의 정의를 다시 세워 마침내 행복하고 정당하고 자신만만하게 된 내 어머니 앞에 갖다 바치리라 격렬한 다짐"을 한다. 어머니가 세상의 정의가 바로 세워지는 것을 보지 못한 채 사망하고 난 후 그는 극심한 우울증에 빠진다. 그 역시 알고 있었다.

"그토록 어려서, 그토록 일찍, 그토록 사랑받았다는 것은 좋지 못한 일이다. 그다음부터는 죽는 날까지 찬밥을 먹어야 한다. 어떤 여자가 당신을 안아서 가슴에 품어 준다고 해도, 그것은 조사(弔詞)에 불과한 것이다. 그리하여 버림받은 개처럼 매일 어머니 무덤에 돌아와 짖어 대는 것이다."

자전소설《새벽의 약속》을 배경으로 하면《자기 앞의 생》에 담긴 내용이 더 특별하게 읽힌다.《자기 앞의 생》은 유대인 유모 로자 아줌마와 그녀가 돌보던 아랍인 소년 모모의 이야기이다. 로자 아줌마는 비만과 노화로 죽음에 다다랐을 때 병원에 입원하는 것을 피해 지하실로 숨는다. 식물인간 상태로 병원에 누워 목구멍에 억지로 생을 쑤셔 넣는 일을 피하기 위해서이다. 지하실은 유대인인 로자 아줌마가 언제 있을지 모를 나치의 핍박을 피하기 위해 마련해 둔 비상 공간이다.

부모에 대한 기억이 거의 없는 모모에게 로자 아줌마는 유일하게 생존을 의탁하고 있는 애착 대상이다. 모모는 지하실로 몸을 숨기는 로자 아줌마를 도와주고 그녀의 침대 곁에 매트를 깔고 함께 기거한다.

모모가 잠들었다 깨어났을 때 로자 아줌마는 결국 숨을 거둔 상태다. 모모는 이웃 사람들에게 로자 아줌마가 유대인의 고향 땅 이스라엘로 돌아갔다고 말하면서 그녀의 죽음을 아무에게도 알리지 않는다.

나는 그녀와 벗이 되게 하려고 온갖 양초를 다 켰다. 그녀의 화장품을 갖고 그녀가 좋아하던 모습대로 입술도 칠해 주었고 뺨에 연지도 칠해 주었고 눈썹도 그려 주었다. 가짜 속눈썹도 붙여 주려고 했지만 자꾸만 떨어져서 못 붙였다. 그녀가 더 이상 숨을 쉬지 않는다는 것을 알았지만, 그런 건 내게 상관없었다. 숨을 안 쉬면 또 그런대로 난 그녀를 사랑했었으니까. 나는 내 우산 인형 아르뛰르를 쥐고 그녀 옆의 매트 위에 누워서 완전히 죽어 버릴 정도로 아파지도록 애썼다. 촛불이 꺼지면 다시 켜놓고, 다시 켜놓곤 했다. [⋯]

내가 잠에서 깨어날 때마다 그녀의 얼굴빛이 회색이나 푸르게 변했기 때문에 여기저기 화장을 매번 고쳐 주었다. 난 그녀 옆의 매트 위에서 잤다. 아무도 없는 바깥세상에 나가기가 무서웠다.

모모는 그런 상태로 3주일을 보냈고, 네 번이나 바깥에 나가 향수를 사다가 로자 아줌마 몸에 뿌려 주었다. 단 한 사람, 로자 아줌마가 죽었을 뿐인데 '아무도 없는 바깥세상'이라고 말하는 데서 모모의 마음이 잘 드러난다.

아마도 로맹 가리는 죽은 어머니를 마음속 지하실에 뉘어 놓고 거듭 촛불을 켜고 향수를 뿌리다가 그대로 나가떨어져 버린 게 아닐까 싶다.

그는 《자기 앞의 생》을 출판하여 공쿠르 상을 두 번째로 받은 후 머리에 권총을 쏘아 자살했다. 그가 소설 속에서 로자 아줌마를 잘 장례 치르고 떠나보낼 수 있었다면 자신을 죽음으로까지 데려가지는 않지 않았을까 혼자 생각해 본 적이 있다.

충격과 마비의 상태에서 벗어나 비로소 상실의 현실을 받아들이려 하면 이번에는 걷잡을 수 없는 고통을 받아 안아야 한다. 그 고통을 감당할 수 없을 때 우리는 모모처럼 죽음을 부정하고 상실감을 부인한다.

자꾸만 화장을 고치고 향수를 뿌리듯, "뭐라고?" 되물으며 상실의 상황을 외면한다.

이별 앞에서 우리가 가장 많이 취하는 태도는 부정과 부인일 것이다. 사랑이 끝났을 때, 그리하여 상대방이 이별의 신호를 보냈을 때 우리는 대체로 그것을 받아들이지 않는다. 약속을 몇 차례 펑크 내도, 전화를 받지 않거나 문자를 씹어도, 이메일을 읽지 않아도 그것을 관계를 끝내고 싶다는 신호라 믿지 않는다. "바쁜가 봐. 그럴 만한 이유가 있을 거야."라고 합리화한다.

상대방이 분명하게 그만 만나자고 이별을 통보해도 그 말을 믿지 않는다. "너 지금 농담하는 거지?"라고 되묻거나, "그렇게 겁먹고 달아나려 하지 마."라며 오히려 상대방을 격려한다. 헤어진 지 1년이 넘은 연인이 여전히 자신을 사랑하고 있다고 믿으며, 언젠가는 그가 돌아올 것이라 기대한다. 심지어 그가 새로운 연인과 나란히 걸어가는 모습을 목격해도 자신과 헤어진 고통을 잊기 위해 아무나 만나는 거라고 생각한다. 집요하도록 상실의 현실을 부정하는 것이다.

떠난 가족의 흔적을 정리하지 않고 그대로 두는 일은 죽음을 부정하는 가장 흔한 경우이다. 사망한 아들이 머물던 방을, 그가 쓰던 물건까지 고스란히 간직하는 부모 이야기를 간혹 듣는다. 그곳에 이미 비현실적인 공간이 만들어져 있듯, 당사자의 내면에도 왜곡된 현실이 창조된다. 상실을 부정하는 태도가 나쁜 이유는 그처럼 현실을 바로 보는 눈을 잃게 된다는 데 있다.

미국 소설가 이언 매큐언의 《시멘트 가든》은 상실을 부정하는 태도가 어떻게 왜곡된 현실을 만들어 내고, 당사자의 인격을 왜곡하는가를 잘 보여 주는 작품이다. 소설 속 청소년 형제들은 학대 성향을 지닌 아버지와 복종적인 어머니를 연달아 잃는다. 아이들은 어머니를 지하실에 묻고 그 위에 시멘트를 덮는다. 그런 다음 시멘트 무덤을 중심으로 자신들의 애착 세계를 다시 구축하면서 모험과 자유가 넘치는 여름을 보낸다.

엄마 침대는 방 한가운데로 옮겨졌다. 우리는 그곳에서 수다를 떨거나 엄마가 조는 동안 엄마 라디오를 들었다. 이따금 나는 엄마가 장을 보러 가거나, 톰의 옷을 들고 줄리에게 무언가 이야기하는 소리를 들었다. 그 목소리는 언제나 부드러웠고 빠른 속도의 낮은 음색이었다. 오래된 삶의 방식들이 다시 구축되기 시작했을 때 '엄마가 자리에서 일어날 때'를 알 수 없게 되었으며, 그것은 가까운 미래가 아닐 것이라는 확신이 들었다.

물론 엄마는 다시 일어나지 않는다. 엄마의 삶이나 죽음과 무관하게 오래된 삶의 방식들을 다시 구축하면서 왜곡된 현실을 만들어 나가는 과정이 이 책의 줄거리이다. 그들은 요리, 청소, 일상적인 활동을 계속하지만 새로운 환경에서 그것이 갖는 의미는 비참할 정도로 그릇된 것들이다. 가장 나이 어린 톰은 가장 나이 많은 줄리를 엄마로 대치하면서 자아를 수정하여 여자처럼 옷을 입게 된다. 화자는 그의 누나와의 관계를, 아빠 엄마의 관계를 대체하는 근친상간적인 것으로 만든다.

상실을 부정하면서 떠나보내지 못한 것들은 마음의 지하 창고에서 악취를 풍기며 지금 이곳의 삶에 영향을 미친다. 노모가 세상을 뜬 후 우연히 처마 밑에 날아든 새를 어머니의 귀환으로 여기고 새에게 경배하는 사람도 있고, 아버지가 사망한 후 집으로 들어온 강아지를 돌아가신 아버지라 여기며 극진히 대하는 사람도 있다.

죽음을 부정하고 이별을 부인하는 마음에는, 그 사실을 받아들일 마음의 준비가 될 때까지 상실을 미루고자 하는 의도가 들어 있다. 언젠가 마음의 준비가 되었을 때 다시 한 번, 제대로 대상을 떠나보내기 위해 내면에 간직하는 것이다. 그것은 일시적인 방편일 뿐, 그 상태에 오래 머무르면 지연된 애도의 문제가 그대로 삶의 문제가 된다. 현실을 바로 보는 눈이 없어지기 때문에 진짜로 새를 어머니로, 강아지를 아버지로 믿게 되는 것이다.

상실을 받아들이지 못하면 왜곡된 현실 감각을 갖게 된다는 사실을 생각할 때 떠오르는 사례가 있다. 일본이 가끔씩 독도를 자기네 땅이라고 주장하는 행위가 그것이다. 일본은 우리나라를 비롯해 중국과 베트남까지 넓은 땅을 정복했다가 패전과 함께 그 모든 것을 일시에 잃었다. 그때 상실했던 땅덩어리뿐 아니라 패전의 경험 등이 심각한 집단 애도의 문제로 남아 있는 게 아닌가 싶다. 그렇지 않다면 저들이 멀쩡한 남의 나라 땅을 자기네 땅이라고 주장하는 행위를 이해할 길이 없어 보인다.

Recipe

'취급 주의' 상태임을 이해하기

상실의 충격을 받는 순간 우리는 마음이 약해지고 육체도 부서지기 쉬운 연약한 상태가 된다. 애도 기간 중에는 '취급 주의' 표식이 붙은 특별한 상태임을 인식하고, 어떠한 경우에도 자신을 몰아붙이지 않는다. 어느 시점까지는 회복되고, 어떤 일들은 반성하고, 어떤 문제들은 해결하고 등등의 짐을 스스로 짊어지지 않는다.

자신의 용기를 믿기

'취급 주의' 표시가 붙은 상태에서는 자신이 한없이 무력하고 나약한 존재처럼 느껴질 수도 있다. 하지만 그것은 일시적인 상태일 뿐이다. 인간에게는 무한한 가능성과 복원력이 있으며, 우리는 슬픔이나 고통보다 강하다는 것을 믿어야 한다. 또한 이 시기에는 자신을 관대하게 대하는 것도 중요하다. 자기 연민이나 슬픔은 애도 기간 중 느끼는 핵심적인 감정이다. 우리 사회는 슬픔을 드러내거나 자기 연민을 보이면 경멸하는 경향이 있는데, 바로 그런 이유로 인해 우리가 점점 공격적이 되어 가고 있음을 이해한다. 자기 연민을 느껴 본 사람만이 타인에 대한 연민과 동정심을 가질 수 있다.

외부의 도움 청하기

애도 과정 중에는 주변 사람들의 도움이 필요하다. 위급한 상황에서 '적절한 사람을 찾아 도움을 청할 수 있는 능력'은 성숙의 척도 중 하나다. 친구나 도우미에게 일정한 시간에 규칙적으로 방문해 달라고 요청하여 함께 있는 시간을 갖는다. 자신이 얼마나 슬픈지, 떠난 사람이 얼마나 그리운지 이야기 나눌 수 있으면 좋다. 상실의 감정에 대해 말할 수 없다면 말없이 함께 산책만 해도 좋다.

상실의 현실 받아들이기

가장 중요한 일은 떠난 사람이 더 이상 존재하지 않는다는 사실을 받아들이는 일이다. 상대의 마음을 돌리기 위해 충분히 노력했다면 실연당했다는 사실도 냉정하게 받아들인다. 실연은 하나의 관계가 끝난 것일 뿐, 존재 전체가 거절당하는 일이 아니다. 죽은 부모가 소가 되어 돌아왔다고 잠시 믿더라도 언젠가는 그것조차 떠나보내야 한다는 사실을 명심한다.

다른 편으로 가는
유일한 길은
통과하는 것뿐이다.
-헬렌 켈러

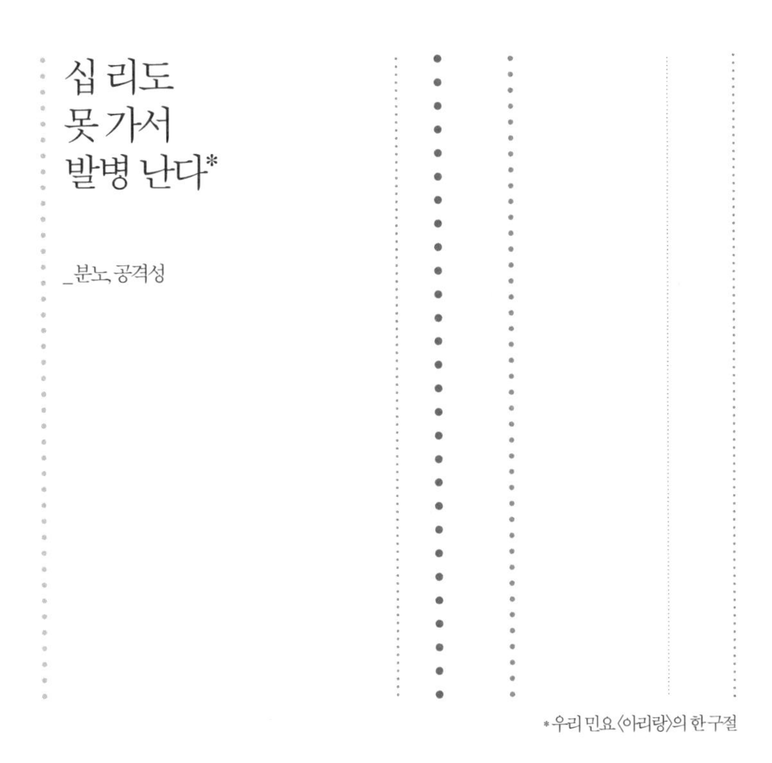

십 리도 못 가서 발병 난다*

_분노, 공격성

*우리 민요 〈아리랑〉의 한 구절

오래도록 이상한 느낌을 받은 사실이 하나 있는데 그것은 영화나 드라마에서 이별을 통보받은 이들이 하나같이 똑같은 대사를 내뱉는다는 것이었다. 사랑하던 사람이 헤어지자고 말하면 그들은 언제, 어디서든 다음과 같이 말했다.

"네가 어떻게 나한테 이럴 수 있어?"

문득 높은 목소리로, 분노에 가득 차서 소리 지르곤 했다.

"내가 너한테 어떻게 했는데, 네가 나한테 이럴 수 있어?"

그 대사는 일종의 원형처럼 이별 장면마다 약간씩 변형되어 반복되곤 했다. 그 대사를 들을 때마다 나는 저게 무슨 뜻일까, 하는 마음이 들곤 했다. 진심으로 그 말의 의미가 이해되지 않았다. 사랑하다가 헤어질 수도 있지, 상대를 사랑해야 하는 책임과 의무를 띠고 세상에 태어난 것도 아니고, 생을 두고 절대 복종과 예속을 약속한 관계도 아닐 텐데, 이별을 변절이나 배덕 행위처럼 여기는 저 태도는 무엇일까. 상대방이 당연하게 자신을 사랑해야 한다고 믿는 분노에 찬 말투는 무엇일까. 그런 대사를 이상하게 생각할 때 내 속에는 이런 마음이 있었다.

'그럴 수도 있지, 사랑하다가 마음이 변할 수도 있지, 뭘. 마음이 변할 때마다 죽일 듯이 덤비면 겁나서 누가 사랑을 하겠어.'

그런 생각을 하던 시절에 나는 내면에 분노를 억압하고 있었고, 내면에 분노가 있다는 사실조차 자각하지 못하고 있었다.

내면의 분노도 모르고, 사랑의 뒷면이 분노라는 사실도 모르던 시절에 J. D. 샐린저의《호밀밭의 파수꾼》을 읽었다. 그 책은 사춘기 무렵 누구나 한 번쯤 거쳐 가는 성장소설일 것이다. 그 소설을 읽을 때 주인공 소년이 교사에게 반항하고, 친구들에게 제멋대로 굴고, 간혹 자기 파괴적이거나 비겁한 모습을 보이는 것은 충분히 이해되었다. 사춘기가 원래 자기도 자기를 어쩌지 못하는 시기이니까, 그 책을 읽을 때 나의 내면도 그랬으니까.

그러나 한 가지 이해할 수 없는 사실이 있었다. 주인공 소년은 왜 그렇게 행동하는 것일까 하는 이유였다. 내가 보기에 그에게는 그렇게 행동할 만한 근거가 없었다. 그는 좋은 집안에서 태어났고, 아들 걱정이 끊이지 않는 자상한 부모와 친밀감이 두터운 여동생이 있었다. 비슷한 환경의 다른 친구들은 별 탈 없이 학교에 잘 다니는데 유독 그만이 학교를 그만둔 후 위험한 방황의 길로 들어섰다.

그는 왜 그랬을까? 그런 의문을 품던 시기에 내게는 형제의 죽음을 경험하는 일이 얼마나 큰 충격인지 이해하거나 공감할 능력이 없었다.

그래서 주인공 소년의 방황도, 그가 죽은 동생의 왼손잡이용 야구 미트를 소중하게 간직하는 마음도 이해하지 못했다. 그가 글쓰기 숙제에서 동생의 야구 미트를 섬세하게 묘사하는 글을 쓸 때 그 마음에도 공감하지 못했던 것 같다.

> 지금 앨리는 이 세상에 없다. 우리가 메인 주에 살고 있던 1946년 7월 18일 백혈병에 걸려 죽고 말았다. […] 나는 겨우 열세 살이었을 때 차고 유리를 깨부수는 바람에 정신분석 상담을 받았다. 그 일로 어른들을 비난할 수는 없었다. 정말 그럴 수는 없었다. 그 애가 죽던 날 밤 내가 차고로 숨어들어 유리창을 모조리 주먹으로 깨부쉈으니까. 그해 여름에 샀던 스테이션왜건의 유리창도 전부 깨 보려고 했지만 내 손은 이미 엉망으로 다쳐 있었기 때문에 그럴 수 없었다. 그건 정말 어리석은 일이었다는 걸 나도 인정하고 있다. 하지만 그러는 동안 나는 내가 무슨 일을 하고 있는지 몰랐다.

애도 개념을 이해하고 나서야 위 인용문에 내포된 상실감을 제대로 이해할 수 있었고, 오래된 의문에 답을 얻을 수 있었다. 소중한 대상을 잃으면 가장 먼저 치솟는 감정이 분노라는 것을, 그 소설 전체가 긴 애도 과정이라는 사실을. 주인공 소년이 불평불만 가득 찬 상태로 반항하고, 방황하고, 갈등하고, 사고 치는 그 모든 일들이 동생을 잃은 그에게 꼭 필요한 일들이었다는 것을.

앞서 언급한 조지 부시처럼 그도 동생을 잃은 애도 반응으로서 가장 먼저 분노와 혼돈을 경험하고 있었다. 그러고 보니 동생이 죽은 후 집 안의 접시를 모두 길바닥으로 집어던진 경험을 말했던 괴테도 생각난다. 자동차 유리창이나 접시를 깨뜨리는 것과 같은 분노(anger)는 사랑의 대상을 잃었을 때 나타나는 가장 보편적인 감정이다.

우리는 부모가 세상을 떠나도 어떻게 그렇게 가 버릴 수 있느냐고 화를 낸다. 병으로 고생하다 사망한 당사자를 원망할 수 없을 때에는 종종 분노를 의사에게 돌린다. 의사가 치료를 잘못했거나 최선을 다하지 않았을 거라고 비난거리를 찾으려 든다. 사고사 등으로 인해 원망할 사람조차 없으면 마침내 신을 원망한다. 독실한 신앙인이 소중한 사람을 잃은 후 냉담자가 되는 사례는 흔하다.

사랑이 끝났을 때 헤어진 연인에게 분노를 표현하는 일은 더욱 흔하다 "네가 어떻게 나한테 이럴 수 있어?"라고 소리치며 화내는 일은 하나의 전형이 되어 있다. 떠난 연인의 등 뒤에서 분노에 찬 행동을 하기도 한다. 악성 루머 만들어 음해하기, 뒤에서 비난하거나 험담하기, 보복하거나 복수하려는 마음 품기, 떠난 사람을 평가절하하거나 비하하기 등등. 상대의 가치를 훼손해야만 그를 잃은 아픈 마음을 달랠 수 있기 때문이다. 인터넷 세상이 되면서 요즈음은 이런 일들이 더 자주 일어나고, 더 파괴적인 힘을 갖게 되는 것 같다.

사랑을 잃었을 때 화를 내는 것은 유아적인 태도에서 비롯된다. 아기들은 자기에게 만족스럽고 편안한 것은 좋은 것이고, 불만스럽고 불편한 것은 나쁜 것으로 이해한다. 내게 좋은 것은 사랑하고 내게 나쁜 것에 대해서는 분노한다. 원하는 사랑을 주지 않고, 필요한 욕구를 충족시켜 주지 않는다고 해서 상대에게 화를 내고 신을 공격하는 것은 상실의 순간 우리가 잠시 유아기로 퇴행하기 때문이다. 퇴행하여 무의식에 있는 그 시절의 상실감을 다시 경험하기 때문이다.

너보다 더 좋은 사람 만나서 잘살고 말 거야. 그렇게 복수하고자 하는 마음을 품는 것도 분노의 결과이다. 새롭게 만나는 사람을 떠난 사람과 비교하는 마음이 든다면 그것 역시 애도 과정이 끝나지 않았다는 뜻이다. 애도 작업이 완료되면 그런 생각을 했던 자신이 우습게 느껴진다. 옛 연인이 더 이상 멋져 보이지 않기 때문이다.

최근에 클로드 안쉰 토머스의《풀 한 포기 다치지 않기를》이라는 책을 읽었다. 그 책의 저자는 18세에 아버지의 권유로 베트남

전에 자원입대한 경험이 있다. 그는 1년간 군 복무 후 귀국했는데, 그때 이미 그의 영혼은 절망적으로 파괴당해 있었다.

퇴역 후 그는 항상 권총을 가지고 다녔다. 권총이 없으면 불안해서 견딜 수가 없었다. 사랑하는 여성과 가정을 꾸렸지만 아들이 태어나자 집에서 도망쳐 부랑자가 되었고, 10년 이상 온갖 정신적 후유증을 겪으며 사회 부적응자로 살았다. 마침내 약물-알코올중독 재활 프로그램에 참가하여 중독을 치료하며 회복의 길로 걸어나올 수 있었다.

그 책에서 인상적인 점은 그가 베트남에서 무자비한 살상을 수없이 저질렀으면서도 죄의식이나 미안함보다 항상 불안과 공포의 감정에 시달렸다는 사실이다. 그것은 그의 내면에 깃들어 있던 감성이며, 그가 세계를 향해 확산시킨 것이기도 했다. 무엇보다 그것은 그의 아버지가 아내와 아들에게 넘겨준 공포와 분노였다.

책 도입부에는 저자가 부모로부터 학대받은 이야기가 나온다. 그의 아버지는 아들이 신발을 잃어버리고 늦게 귀가했다는 이유만으로 아이를 가죽 허리띠로 때리기 시작한다. 목에서 발목까지 시퍼렇게 멍들고 피가 나도록 때리다가 아이가 정말로 아파하고 있다는 사실을 깨닫고는 상처를 치료해 준다. 그 후로도 아버지는 아들의 상처를 치료해 줄 때마다 사랑하기 때문에 때린 거라고 거듭 말한다. 그의 아버지는 전쟁신경증에 시달리고 있었고 저자도 나중에 그 사실을 알게 된다.

아버지 세대의 사람들과 점점 더 깊이 교류하게 되었을 때, 제2차 세계대전에서 퇴역한 많은 참전자들이 가족과 고립된 채 말없이 고통받으면서 일생을 보냈음을 알게 되었다. 그들은 대개 차고나 지하실에서 홀로 시간을 보냈다. 내 아버지처럼, 그들도 전쟁의 후유증-죄의식, 수치심, 혼란, 두려움, 분노, 무감각-을 술로 달래고 있다. 그들은 침묵의 구덩이에 빠져서 죽어 가고 있다.

애도되지 못한 아버지의 공격성은 아들을 죽음의 전장으로 보내고, 어머니에게도 폭력을 휘두르는 것으로 표현된다. 어머니는 자신이 받은 폭력을 더 약한 아이에게 전달한다.

"어머니는 자주 나를 폭력으로 대했다. 하루는 뚜렷한 이유도 없이, 내 목덜미에 손을 얹더니 나를 끌어당겨 벽에 얼굴을 처박았다. 그러고는 내가 더 착한 아이였다면 그러지 않았을 거라고 윽박질렀다."

아버지의 문제가 아들에게 직접 상속되거나, 어머니를 거쳐 아들에게 흘러가는 광경이 고스란히 보인다. 저자가 아들이 태어나자 집에서 도망친 이유는 자신이 아들에게 나쁜 아버지가 될까 봐 두려워서 그렇게 했던 게 아닐까 싶다. 저들이 내면에 안고 있는 문제는 전쟁 경험으로 인한 상실, 공포, 고통이 전혀 보살펴지지 않았기 때문이다.

미국의 베트남 개입은 공식적으로 1975년에 끝났다. 그때부터 최근까지 베트남에서 복무했던 사람 가운데 10만 명 이상의 미국인 남녀가 자살한 것으로 추정된다. 미국의 노숙자 가운데 약 40~60퍼센트는 베트남 참전 군인들이라고 한다. 베트남 참전 군인들은 국민 평균보다 이혼율이 훨씬 높다. 친밀한 관계를 맺을 능력을 상실했기 때문이다. 전쟁의 경험도 잘 떠나보내야 할 텐데, 저 책의 저자는 그럴 수 없다고 말한다.

"전쟁의 현실은 사라지지 않은 채 오늘도 나와 함께 살고 있다. 전쟁은 결코 내 삶에서 사라지지 않을 것이다."

나는 저런 문장을 읽으면 불과 얼마 전에 우리가 경험한 한국전쟁, 그리고 베트남전쟁에 참전했던 우리 윗세대가 떠오른다. 그들의 내면은 어떨까 짐작해 보는 것조차 조심스럽다. 그들이 전쟁에서의 용맹과 위업만을 말할 뿐, 슬프거나 고통스러웠던 경험을 말하지 않는 점도 뒤늦게 마음이 쓰인다.

정신분석학자들은 애도 작업 중 양가감정과 공격성을 처리하는 문제가 제일 중요한 대목이라고 의견을 모은다. 분노의 감정이 보살펴지지 않은 채 오래 누적되어 차갑고 딱딱하게 변하면 증오(hatred)가 된다. 증오는 강한 혐오감이나 원한의 마음, 연민이나 죄의식이 없는 마음이다.

내면에 억압되어 있는 분노의 감정이 엉뚱한 곳에서 비합리적으로 과격하게 표출되는 것은 격노(rage)이다. 격노는 작은 일에 크게 분노하고, 엉뚱한 곳에서 걷잡을 수 없이 화가 나고, 한번 솟구친 화가 잘 다스려지지 않는 것이다. 애도 불이행에서 비롯되는 분노는 스스로 증폭하여 끝내 공격성(aggression)으로까지 표출

될 수 있다.

위 책에서 아버지, 어머니, 아들로 이어지는 폭력의 문제는 하나의 은유 같다. 우리 사회도 분노와 폭력을 저런 식으로 다루고 있고, 그것은 국제 관계에서도 마찬가지로 보인다. 폭력에 노출되어 있으면서 또한 폭력과 공모하는 현대인은 모두 상실의 문제를 안고 있는 게 틀림없어 보인다. 해결책은 애도하기에 있을 것이다. 슬퍼하기, 슬픔 속에 머무르기를 통해서만 소중한 것을 지킬 수 있다.

Recipe

분노의 감정을 알아차리기

화가 날 때는 자신이 화를 내고 있다는 사실을 빨리 알아차린다. 자신의 감정을 자각하는 순간, 그것이 격노로 폭발하지 않도록 안전장치를 틀어쥐는 효과가 있다. 또한 분노가 더 복잡한 감정들의 모음임을 알아차린다. 사랑받고 싶은 마음, 손상된 자기애, 무력감과 죄의식, 그런 것들을 세밀히 나누어 느껴 본다.

분노를 내면에 담고 있기

분노의 감정을 정서적으로 경험하는 일은 중요하다. 분노의 질량, 폭발력, 온도 등을 체감하면서 자신의 내면에 그렇게 위험한 것이 들어 있음을 몸과 마음으로 느껴본다. 분노를 내면에 담는다는 말은 '참는다'는 뜻이다. 분노를 참지 못해 자기보다 약한 대상, 즉 배우자나 자녀에게 쏟아붓는다면 그것은 분노와 불행을 상속하는 일이며, 가장 나쁜 해결책이다.

분노를 행동화하지 않기

분노를 처리할 때 특히 조심할 것은 그 감정을 행동으로 표현하지 않는 일이다. 이 대목은 수천 번 강조해도 지나치지 않는다. 대상을 직접 공격하지 않더라도 물건을 발로 차거나, 베개를 던지거나, 샌드백을 두드리거나 하는 폭력적인 대체 방법도 지양해야 한다. 그런 폭력적인 행동이 몸에 배면 통제력을 잃은 상황에서 습관적으로 표출될 가능성이 있기 때문이다. 분노를 자신에게 돌리지 않는 것도 중요하다. 특히 여성들은 분노를 자기에게 돌려 착한 사람이 되는 생존법을 택한다. 그것은 더 천천히 자기를 죽이는 행위임을 이해한다.

분노의 은유적 표현법 찾기

가장 좋은 분노 표현법은 글이나 언어로 그런 감정을 표현하는 일이다. 화난 마음을 애도 일지에 써 내려가거나 가까운 친구를 붙잡고 속 시원하게 수다를 떨면 된다. 치사하고 비겁한 엑스라고 맘껏 흉봐도 괜찮다. 땀이 날 때까지 달리기, 고독하고 긴 산행하기, 여럿이 어울려 운동하기, 소리 높여 노래하고 정신없이 춤추기. 그런 행위들도 내면의 위험한 열정을 위험하지 않게 표출하는 방법이다.

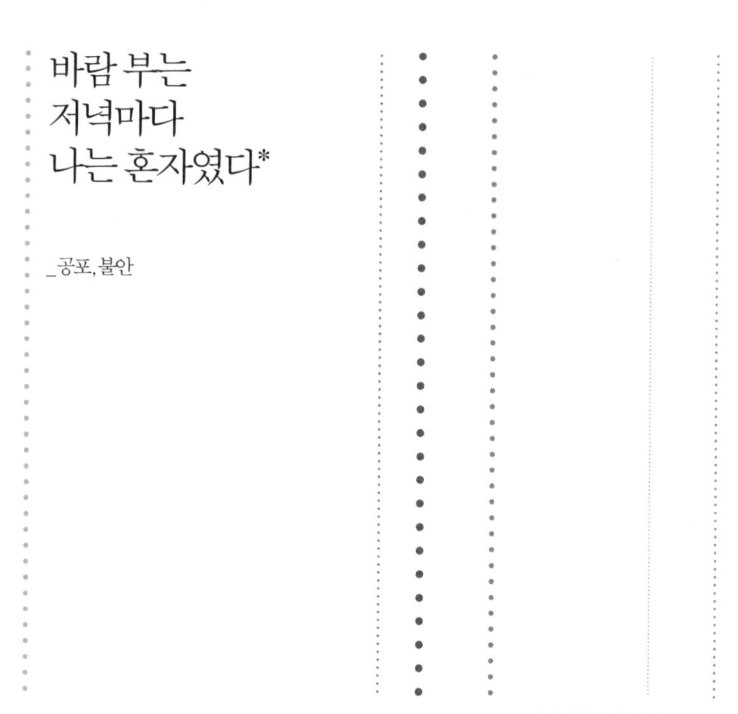

바람 부는 저녁마다 나는 혼자였다*

_공포, 불안

*최민 시인의 〈첫 수업〉 중에서

고등학교 시절, 내 친구 영이는 아버지 장례식을 치른 후 한동안 집에 들어가는 것을 두려워했다. 집의 모든 공간이 무서워 방문을 열 수도 없고, 다락에 올라갈 수도 없었다. 길을 걷다가 누군가 등 뒤에서 따라오는 것 같아 문득 온 힘을 다해 달음박질치기도 했다. 그 당시 내가 친구의 마음이 어땠는지 이해하거나 공감했던 것 같지는 않다. 그저 막막한 상태로 재가 왜 저럴까 생각했던 것 같다.

영이는 하교하여 현관문을 열 때가 가장 무섭다고 했다. 현관문을 열면 사랑하는 강아지가 죽어 있을 것 같았다. 아버지처럼, 강아지도 한순간에 죽을 수 있다는 사실을 생각하면 강아지를 바라보는 것조차 고통스러웠다. 영이는 결국 강아지를 맡아 기를 친구를 물색했고, 별로 친하지도 않은 친구에게 강아지를 주어 버렸다. 그런 다음 그 강아지가 잘 살고 있는지, 어떻게 되었는지 단 한 번도 묻지 않았다.

스물아홉 살에서 서른 살로 넘어가는 시기에 우리가 다시 만났을 때, 영이는 아버지 사망 직후가 자기 생에서 가장 힘든 시간이었다고 회상했다. 그 후로도 오래도록 모든 사물에 대해 강아지에게 했던 것처럼 했다고 한다. 어떤 사물에 정이 들까 봐 조심했고, 만년필이든 책이든 애착이 깊어진다 싶으면 얼른 그것을 처분했다. 어디에도 마음을 주지 않으려 노력했고, 어느 대상에게도 마음이 묶이지 않도록 애썼다.

"누군가를 좋아하게 될 때마다 그 사람이 죽을까 봐 두려워했어. 그래서 그가 안전한지 자주 확인하고, 그렇게 집착하고……. 그 긴장감을 견딜 수 없어 느닷없이 헤어지자고 말하거나 말없이 떠나곤 했어."

그리하여 영이는 비로소 사랑 같은 것에 휘둘리지 않고, 남자 때문에 울지 않는 사람이 되었다고 말했다. 그 말을 하는 영이의 낯빛에는 승리감 같은 게 있었다. 자기가 강아지에게 했던 행동을 성인이 된 후 사람을 향해 반복하고 있다는 것을 알면서도, 그러는 자신이 옳다고 생각하고 있었다. 영이에게는 더 이상 상처받지 않는 일이 가장 중요한 것처럼 보였다.

《자기 앞의 생》의 모모도 리자 아줌마가 죽을까 봐 걱정하는 시기에 자기가 키우던 강아지를 길에서 만난 여자에게 주어 버린다. 강아지를 건넬 때 모모는 옷을 잘 차려입고 좋은 차에서 내리는 여자를 선택한다. 그 여자에게 가면 강아지가 더 나은 환경에서 살 수 있을 거라 기대한다. 하지만 마음 더 깊은 곳에서 모모는 강아지가 리자 아줌마처럼 아프거나 죽을까 봐 두려워 강아지를 떠나보낸 거였다.

생각해 보면, 인간이 느끼는 최초의 상실은 장소의 상실일 것이다. 아기는 출생 순간 엄마 배 속의 안락하고 평화롭던 공간을 빼앗기는 것으로 세상을 경험하게 된다. 그때 아기가 느끼는 불안과 공포가 인간이 경험하는 최초의 심리적 조건이라고 말하는 심리학자들도 있다.

불안이나 공포심은 아직 분노의 감정을 표출할 줄 모르는 아기들이 느끼는 감정이다. 분노를 표현하면 사랑하는 대상을 잃을까 두려운 아이, 분노를 표현했을 때 받아들여지고 달래어진 경험이 없는 아이도 분노를 모두 외부로 돌려 누군가 자신을 공격할지도 모른다는 불안과 공포심으로 경험하게 된다. 성인 중에서도 분노를 표출하기에는 자아가 약한 사람들이 분노 대신 박해 불안을 경험한다. 타인이, 그리고 세상이 자신을 미워하고 적대적으로 대한다고 느끼는 것이다.

2008년 노벨 문학상 수상자인 르 클레지오가 잃어버린 것도 어떤 장소처럼 보인다. 그는 "내가 알지 못했던, 그러나 알아볼 수 있을 것 같은 언제나 나의 것이었던 장소에 대한 갈망이 내게는 있습니다."라고 밝힌 바 있다. 그는 그곳을 찾기 위해, 그곳의 유산을 이어받기 위해 여행한다고 말한다. 평생을 여행하면서, 언제 어디서 잃어버렸는지 알 수 없는 그 장소를 찾기 위해 그는 생의 거의 모든 시간을 사용한 듯 보인다.

르 클레지오는 인도양의 섬 로드리게스에 뿌리박은 가문 출신으로 프랑스 니스에서 태어났다. 성장기에는 의사인 아버지를 따라 아프리카를 돌아다녔다. 《조서》를 쓰던 시기에는 영국에 머물렀고, 군복무 대신 문화 교류 임무를 맡아 태국에서 2년 살았다. 그 후 멕시코와 중남미 도시들, 아프리카, 인도양의 섬들을 돌아다니며 머무는 곳마다 한 권씩 책을 써내고 있다. 그는 모든 곳으로 상실한 장소를 찾아다니며, 동시에 상실의 감정을 피해 모든 곳으로 달아나는 듯 보인다.

네모난 창으로 보이는 하늘이 곧 떨어져 나와 머리 위로 쏟아질 것 같았다. 태양도 마찬가지였다. 그는 땅바닥을 보았다. 그러자 갑자기 땅바닥이 용해되어 끓어오르며 발밑에서 자외선이 투과하듯 용해물이 흐르는 것을 보았다. 나무들은 독기 어린 물질을 발산하며 활기를 띠었다. […] 그는 무시무시한 화석 괴물들이 거대한 발소리를 내며 집 주위를 맴도는 것을 느꼈다. 건잡을 수 없는 공포에 사로잡혀 그는 아무것도 상상할 수도 분노할 수도 없었다. 사람들은 적의를 품었고, 야만적이며, 사지가 털로 덮이고, 머리는 작은, 비겁하고 잔인한 식인종으로 변해 시골길을 따라 빽빽이 줄지어 쳐들어왔다. […] 그는 점점 구석에 몸을 웅크리고, 이 짐승들의 먹이가 될 최후의 공격을 대비해 방어 태세를 갖추었다.

르 클레지오의 소설《조서》중 한 대목이다. 본문에는 저런 식의 공포와 박해 불안에 대한 묘사가 서너 배쯤 길게 전개되어 있다. 그로테스크한 시각적 이미지가 얼마나 생생한지, 작가가 오감으로 체험하지 않고는 묘사할 수 없는 경지가 아닐까 생각해 보았다.

온 세계를 떠돌던 르 클레지오는 1969년부터 5년간 인디언들과 함께 살았던 파나마에서 마치 전생의 고향 같은 정신적 뿌리를 찾았다고 한다. 자연과 어우러지는 삶 속에서 진정한 실존을 발견한 듯 보인다. 그 시기 이후 작품에서는 불안과 두려움의 요소가 가시고 안정이 깃들게 되었다고,《성스러운 세 도시》를 번역한 홍상희 씨가 '역자의 말'에 쓰고 있다. 그가 그 무렵에야 애도 작업을 끝냈다는 의미로도 들린다.

히틀러가 유대인을 박해한 이유도 유대인에 대한 공포심 때문이었다는 것은 널리 알려진 사실이다. 자전적 기록《나의 투쟁》을 보면 그는 인정하지 못하는 자신의 나쁜 특성들을 모두 유대인에게 투사한다. 유대인을 악의 화신, 세계의 모든 곤란의 원인이라 치부하면서 자신의 불안과 공포도 유대인에게 쏟아부었다.

그렇게 한 히틀러에게도 애도하지 못한 유년의 문제가 있었다.

그의 어머니는 히틀러를 낳기 전에 두세 명의 자식을 잃은 경험이 있었고 히틀러도 그 사실을 알고 있었다. 히틀러가 다섯 살 때 태어난 남동생은 그가 열한 살 되었을 때 사망한다. 열한 살까지는 모든 과목에서 A학점을 받던 히틀러는 동생 사망 후 낙제하여 그 학년을 다시 다녀야 했다. 그가 열세 살 되었을 때는 건강했던 아버지가 뇌출혈로 사망하고, 4년 뒤에는 어머니 역시 병으로 사망한다.

가족을 차례로 잃은 히틀러는 빈으로 이주하여 상속받은 유산과 연금 수입으로 살아간다. 하지만 그는 내면에 누적되어 온 상실과 박탈의 감정들을 처리하지 못해 유산을 모두 탕진하고 거의 노숙자와 같은 처지가 될 때까지 자신을 방치한다. 1차 세계대전이 발발하여 전쟁에 참전하게 될 때까지.

"기본적으로 죽음에 대한 공포가 히틀러의 성격에 존재하고 생동하고 있다. 시간이 흘러 죽음에 근접하면서 유아적 공포는 더욱 강하게 작용할 것이다. […] 그는 한 개인으로서 정신도 역시 죽을 것이라는 사실을 아직은 받아들이지 못한다. 그의 심리 구조에서 불멸을 추구케 하는 것은 이런 요소이다."

월터 C. 랑거가 쓴 《히틀러의 정신분석》의 한 대목이다. 이 책은 1941년에 미국 전략 사무국(CIA의 전신)이 정신분석학자인 저자에게 의뢰한 기밀 사업이었다. 이 보고서는 30년간 기밀문서로 분류되어 있다가 최근에 출판되었다. 이 책에 의하면 히틀러에게는 죽음과 관련된 갖가지 공포가 있었다. 암살에 대한 공포, 독극

물에 대한 공포, 일찍 죽을지도 모른다는 공포 등등.

재미있는 사실은 히틀러도 자신의 죽음에 대한 공포를 잘 알고 있었고, 그것을 연설에 이용해 대중을 움직이는 방법 또한 알고 있었다.

"나는 모든 수단과 방법을 동원하여 놀랍도록 공포를 확산시킬 것이다. 중요한 것은 즉음에 대한 압도적인 공포의 갑작스러운 충격이다."

히틀러는 또한 죽음에 대한 공포 때문에 그것을 통제할 수 있는 절대 권력과 불멸을 꿈꾸었다. 그런 점에서 불로초를 구해 오라고 신하들을 닦달하면서 거대 권력을 꿈꾸었던 진시황도 히틀러와 비슷한 인물로 보인다.

사랑하는 대상을 잃었을 때뿐 아니라 사랑의 감정이 결핍되었을 때, 사랑을 기대한 사람으로부터 폭력이나 학대를 당했을 때도 애도해야 하는 문제가 생긴다. 박탈이나 폭력의 심각함은 어린 시절에 경험할수록 치명적이다. 앞서 언급한 부시와 히틀러는 사랑의 결핍으로 인해 불안과 공포를 갖게 되었다는 점에서 비슷한 측면이 있다.

히틀러는 성장기에 가족을 잃었을 뿐 아니라 가족과 함께 사는 동안에는 사랑의 감정 자체를 거세당했다. 히틀러의 아버지는 "야멸차고, 무자비하고, 우쭐거리고, 가차 없고, 비뚤어지고, 이기적이고, 근시안적이고, 무지한 사람이었다. 그의 어머니는 남편의 야만적인 대우를 말없이 참는 무기력한 희생자였다"(앨리스 밀러,

《폭력의 기억》). 히틀러는 아버지에게 자주 매를 맞았지만 어머니에게로 피해 숨을 수조차 없었다.

조지 부시의 불안과 공포 역시 단지 동생 로빈의 사망에 의해서만 발생한 감정이 아니다. 부시의 어머니 바바라 부시는 거의 모든 면에서 냉정한 훈육자였으며 망설임 없이 아이들에게 매를 들었다. 부시의 외할머니 폴린 로빈슨 피어스는 집에서 끊임없이 아이들을 꾸짖었고 종종 헤어브러시나 나무 옷걸이로 바바라와 형제들을 철썩철썩 때렸다고 기록되어 있다(《부시의 정신분석》). 부시가 도피해 숨고 싶은 또 다른 부모인 아버지는 사업상의 이유로 늘 집을 비웠다.

사랑의 대상을 잃은 박탈감과, 사랑의 대상은 존재하는데 그에게서 사랑받지 못하거나 학대당하는 결핍감 중 어느 쪽이 더 고통스러울까 생각해 본 적이 있다. 박탈은 대상을 포기할 수 있지만 영원한 절망이 따르고, 결핍은 포기할 수 없는 기대감으로 인해 거듭 분노가 증폭되지 않을까 싶다. 어느 쪽도 나쁘기는 마찬가지지만.

Recipe

비극화하지 않기

그 사람 없이는 살 수 없어, 다시는 사랑하지 못할 거야, 이제부터 내 생은 의미가 없어 등등 비극적인 생각이 꼬리를 물고 이어진다면 자리를 털고 일어난다. 그것은 불안감과 공포심이 만들어 낸 망상일 뿐이다.

내면의 부분 상실임을 이해하기

이별이든 사별이든 한 사람을 잃는 일이 자신의 존재 전체를 잃는 일은 아니다. 특정 대상과 맺고 있던 관계를 잃는 일이며, 그 관계에 투자하던 내면의 일부분을 잃는 일이다. 상실감 이외에 본래부터 가지고 있던 자신의 존엄성, 용기, 지혜, 공감 능력 등은 여전히 그곳에 있으며, 그것이 우리를 건강하고 안전한 곳으로 이끌어 갈 것임을 믿는다.

상실의 목록 적어 보기

25년을 살았든 45년을 살았든 사는 동안 잃어버린 소중한 것들의 목록을 적어 본다. 애착을 느꼈던 시계나 만년필 같은 것에서부터 어느 시기에 사랑했지만 다시 못 만나게 된 옛 친구나 연인, 잡지 못한 채 흘려보낸 기회나 꿈 같은 것까지. 그러면 삶이 상실의 연속이라는 사실을 받아들이기 쉬워진다.

'괜찮아'라고 말하지 않기

주변 사람들이 어떻게 지내느냐고 인사할 때 '괜찮다'는 의례적인 답을 건네지 말고 솔직하게 감정을 표현한다. 여전히 좀 슬프다, 무거운 마음이 걷히지 않는다 등등. 감정을 표현하는 것만으로도 내면의 문제가 조금씩 해결된다. 도움을 주고 싶어 질문한 사람들에게는 정직한 마음으로 그들의 보살핌과 연민을 수용한다. 형식적으로 질문한 후 솔직한 답변 앞에서 불편해하는 사람이 있다면 질문해 줘서 고맙다고 말한 후 화제를 바꾸면 된다.

몸과 마음을 조용히 쉬기

공식적인 애도 기간에는 사람들이 일상 업무를 면책시켜 준다. 그 틈을 타서 아무것도 하지 않아도 되는 기회를 만끽해 본다. 안락한 공간을 찾아 혼자 조용히 머무르면서 몸과 마음을 이완시킨다. 내면에서 들끓는 불안과 공포의 감정들을 가만히 내려놓고 그 상실의 더 깊은 의미를 생각해 본다.

안전이란 십중팔구는 미신이다.
삶이란 '위험을 무릅쓴 모험'일 뿐
그 외에 아무것도 아니다.
-헬렌 켈러

부르다가 내가 죽을 이름이여*

_그리움, 추구

*김소월 시인의 〈초혼〉 중에서

볼프강 볼헤르트는 희곡《문밖에서》로 우리에게 잘 알려진 독일 극작가이다. 그의 작품집《이별 없는 세대》는 1975년에 출간된 책이다. 몇 번 책장을 정리할 때마다 그 책을 다시 책장에 꽂곤 했던 이유는 제목에 매혹되어서였을 것이다. 혹은 무의식 속에 내가 해결해야 하는 애도의 문제가 있다는 것을 막연히 짐작하고 있어서였을지도 모르겠다.

그 책에는 제목만큼 매혹적인 소품 〈쥐들도 밤에는 잠을 잔다〉라는 작품이 있다. 아홉 살짜리 주인공 소년 율겐은 폭격으로 무너진 폐허 더미 옆에 앉아 며칠째 꼼짝도 하지 않는다. 자신을 데려가기 위해 누군가 찾아올까 봐 두려워하면서. 저물 무렵 나이든 사내가 지나가다가 벌써 며칠째 그곳에 앉아 있는 소년에게 말을 건다. 고아임에 분명해 보이는 소년을 일단 집으로 데려가기 위해 자기 집에 있는 예쁜 토끼들을 소개하고, 한 마리 줄 수도 있다고 제안한다. 그러나 소년은 그곳을 떠날 수 없다고 말한다. 사내가 이유를 묻는다.

내 얘기를 남에게 하지 않는다면 말이에요, 쥐들 때문에 그래요.

융겐은 재빨리 말했다. 사내의 굽혀진 다리가 한 발짝 뒤로 물러섰다.

쥐들 때문이라고?

예, 쥐들이 죽은 사람을 먹잖아요. 사람 말예요. 그놈들은 그렇게 사니까요.

누가 그러던?

우리 선생님.

그래서 넌 지금 쥐들을 지켜보고 있는 거냐? 사내가 물었다. 쥐들을 지켜보는 건 아니죠! 아이는 나지막하게 말했다. 내 동생이 저 아래 누워 있어요. 융겐은 손에 쥐고 있던 나무 막대기로 허물어진 벽을 가리켰다. 우리 집은 폭격당했어요. 갑자기 지하실 불이 꺼졌죠. 그리고 동생이 없어졌어요. 나는 그 아이를 불렀어요. 그 애는 나보다도 훨씬 어렸죠. 겨우 네 살이었으니까요. 틀림없이 여기 있을 거예요. 나보다도 훨씬 어린애거든요.

사내는 소년의 더벅머리를 잠시 내려다보았다. 그리고 말했다.

그래, 너희 선생님은 쥐들이 밤에 잔다는 사실은 아예 말하지 않으시든?

아뇨, 그런 말 하지 않았어요.

힘없이 말하는 율겐은 갑자기 피곤해 보였다.

음, 선생님이 그런 걸 모르신다고 해도 선생님이긴 하지. 사내는 말했다.

밤에는 쥐들도 잠을 잔단다. 밤엔 조용히 집으로 돌아가도 좋단다. 놈들은 밤에는 언제나 자니까. 어두워지기만 하면 말이다.

저런 대목이 매혹적으로 보였던 이유는 역시 상실의 감정에 감응하는 마음 때문이었다. 폐허에 앉아 쥐가 동생을 먹을까 봐 걱정하는 소년은 실은 죽은 동생을 그리워하고, 그 곁에 머물고 싶었던 것이다.

볼헤르트는 1921년 함부르크에서 태어나 1947년 스위스 바젤의 한 요양소에서 사망했다. 그의 생몰 연대에서도 알 수 있듯이 그는 1차 세계대전 중에 태어나 2차 세계대전이 끝난 직후까지 살았다. 군인으로 복무 중이던 스무 살에 수백만 명의 사람을 파멸로 몰고 가는 전쟁의 허위를 들추고 진실을 밝히는 편지를 썼다. 이 편지가 가택 수색에서 발견되어 체포 명령이 내려졌다.

그러나 체포 전날 그는 수만 명의 독일 청년들과 함께 러시아

전장으로 출동했고 거기서 탄환에 손이 짓이겨지는 부상을 입어 야전 병원에 수감되었다. 고향으로부터 그를 잡으러 온 경찰관은 부상당한 채 황달과 디프테리아의 고열에 시달리는 그를 뉘른베르크 감옥으로 끌고 왔다. 그는 법정에서 사형이 구형되었고, 어리다는 이유로 감형되어 6개월 후 가석방되었다. 물론 진짜 이유는 일선에서 복무시키기 위해서였다.

그는 다시 러시아 최전방으로 보내졌고, 그곳에서 심신이 황폐해진 폐인이 되었다. 더구나 몇 마디 정치적 농담이 빌미가 되어 또다시 감방에 유폐되었다. 그는 1945년 연합군에 의해 석방된 후 사망하기까지 2년 동안 병마와 싸우면서 작품들을 써냈다.

저런 연대기를 읽으면 가슴 아프다. 그런 때면 저 작품은 틀림없이 작가가 미치광이 같은 전쟁과 무력한 개인의 삶에 대해 글로써 행하는 애도 작업처럼 보인다.

소년 율겐처럼 우리는 쉽게 상실의 자리를 떠나지 못한다. 잃은 대상에게 사로잡힌 듯 그 순간은 죽음 곁에, 상실한 공간에 못 박히게 된다. 그것은 은유가 아니라 실제이다. 《이방인》에는 뫼르소가 어머니 관 옆에서 밤을 지새우는 대목이 나온다. 그는 내내 졸음을 참으며, 너무 밝은 전구 불빛 때문에 불편해하면서도 어머니 곁을 떠나지 않는다. 페터 한트케의 《왼손잡이 여인》에도 화자가 어머니의 관 옆에 머무는 장면이 있다.

"장례식이 있던 날 아침에 나는 오래도록 주검과 단둘이 방 안에 있었다. 갑자기 나를 엄습한 개인적인 감정이 시체를 지키는 일반적인 관습과 조응했다."

페터 한트케가 통찰한 것처럼 주검 곁을 지키도록 하는 관습은 인류의 그리움이 모여 만들어 낸 애도 의례일 것이다.

우리에게도 죽은 사람 곁에 머무는 장례 의례가 있었다. 삼우제, 49재, 1년 탈상, 3년 탈상 등은 그런 의례를 거치면서 산 이들이 서서히 죽음 곁을 떠나오는 방법일 것이다. 죽음 곁에 가장 오래 머무는 의례는 3년 여묘살이라고 할 수 있다. 죽은 부모의 무덤 곁에 움막을 짓고 3년 동안 머무는 일. 그 기간이 3년인 이유는 아마도 아기가 정신적으로 태어나 기본적인 자아를 형성하는 데 필요한 시간이 그만큼이기 때문이지 않을까 싶다. 태어나는 데 필요한 시간만큼 부모와 이별하는 데도 그만한 시간이 필요하다는 사실을 우리 선조들은 경험적으로 알았을 것이다. 그러므로 죽음 곁에 머무는 의례는 떠난 사람과 헤어지면서 동시에 새로 태어나기 위한 과정이기도 했을 것이다. 그러고 보니 이별할 때마다 나에게 3년씩이나 애도 기간이 필요했던 이유도 비로소 이해할 것 같다.

죽음의 자리조차 없을 때, 소중한 것이 흔적 없이 사라졌을 때, 우리는 모든 곳으로 대상을 찾아다닌다. 어린 부시가 동생 로빈이 죽은 후 '부시 테일'이라는 별명을 얻을 정도로 한자리에 가만히 머물지 못했던 이유는 불안감만이 아니라 상실한 대상을 찾고자 하는 의도도 들어 있었다. 엄마가 보이지 않으면 집 안의 모든 방문을 열어 보며 안절부절못한 채 돌아다니는 아이와 같은 행동이다.

그리움이라는 단어는 여전히 상실한 대상에게 사로잡힌 상태를 의미한다. 사실 우리가 사랑하는 사람과 헤어진 후 행하는 많은 행동들이 이 범주에 들어간다. 먼발치에서라도 한 번 보고 싶어 상대방의 직장이나 집 근처를 서성이거나, 비밀번호를 알아내어 이메일이나 음성 메시지를 엿듣거나, 그의 홈피를 방문해 일과를 체크한다. 술에 취해서 전화하거나 문자 보내기, 그의 친구들을 만나 어떻게 지내는지 염탐하기, 전화를 걸어 놓고 말없이 끊기. 그 모든 행동이 상실과 부재의 공간을 향해 열정을 쏟아붓는 일이다.

행동만 하는 게 아니라 심리적으로 사로잡힌 반응도 보인다. 모든 생각과 정서와 감각이 떠난 대상을 향해 있다. 추억을 되풀이해서 떠올리기, 잃은 대상의 이미지에 고착되기, 길을 걷다가 그와 비슷한 사람을 보거나 떠난 사람의 목소리 듣기. 떠난 사람의 통화 연결음이 귓가에서 울려 자주 전화기를 꺼내 보기도 한다. 그 관계에서 잘못한 점을 끝없이 후회하면서 시나리오 다시 쓰기, 잃은 대상을 되돌려 받기 위해 힘 있다고 생각되는 존재와 협상하기, '만약에 게임'을 한도 없이 이어가면서 그 관계를 복구하기 등등. 시간의 바퀴를 되돌리기 위해 애쓰고, 정서적 존재 전부를 걸고 상실과 싸운다.

그리하여 어느 지점에 이르면 그리움은 과거와의 싸움으로 변한다. 우리는 기어이 상실의 공간, 죽음의 장소에 갇히고 만다. 그리움이라는 낭만적이고 온건한 상태에서, 스토킹이라는 과격하고 폭력적인 상태로 건너가는 경계에는 종이 한 장의 차이밖에 없다.

잃은 것을 추구하고 그리워하는 마음은 간혹 무의식 깊은 곳에 있는 무의식적 대상을 추구하게 만들기도 한다. 그것이 이제는 도달하지 못하는 최초의 대상을 향한 열정인지조차 의식하지 못한 채 생애 초기와 같은 오이디푸스적 삼각관계를 향해 돌진한다.

미국 정신분석가 호르게 드 그레고리오는《나의 이성, 나의 감성》이라는 책에서 클린턴 대통령과 모니카 르윈스키의 관계를 애도 관점에서 분석한다. 클린턴 대통령이 백악관에 들어간 다음 해인 1994년 1월 6일 그의 사랑과 열정의 원천이었던 어머니 버지니아 캐시디 클린턴이 유방암으로 세상을 떠났다. 그의 어머니는 예전에 간호사였고 빌이 네 살 때까지 함께 산 할머니 역시 간호사였다. 어머니 사망 후 애도 과정을 거치면서 클린턴 대통령의 감성 안에 상당한 변화가 발생했던 것으로 보인다.

모니카 르윈스키의 아버지는 항암 치료사였다. 그는 젊은 간호사와 사랑에 빠져 아내와 딸을 떠났다. 아버지가 가정을 떠날 즈음 르윈스키는 고등학교에 재학 중이었고, 당시 학교 연극 무대 설치 기술자였던 앤디 블레일러와 첫사랑에 빠졌다. 앤디는 결혼 2년차 유부남이었지만 르윈스키는 앤디와의 관계를 유지하면서 그의 아내의 친구가 되었고, 때로 그들의 아이를 돌봐 주기도 했다. 그 이상한 관계에서 르윈스키는 아버지의 욕망 대상인 간호사 역할을 맡으며 다시 아버지와 연결되는 느낌을 가졌을 것이다.

이와 같은 배경을 가진 두 사람은 서로를 "첫눈에 알아보았다"고 한다. 두 사람이 서로를 알아본 배경에는 '간호사'가 있었다. 빌 클린턴은 자신의 상실감을 돌봐 줄 간호사 역할을 할 수 있는 사람을 알아보았고, 르윈스키는 아버지의 내연녀인 간호사가 되어 돌봐 줄 만한 아버지 대체물을 찾아냈다. 저자는 그 만남이 빌 클린턴과 모니카 르윈스키의 만남이 아니라, 그의 어머니와 그녀의 아버지의 만남이라고 분석한다. 두 사람은 서로에게서 무의식 속에서 추구하고 있던 원초적 사랑의 대상을 만난 것이다. 잃은 대상을 추구하는 행위가 무의식 차원에서 어떤 선택을 하는지를 보여 주는 사례라고 할 수 있다.

중년이 된 후 이따금 친구들에게서 '힘들다'는 말을 듣는 때가 있다. 처음에 그들이 힘들다고 호소할 때는 별 생각이 없었는데, 어느 순간 그렇게밖에 말할 수 없는 고통은 단 한 가지구나 하는 걸 알게 되었다. 돈 때문에 힘들면 은행에 가서 해결하고, 회사 일로 힘들면 상사나 동료와 의논하여 해결책을 찾으면 될 것이다. 해결책이 없는 힘듦, 그리하여 오직 '힘들다'라고밖에 말할 수 없는 고통은 사랑의 감정과 관련된 것뿐이었다.

이제야 알게 된 또 한 가지 사실은 중년의 친구들이 사랑에 빠질 때 그것은 노년의 어머니나 아버지를 잃은 후라는 점이다. 부모를 잃는 순간 그들은 무의식적으로, 무의식이 그렇듯 치밀하면서도 절박하게 오이디푸스적 갈등이 내포된 관계 속으로 돌진한다. 이 나이에 이런 사랑을 만나다니, 내면에서 올라오는 열정을 스스로 축복하기도 한다.

중년기에 부적절한 삼각관계에 빠지는 것 역시 애도 작업의 일환이다. 생애 초기의 삼각관계를 현재에 구현하여 그때 잃어버린 대상을 되찾고자 한다. 클린턴과 르윈스키처럼, 그 관계의 무의식적 진짜 목적은 잃은 대상을 되찾은 다음 다시 한번 잘 떠나보내고자 하는 것이다. 오이디푸스적인 내적 대상을 떠나보내는 일은 우리가 상징계로 들어서며 진정한 성인이 되는 지표이기도 하다.

Recipe

그리움과 함께 살아가기

떠난 사람을 찾아다닐 게 아니라 내면에 이는 그리움의 감정을 잘 지켜본다. 힘들겠지만, 그리운 감정을 내면에 간직한 채 일과를 꾸려 간다. 그리움과 함께 밥 먹고, 그리움 곁에 누워 잠들고, 그리움을 업고 산책한다. 그러다 보면 어느 순간, 그리움의 대상이 누구인지 혼돈스러운 순간이 온다. 그 시점에서 더 오래된 사랑의 대상, 생애 초기의 대상까지 떠올려 보면 좋을 것이다.

주변의 소중함을 알아차리기

그리움을 내면에 간직할 뿐, 절대로 떠난 사람을 찾아다니지 않는다. 떠난 사람의 뒤통수에 시선을 박고 있거나, 사랑이 떠난 빈 공간을 기웃거리거나, 과거의 시간에 몰두하지 않는다. 그 모든 관심을 거두어 주변에 존재하는 소중한 사람들, 가족이나 친구와 더불어 행복할 수 있는 기회를 향유한다.

'만약에 게임'을 끝까지 해보기

커다란 종이를 펼쳐 놓고 후회되는 모든 일들을 적어 본다. 만약에 그때 그의 전화를 놓치지 않았다면, 만약에 그가 빌려 달라는 돈을 빌려 줬더라면, 만약에 내가 좀 더 매력적이었다면 등등. A4 용지 백 장을 채워도 과거로 돌아가 그 관계의 어느 지점을 수선하거나 복원할 수 없다는 사실을 명백히 인식할 때까지 후회되는 일과 '만약에 게임'을 기록해 본다.

헤어진 연인은 만나지 않는다

딱 한 번만 더 볼 수 있다면, 그러면 마음을 정리하기 쉬울 텐데. 그런 마음이 들기도 한다. 하지만 애도의 모든 과정을 끝낼 때까지 헤어진 연인을 다시 만나는 일은 피한다. 그것은 애도 작업을 원점으로 돌리는 일과 같다. 만나서 섹스만 하고 다시 헤어지는 일은 최악의 선택이다.

무의식적 대상에 대한 예의를 지킨다

애도 기간에 오이디푸스적 사랑에 빠진다면 그 관계의 진정한 의미를 알아차린다. 이번 기회에 내면의 무의식적 대상도 잘 떠나보내리라 마음먹고 그 사랑을 잘 지켜보면서 이끌어 간다. 상대에게도 그와 같은 심리적 과정을 설명해 주면 좋을 것이다.

언덕 너머 무지개가 사는 곳

_환상, 마술적 사고

콜린 윌슨의 책 중 가장 먼저 읽은 것은 《아웃사이더》였다. 그 책은 정규 교육을 받지 않은 24세의 젊은이가 문학사의 고전들을 기존의 어떤 비평 사조와도 무관한 방식으로 읽어 낸 비평서라는 점에서 세계적인 관심을 모았다. 그런 후광을 입고 국내에도 번역 출판되었고 《아웃사이더》의 속편이라 할 만한 《문학과 상상력》도 출판 즉시 국내에 소개되었다. 두 권의 책을 읽을 때까지만 해도 나는 그저 천재적인 청년의 전혀 새로운 시각에 감탄하는 입장이었을 것이다. 그가 다음에는 또 어떤 책을 쓸까 기대도 하고 있었을 것이다.

아마 그 무렵쯤, 어느 책에서 그가 가난한 구두 수선공의 아들이었고 부모와 여러 형제와 함께 살았는데, 어느 저녁 상한 음식을 먹고 그를 제외한 온 가족이 한꺼번에 사망했다는 사실을 알게 되었다. 그때 그는 열 살 안팎의 소년이었다(이 정보의 근거를 찾기 위해 책을 모두 뒤졌으나 발견하지 못해 기억에만 의존한다). 가족이 병원에 갈 돈만 있었어도 일가족이 그토록 터무니없이 사망하지 않았을 거라는 내용도 덧붙여져 있었다. 어린 콜린 윌슨은 철물점 같은 곳에서 도제로 일하면서 무서울 정도의 독서광이 되어 갔고, 그 독후감에 해당되는 책이 《아웃사이더》와 《문학과 상상력》이었다.

그다음에 출간된 책이 《어느 철학자의 섹스 다이어리》였다. 그 책은 콜린 윌슨의 소설이라는 안내를 달고 출간되었지만 실은 그의 일기 모음이었다. 여러 가지 의미에서 기대감을 가지고 펼쳐 보았는데, 아마 그때부터 그가 조금 이상하다는 느낌을 받았을 것이다. 그는 철학적인 성 담론을 제시해 보고 싶었다고 하는데, 그럼에도 그 책에 담긴, 성에 대한 과도하고 현학적인 묘사는 부담스러웠다.

그것보다 더 기이하게 느껴졌던 것은 책에 펼쳐져 있는 오컬티즘에 대한 관심이었다. 그는 입으로는 그런 세계가 있다는 주장이 불합리하며 다시는 그런 세계와 어울리지 않겠다고 말하면서, 실제로는 거듭 관심을 보이고 마술 시연에 참관한다. 책에는 블랙

매직, 화이트 매직과 관련된 정보들이 상세하게 소개되어 있었다. 새의 목을 따서 피를 마시고, 주술을 외거나 악령과 대결하면서 초월적인 힘에 닿고자 하는 노력들은 위험해 보였다.

그 후로 콜린 윌슨은 계속 이상하고 낯선 곳으로 가는 것 같았다. 《잔혹》, 《살인 백과》, 《범죄 백과사전》, 《범죄의 역사》, 《세계 초능력 백과》, 《불가사의 백과》, 《사후의 삶은 있는가》 등이 그가 써낸 책들의 목록이다. 그가 새 책을 낼 때마다 나는 기묘한 느낌을 받으면서도 꼬박꼬박 그의 책을 구입했다. 꼼꼼히 읽지는 않았지만 한 번 쭉 넘겨본 후 "자료 가치는 있겠어."라고 스스로를 납득시키며 책장에 간직하곤 했다. 물론 그가 왜 이런 책을 쓰는 걸까 궁금했고, 무엇을 찾아 어디를 떠도는 걸까 의문이 일기도 했다.

내가 콜린 윌슨의 작업들을 이해한 것도 최근의 일이었다. 그가 환상과 상상력을 동원하여 현실 너머의 세계, 인간 정신의 비의적이고 공포스러운 측면을 탐구하는 이유 역시 애도 작업의 하나였다. 그는 이해할 수 없는 이유로 잃어버린 것들을 되찾기 위해 논리 너머, 현실 너머까지 찾아 헤매는 중이었다.

온 가족을 한순간에 잃은 아이는 많은 것이 궁금했을 것이다. 어떻게 그토록 한순간에 모두 떠날 수 있는지, 떠난 사람들은 어디로 갔는지 알고 싶었을 것이다. 그 대답이 책 속에 있을 거라 믿으며 무수히 많은 책을 읽었을 것이다. 책을 읽을수록 호기심과 상상력을 키워 나가며 잃어버린 가족에 대해 더 왕성하게 생각했을 것이다. 책은 고통스러운 현실로부터 도피해 들어가는 공간을 만들어 주면서, 동시에 잃은 가족과 만날 수 있는 몽상의 세계도 제공했을 것이다. 그의 탐구심과 환상은 현실 너머, 현실의 언어로 말할 수 없는 세계로까지 확장되었을 것이다.

환상은 아기가 심리적으로 살아남는 데 꼭 필요한 생존법이다. 한몸이라 여겼던 엄마가 잠시 곁에 없을 때 아기는 마음속에 엄마를 만들어 간직하면서 상실의 감정을 이겨 낼 수 있다. 엄마가 내면에 살고 있고, 언젠가는 돌아오리라 믿으며 상상 속에서 엄마와 함께 머문다. 환상은 아기가 상실의 날카로운 모서리로부터 자기를 보호하는 방법이며, 관계 맺기의 기본 역량인 대상 항상성을 형성하는 토대가 된다.

> 이 책의 구상을 처음 착안하였을 때 그 목적하는 바는 단순하였다. 즉 상상이란 무엇인가, 상상력이란 어떻게 작용하는 것인가라는 문제를 검토하는 일이었다. 나는 사르트르의 저서《상상력의 문제》에서 어느 정도 상상력의 본질을 이해하려 했지만 적잖이 실망하고 말았다. 사르트르의 가시덤불과도 같은 추상적인 용어로부터 겨우 얻어 낸 것은 '상상력이란 실제로는 눈앞에 존재하지 않는 사물이나 인물의 이미지가 뇌리에 형성되는 힘'이라는 것뿐이었다.

콜린 윌슨은《문학과 상상력》의 서문에서 이렇게 밝히고 있다. 상상력에 대해 저토록 진지하게 사유할 때 콜린 윌슨의 마음속에는 너무 많은 상상력이 있었을 것이다. 그는 "현실, 환상, 상상력 같은 기본 용어를 정밀하게 정의할 필요"를 느낀다고 말한다. "현실과 환상 사이에 하나의 선을 긋는 일이 얼마나 어려운가"에 대해서도 토로한다. 지나치게 왕성한 상상력과 너무 많은 환상으로 인해 불편을 겪고 있었을 그의 모습이 짐작된다.

그러고 보면 그가 쓴 글들은 모두 그의 내면에 깃든 호기심의 결과물 같아 보인다. 그는 환상적이고 비의적인 세계까지 들어가 주술적인 방법을 동원해서라도 가족을 찾고자 하는 마술적 사고에 사로잡혔을 것이다(《오컬티즘》). 세상이 어느 정도까지 폭력적이고 잔혹한가에 대해 이해하고자 했을 것이다(《범죄의 역사》). 자기에게 일어난 그 잔인한 일의 근원까지 파헤치고 싶었을 것이다(《잔혹》). 그럼에도 세상에는 우리가 이해할 수 없는 불가사의한 일들이 얼마나 많은지 밝혀 보고 싶었을 것이다(《불가사의 맥과》). 그의 저술 작업들을 따라가면서 그의 내면을 짐작해 볼 때 나는 일면식도 없는 이국의 작가를 조금 염려하기도 한 것 같다.

내가 콜린 윌슨의 책을 꾸준히 따라 읽고, 그의 책이 출간될 때마다 구매하는 마음 밑바닥에 무엇이 있었는지 알아차린 것도 최근이었다. 그의 초기 책들이 내 정서와 맞아떨어진 지점에 바로 상실한 것에 대한 안타까움과 애도하고 싶은, 그러나 애도되지 않는 마음이 있었다. 콜린 윌슨이 왜 엉뚱한 길로 접어들었을까 안타까워할 때, 나 역시 엉뚱한 쪽으로 관심을 기울이고 있다는 사실을 알지 못했다.

아니, 내가 신비적이고 비의적인 영역에 호기심이 많다는 사실은 알고 있었다. 나는 출판사 정신세계사에서 출간되는 책들을 즐겨 읽었다. 현실 너머의 세계를 탐구한 책, 비의적이고 신비주의적인 내용을 담은 책을 저항감 없이 받아들였다. 사후 세계, 임사체험, 영혼 여행, 전생 치료, 뮤탄트(mutant) 같은 것들과 시베리아 샤머니즘, 인디언 주술 문화 등에도 관심이 많았다. 그런 책들을 읽으면서도 그것들을 이성과 과학의 언어로 이해하고 싶어서 엘리아데의 신화론이나 조지프 캠벨의 책과 함께 읽으며 균형을 잡으려 했다. 그러면서도 나는 절대 그쪽 세계로 발을 들여놓지 않을 거라 다짐했고, 내가 그쪽 세계와 무관하다고 믿었다.

보이지 않는 세계에 대한 궁금증 때문에 현대 사회와 단절된 전통 학문을 공부하기도 했다. 명리학, 풍수지리, 전통 의학은 옛 선비들이 공부한 기본 학문으로 천지인을 이해하는 방법이었다. 그 공부들은 얼마나 재미있던지 책을 여러 권 쌓아 놓고 잠자는 시간을 제외하고는 아침부터 저녁까지 읽었다. 그 분야는 빈틈없이 논리적인 측면과, 논리를 뛰어넘는 직관과 통찰을 이용해야 하는 측면을 동시에 가지고 있었다. 공부는 재미있었고, 하면 할수록 빨려 들어갔다. 한 석 달, 나는 잠자는 시간을 제외하고는 그 분야의 책들을 파고들었다.

그러던 어느 날이었다. 자정 무렵 공부를 끝내고 잠자리에 들었을 때 아직 잠으로 들어서지 않은, 잠과 깸의 경계에 한 청년이 나타났다. 그는 침대 머리맡에 서서 그윽한 눈빛으로 나를 내려다보고 있었다. 그가 입을 열어 말을 하지는 않았지만 그가 전달하려는 내용이 문장의 형태로 머릿속에 고스란히 읽혔다.

"너, 그 공부 하는구나. 내가 도와줄까?"

잠결이었지만 나는 가위눌렸다는 사실을 알아차렸다. 온 힘을 다해 손끝을 움직이고, 온 힘을 다해 소리를 내어 악몽 상태에서 벗어날 수 있었다. 겁쟁이인 나는 집 안의 불을 모두 켜고, 소리 나는 물건도 모두 켜 놓고, 공부하던 책과 공책을 모아 현관 밖에 내다 놓았다. 그 길로 그 분야에 대한 공부를 중단했고 비의적인 세계에 대한 관심을 끊었다. 만약 내가 겁쟁이가 아니었다면, 꿈이 주는 경고를 무시했다면, 배짱을 부리며 그 길로 밀어붙여 콜린 윌슨이 가는 길로 가지 않았을까 생각해 본 적이 있다.

콜린 윌슨이 가장 최근에 낸 책은 《오컬티즘》과 《오컬티즘을 넘어서》인데 이제 국내에는 소개되지 않는다. 나는 또 무슨 마음인지 그 책들을 인터넷을 통해 원서로 구입해서 가지고 있다. 물론 잘 읽지는 못하지만 틀림없이 자료 가치는 있을 거라고 생각하면서.

애도 개념을 이해한 후 텔레비전에 출연해서 마술 공연을 펼쳐 보이는 이들의 얼굴을 유심히 보게 된다. 그들이 맨주먹에서 장미를, 빈 모자에서 비둘기를 꺼낼 때면 그 장미와 비둘기 말고, 그들이 진정으로 되찾고 싶어 하는 것은 무엇일까 생각해 본다.

정신분석은 늘 '지금 이곳'을 강조한다. 그 단어 속에는 과거나 미래에 살지 말라는 경고뿐 아니라, 현실 너머를 꿈꾸지 말라는 의미도 들어 있을 것이다. 환상은 의존성이나 나르시시즘처럼 성장하면서 버려야 하는 생존법이다. 그러지 않으면 외부 현실을 인식하는 눈을 갖지 못하게 되어 허공에서 비둘기를 꺼내고자 애쓰게 되기 때문이다.

R e c i p e

모든 것을 알 수는 없다

이별이나 상실 앞에서 왜 그런 일이 생겼는지 묻지 않는다. 사건의 내막이나 헤어진 이유를 낱낱이 파헤치려 하지 않는다. 그 답을 찾으려 현실 너머의 영역까지 기웃거리지 않는다. 왜냐고 묻는 것보다 중요한 일은 아픈 마음을 다스리며 현실 속에서 묵묵히 살아가는 일이다. 사실 떠난 사람조차 자신이 왜 떠났는지 명확한 이유를 모르는 경우가 많다.

통제할 수 없는 일은 내버려 두기

자신의 힘으로 통제할 수 있는 환경은 편안한 상태로 변화시킨다. 하지만 해가 뜨고 지는 것, 만남과 헤어짐, 삶과 죽음 같은 일은 우리 힘으로 통제할 수 없는 것들이다. 그것들은 그냥 내버려 두거나 적극 수용하는 용기를 갖는다. 그보다 먼저 두 가지를 구분할 수 있는 지혜를 갖는다.

환상과 상상을 치유에 사용하기

환상이 꼭 나쁜 것만은 아니다. 정신분석학자들은 고통스러운 현실에서 살아남기 위해 만들어 내는 환상이 탐구심과 창의성의 근원이 된다고 제안한다. 애도 기간에는 상상의 나래를 펼쳐 잃은 대상을 쫓아갈 게 아니라 그 재능을 회복을 위한 작업에 사용한다. 애도 작업을 잘 치러 내는 자신의 모습을 상상하고, 그 작업이 끝난 후 건강하고 아름답게 변화한 삶을 그려 본다. 이미지가 현실이 됨을 믿는다.

아이 때 좋아했던 일 하기

아이들은 지금 이 순간만을 산다. 자녀나 조카와 어울려 아이처럼 함께 놀거나 아이 때 좌절당한 일을 해 본다. 배우다 만 피아노를 배우거나 그때 못 갔던 야영을 떠난다. 그것은 '지금 이곳'에서 사는 일이며, 상처 입은 내면 아이를 돌보는 방법이다.

영적 지도자 만나 보기

우리 사회에는 슬픔과 고통의 문제에 대한 카운슬러들이 있다. 신부, 목사, 스님 등이 그런 분들이다. 그들은 심리 상담가나 정신과 의사와는 다른, 삶과 죽음에 대한 더 크고 상징적인 개념들을 들려줄 것이다. 현실 너머까지 잃은 대상을 찾는 마음에 대해서도 그들은 답을 가지고 있다. 그 분들의 도움을 받아 떠난 사람의 평안을 위해 기도한다.

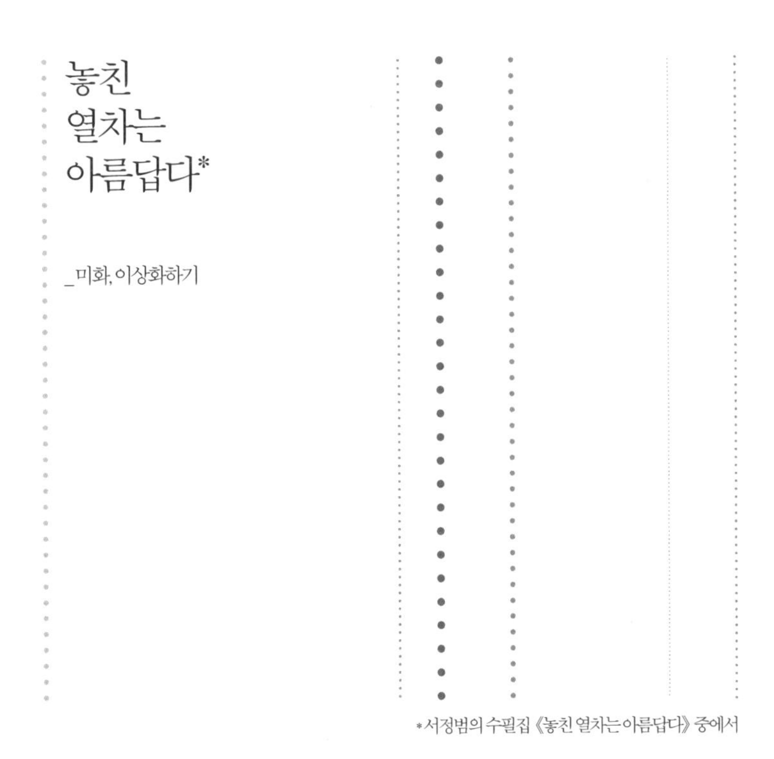

놓친 열차는 아름답다*

_미화, 이상화하기

*서정범의 수필집 《놓친 열차는 아름답다》 중에서

일본을 여행하게 된다면 교토를 방문하여 금각사를 보리라 꿈꾸던 시기가 있었다. 이십 대 초중반의 일이었고, 당시 나는 일본 전후 문학을 읽고 있었다. 일본 전후 문학에 깃든, 허무와 절망 사이로 나른하게 스며 나오는 퇴폐적, 세기말적 아름다움에 빠져 있었다. 다자이 오사무의 《사양》, 가와바타 야스나리의 《설국》이 그런 종류의 작품이었다. 그들은 어떻게 저 깊은 우울과 절망을 저 높은 아름다움과 연결시켜 표현할 생각을 했을까 혼자 궁금해하기도 했다. 그중에서도 특별히 좋아했던 소설은 미시마 유키오의

《금각사》였다.

《금각사》의 주인공 소년은 늘 아버지로부터 "금각처럼 아름다운 것은 이 세상에 없다."라는 말을 듣고 자란다. 그는 마음속에서 금각을 상상하면서 현실의 모든 아름다움에 대해 '금각처럼 아름답다'는 비유를 사용한다.

> 밤하늘의 달처럼, 금각은 암흑시대의 상징으로 만들어진 것이었다. 그렇기에 내가 꿈꾸는 금각은 그 주위에 몰려드는 어둠을 배경으로 할 필요가 있었다. 어둠 속에서 아름답고 가냘픈 기둥의 구조가, 안으로부터 희미한 빛을 발하며 고요히 앉아 있었다. 사람들이 이 건축에게 어떠한 말을 건네더라도 아름다운 금각은 잠자코 섬세한 구조를 드러내 보이며 주위의 어둠을 참고 견디어야 한다.
>
> 나는 또한 그 지붕 꼭대기에서 오랜 세월 동안 비바람에 시달려 온 금동 봉황을 생각했다. […] 다른 새들이 공간을 난다면, 이 금으로 만든 봉황은 번쩍이는 날개를 펴고 영원히 시간 속을 나는 것이다. 시간이 그 날개에 부딪힌다. 날기 위하여, 봉황은 단지 부동의 자세로 눈을 부라린 채, 날개를 높이 들고 꼬리 깃을 휘날리며, 당당한 금빛의 양다리를 힘차게 버티고 있으면 되었다.

금각사의 아름다움에 대해 과도한 환상을 심어 준 아버지가 사망한 후 청년이 된 주인공은 금각사 도제로 살게 되고, 그곳에서 출가한다. 현실의 금각사는 상상 속의 금각만큼 아름답지는 않아

청년은 이따금 빗자루를 든 손을 멈추고 마음속으로 중얼거린다.

“지금 당장이 아니라도 좋으니 언젠가는 나에게 친근감을 보여 주고 너의 비밀을 알려다오. 너의 아름다움은 지금 당장에라도 확실히 보일 것 같으면서 아직 보이지 않는구나. 내 마음속에 그리는 금각보다도 실물이 훨씬 아름답게 보이도록 해 다오.”

그러던 금각이 비로소 아름다움을 드러내는 것은 전쟁의 어두운 비보가 날아든 순간이었다.

“그해 여름 금각은, 잇달아 비보가 날아드는 전쟁의 어두운 상황을 재물로, 한결 생생히 빛을 발하는 것처럼 보였다. 6월에는 이미 미군이 사이판에 상륙하였고, 연합군은 노르망디의 벌판을 질주하고 있었다. 관람객의 숫자도 눈에 띄게 줄어들어 금각은 이 고독, 이 정적을 즐기고 있는 듯 보였다. 전란과 불안, 수많은 시체와 엄청난 피가 금각의 미를 풍족하게 만드는 것은 당연한 일이었다.”

아름다움은 상실, 죽음, 유한성 등을 전제로 해야만 더욱 빛난다는 사실을 저 대목처럼 확연히 드러내는 곳이 또 있을까 싶다.

고백하자면, 나는 여전히 금각사를 보러 가리라 꿈꾸고 있다. 예전이라면 실제의 금각이 소설 속 금각처럼 아름다운지 비교하며 관람했을 것이다. 소설 속에서 과장되게 미화된 측면을 찾아내며 실망하기도 했을 것이다. 지금 금각을 본다면 작가가 그 건축물을 얼마나 극단까지 미화시켰는지, 그렇게 함으로써 어떻게 전쟁의 상실과 절망을 포섭하였는지 짚어 볼 것이다. 언젠가는 교토에 가서 금각을 보리라는 마음이 내면에 살아 있는 걸 보면 내게도 애도하기 위해 미화해 둔 대상들이 있는 게 아닌가 싶다.

아름다움이 언제나 유한성을 전제로 하듯이, 상실한 것은 늘 더 미화되고 이상화된다. 잃은 대상에 분노가 투사되면 상대의 가치를 폄하하는 것과 반대로 잃은 대상에게 나르시시즘이 투사되면 대상을 미화하거나 이상화하게 된다. 슬퍼할 만한 가치가 있는 대상으로 만들어 상실감을 보상받고자 하는 의도이다.

최근 우리에게도 그런 경험이 있었다. 국보 1호인 남대문이 불타 무너졌을 때 많은 이들이 손에 꽃을 들고 줄지어 폐허가 된 남대문을 찾았다. 그동안은 남대문이 거기 있다는 사실에 대해 별반 관심을 기울이지 않던 이들이 남대문이 불타자마자 그것의 소중함과 아름다움을 다시 발견한 것 같았다. 아니, 평소에는 존재감조차 희미하던 사물이 소실되자마자 소중하고 아름다운 것으로 되살아나고 있었다. 남대문은 불타 무너짐으로써 진정한 보물 1호가 된 것 같았다.

미화되는 것은 사물만이 아니다. 자주 우리는 떠난 사람에 대해 미화 작업을 한다.

"그가 떠나고 나서야 그가 얼마나 좋은 사람인지 알게 되었어."

"다시는 그 사람처럼 나와 잘 맞는 사람을 만나지 못할 거야."

그런 종류의 진술을 흔하게 듣는다. 생전에는 싸움도 하고 서로 미워하던 부부들도 배우자 중 한쪽이 사망하고 나면 남은 한쪽에서는 그를 헌신적인 배우자, 속 깊은 사람이었다는 식으로 회상한다. 모든 추도사는 아름답고 헌신적인 내용으로 꾸며지고 요절한 천재 시인은 장수한 천재 시인보다 더 빛난다. 떠난 사람, 단절된 관계는 급기야 신화나 전설의 자리까지 올라간다.

《호밀밭의 파수꾼》의 주인공 소년은 죽은 동생을 "나보다 두 살 어렸지만 오십 배 정도는 더 똑똑했다. 정말 징그러울 정도로 머리가 좋았고, 누구라도 그 애를 좋아하지 않을 수 없었다."라고 말한다. 정신분석가 김혜남도《나는 정말 너를 사랑하는 걸까?》라는 책의 서문에서 죽은 언니를 "모든 면에서 뛰어났고 항상 사람들의 관심의 대상이었다."라고 회상한다. 그들이 정말 그토록 완벽했는지는 모르겠지만, 그들을 잃은 순간 남은 이의 내면에 미화 작용이 일어났으리라는 점은 짐작할 수 있다.

히틀러는 폭력적인 아버지와 피학적인 어머니 밑에서 학대받는 어린 시절을 보냈지만 그의 기록《나의 투쟁》에는 부모가 이렇게 묘사되어 있다.

"독일적인 순교의 빛으로 아름답게 물든 인 강 기슭의 도시에 혈통은 바이에른인이고 국적은 오스트리아인 내 부모는 전 세기의 80년대 후반에 살고 있었다. 아버지는 의무에 충실한 관리였고, 어머니는 가사에 전념했는데 특히 우리 아이들을 언제나 변함없이 깊은 애정으로 보살펴 주셨다. 그 당시의 일은 내 기억에 별로 남아 있지 않은데……."

기억에 남아 있지 않다는 진술만이 히틀러가 성장기에 감당했을 고통을 짐작하게 할 뿐이다.

상상력과 환상을 동원하여 잃은 대상을 찾아다니다가, 멀리서 찾던 행위를 모두 중단한 채 그것을 내면에 간직하기 시작하는 순간부터 미화 작용이 일어난다. 내면에 영구히 간직하기 위해서는 크리스털이나 금처럼 단단하고 아름다울 필요가 있는 것이다. 상상, 환상, 미화, 이상화의 단계를 모두 밟아 가며 작동해 온 마음 작용이 총체적으로 도달하는 지점에서 승화 작업이 이루어진다. 잃은 것을 되살리려는 마음을 넘어, 잃은 것을 스스로 창조해 내려는 마음이 예술 작품을 탄생시키는 것이다. 그것을 한층 아름답고 소중한 것으로 창조함으로써 당사자는 상실로부터 살아남게 된다.

이별은 미의 창조입니다.

이별의 미는 아침의 바탕 없는 황금과 밤의 올 없는 검은 비단과 죽음 없는 영원의 생명과 시들지 않는 하늘의 푸른 꽃에도 없습니다.

님이여, 이별이 아니면 나는 눈물에서 죽었다가 웃음에서 다시 살아날 수가 없습니다. 오오 이별이여.

미는 이별의 창조입니다.

한용운 시인의 〈이별은 미의 창조〉라는 시이다. 그동안 한용운 시집을 몇 번은 뒤적였음에도 저 시는 그다지 눈에 띄지 않았다. 애도 개념을 이해하고 난 후 어느 날, 저 시가 번쩍 눈에 들어왔다. 이별은 미의 창조라니, 시인의 통찰로 건져 올린 진실이 시구 하나에 함축되어 있었다. 그러고 보면 시집《님의 침묵》은 그 전체가 잃은 대상을 미화하고 이상화하는 내용으로 채워져 있다. 그것은 식민지 조국을 가진 시인이 혼자, 조용히 치러 낸 애도 작업이면서 승화 작용이었을 것이다.

"왜 아름다움은 늘 멜랑콜리와 관계되는 걸까?"

위 질문을 한 미학자의 에세이에서 본 일이 있다. 아름다움과 멜랑콜리가 연결되는 지점에 바로 상실과 애도가 존재한다. 상실은 대상을 미화, 이상화할 뿐 아니라 대상과 무관하더라도 '아름다움' 그 자체를 탐닉하게 한다. 우울증을 베일이나 장신구처럼 자신을 치장하는 요소로 사용하는 여성들처럼, 상실을 아름다움으로 변형하여 살아갈 힘을 만들어 낸다. 디자인이 최고의 산업이 되고, 상품을 고를 때 아름다움을 최선의 가치로 삼는 우리는 혹시 모두들 내면에 애도의 문제를 안고 있는 게 아닐까 생각해 본다.

R e c i p e

시간이 흐른다는 사실 인식하기

시간과 함께 풍화되는 사물의 속성을 이해하고 받아들인다. 환상도 미화도 모두 과거의 시간에 갇히는 일이다. 대상을 크리스털처럼 아름답게 만들어 간직한다면 바로 그 지점에서부터 마음도 딱딱하게 변한다. 멀쩡한 현재의 삶과 자기 자신이 문득 초라해 보이기도 할 것이다. 시간의 흐름을 받아들이고 시간과 함께 흘러간다.

해결하지 못한 문제 내버려 두기

이별은 대체로 돌발적인 것이어서 해결하지 못한 문제를 남긴다. 못다 한 말, 지키지 못한 약속, 돌려주지 못한 물건, 풀지 못한 감정의 문제들이 남는다. 마음에 걸리겠지만, 왜 떠났는지 묻지 않는 것처럼 그것들도 내버려 둔다. 해결하지 못한 문제도 떠난 사람과 함께 떠나보내는 게 제일 좋다.

수치심 갖지 않기

실연, 이혼, 질병 등의 상황에서 우리는 의외로 수치심을 느끼는 경우가 많다. 남 보기 부끄럽다고 생각하는 것이다. 수치심은 타인의 눈으로 자신을 평가하기 때문에 생기는 감정이다. 타인은 우리를 판단하거나 평가할 자격이 없다는 사실을 마음 깊이 새긴다. 그것은 나의 특별한 경험일 뿐 부끄러운 일은 아니다.

즐거운 일을 찾아서 하기

애도 기간에는 평소에 즐거웠던 모든 일들이 즐겁지 않게 된다. 예전에는 행복감을 느꼈던 일들을 똑같이 하는데도 삭막한 마음만 느껴지고 살아가는 일이 힘겹다. 그럴 때는 일부러라도 즐거운 일거리를 만들어 무슨 일이든 해야 한다. 영화 관람, 야구장 가기, 독서나 산책, 친구와 수다 떨기 등 즐거움을 느낄 수 있는 일을 한다.

아이에게 상실과 죽음을 설명해 주기

성인이 된 후의 심리적 문제들은 성장기의 상실과 애도 불이행의 문제에서 비롯된다. 아이가 가까운 사람을 잃으면 눈에 보이지 않게 된 가족이 영원히 떠났음을 알려 준다. 그 사실을 슬퍼하도록 도와주고, 그리워하는 마음에 공감해 준다. 가능하면 추모 의례에도 참석시킨다. 아이가 죄의식을 갖지 않도록, 아이가 잘못해서 그 사람이 떠난 게 아니라는 사실을 거듭 말해 준다.

Chapter 3

거두어 온 마음을 어디에 둘까

열정의 대상을 잃었다는 사실을 인정하며 그쪽으로 향했던 에너지를

이기적으로 거두어들인 상태이다. 하지만 회수해 온 리비도를

어떻게 사용해야 할지 몰라 혼돈스러운 상태이기도 하다.

에너지를 이기적으로, 혹은 파괴적으로 사용하거나 아예 없애 버리려 애쓰기도 한다.

내가 열정을 사용하는 게 아니라 열정이 나를 알 수 없는 곳으로 몰아간다.

*하덕규의 노래 〈가시나무〉 중에서

한때 마르그리트 뒤라스의 소설들에 매료되었던 시기가 있다. 그는 공중에서 실잠자리를 잡아채듯 생의 허망한 공간에서 절망과 무의 이미지들을 섬세하게 포착해 내는 작가였다. 나는 그가 그려 내는 절망과 패배의 나른한 무력감을 좋아했다. 때로 그는 한 줄의 문장 속에 삶 전체를 압축해 놓기도 했다. "어린 시절에는 어머니의 불행이 내 꿈의 자리를 차지하고 있었다."라든가, "고통은 내 삶에서 가장 중요한 것들 중 하나이다." 같은 문장이 그것이다. 뒤라스만큼 인간 조건으로서의 고통과 불행, 절망과 소외를

적절히 표현해 내는 작가도 드물 것이라 생각하곤 했다.

뒤라스 소설을 좋아하면서도 이따금 이해할 수 없었던 것은 그의 소설에 가득 차 있는 성적인 요소였다. 적당히, 필요한 만큼 성이 등장하는 게 아니라 너무 많이, 불필요하게, 때로는 작품의 균형을 잃을 정도로 과도하게 성이 묘사된다고 생각되었다. 물론 성과 사랑이 인간조건으로서 고통과 소외의 근간이기는 했다. 그렇지만, 그렇다고 해도, 성이 너무 많았다.《부영사》의 비밀 애인 조직,《내 사랑 히로시마》첫 장면의 육체들,《복도에 앉은 남자》의 관음적 시선의 범람, 그리고《연인》의 열다섯 살짜리 소녀의 성적 몰두와 그 속에 담긴 매춘의 의미까지.

오래도록 이상하다고 여겼던 마르그리트 뒤라스의 성에 대한 과잉 관심이 그의 애도 반응이었다는 사실을 짐작한 것도 나중의 일이었다. 뒤라스는 정부 관리였던 아버지를 따라 프랑스 식민지였던 베트남 하노이에서 성장기를 보냈다. 그의 아버지가 프놈펜으로 발령 났을 때는 메콩 강변에 있는 옛 왕궁에서 살았다. 그곳에서 병이 난 아버지가 프랑스로 송환된 후 그대로 사망하자 뒤라스의 어머니는 프랑스로 귀국하지 않고 아이들과 함께 그곳에 남는다.

가장 없이 낯선 이국에 남은 가족들은 격렬한 애도 반응으로 치닫는다. 어머니는 '광기, 혹은 기이한 상태'에 빠지고 큰오빠는 파렴치하고 폭력적인 도박꾼이 된다. 사색적인 작은오빠는 기관지 폐렴을 앓다가 사흘 만에 사망한다. 그런 상황에서 열다섯 살의 뒤라스가 선택한 애도 반응은 자기애적 몰두, 그중에서도 특히 자기 성애(auto-eroticism)적인 몰두였다.

자전적 소설이라고 알려진 《연인》에서, 열다섯 살짜리 소녀는 리무진을 탄 중국인 남자를 따라가고, 그와 정사를 나눈 후 그의 돈과 성만을 원한다고 말한다. 그것은 또 다른 상실로부터 자신을 보호하려는 안간힘이었다. 사실 소녀에게 부유한 중국인 남자는 성적 대상 이상의 의미가 있었다. 그는 잃은 아버지를 대신하는 존재였고, 어머니의 광기로부터 피해 숨는 곳이며, 그녀의 슬픔을 지켜봐 주는 증인이었다. 소녀는 많은 의미에서 그를 사랑했지만 그것이 사랑이라는 사실을 한사코 부인한다.

결국, 중국인 남자의 아버지가 두 사람의 결혼을 허락하지 않자 소녀는 그와의 만남을 끝낸다. 그 후 프랑스로 돌아가 2년 동안 남자를 만나지 않았다고 기록하고 있다. 그 2년의 시간은 아마도 뒤라스가 죽은 아버지와 중국인 남자를 비롯해 생에서 잃은 모든 존재들을 뒤늦게 애도하는 시기였을 것이다.

사랑하는 대상을 잃고 오래도록 그를 그리워하던 우리는 어느 순간 대상을 향하던 열정을 거두어 오기 시작한다. "죽은 사람은 죽은 사람이고 산 사람은 살아야지." 하면서 갑자기 꾸역꾸역 밥을 먹기 시작한다. "사랑 같은 거 해 봤자 다 소용없어. 결국 남 좋은 일만 해 주는 거지. 이제는 나만 사랑할 거야." 그러면서 옷매무새를 가다듬고 열심히 외모를 가꾼다. "두고 봐, 너보다 더 잘 살아 줄 테니." 하면서 나르시시즘에 분노를 보태기도 한다. 그런 모든 태도들도 정당한 애도 반응이다.

유아들도 사랑을 나누던 엄마가 사라지면 리비도를 자기애적으로 사용한다는 연구 결과가 있다. 마가렛 말러의《유아의 심리적 탄생》에는 엄마가 곁을 떠나 오래도록 돌아오지 않자 아기가 거울 앞에 서서 종일토록 자기 몸을 흔들며 춤을 추는 사례가 나온다. 아기는 스스로를 달래면서 리비도를 자기를 위해 사용하는 것이다.

자기를 달랜다는 개념을 도널드 위니캇은 '자기 안아 주기'라고 표현한다. 엄마가 부재하는 아기는 안아 주고 안길 대상을 잃은 후 양팔을 가슴에서 교차하여 스스로를 안아 준다. 이것은 은유적인 표현일 뿐 아니라 실제적인 의미이기도 해서, 성인들도 자기를 안듯 양팔을 가슴 앞에서 교차시켜 팔짱을 끼곤 한다. 자기 안아 주기든, 자기 달래기든 그것은 열정과 관심이 자기 자신에게로 향한다는 뜻이다.

리비도가 회수되어 자기를 향할 때는 오직 자기 자신만을 위해서 사용되는 시기를 거치게 된다. 한동안, 진심으로, 모든 관심과 열정을 자기 자신에게 쏟는다. 자기 자신만을 사랑할 때는 심리적으로뿐만 아니라 성적으로도 강력한 자기성애적 특성이 나타난다. 상대로부터 거두어 온 성적 에너지를 쏟아부을 새로운 대상이 없는 상태에서 그것이 자기 자신을 향해, 과도하게 향유되는 것이다.《연인》에서 열다섯 살짜리 소녀가 강박적으로 성에 몰두할 때, 그것은 불안을 달래기 위한 방편이면서 동시에 자기를 애무하는 방법이었을 것이라 추측할 수 있다.

성이 자기애적으로 사용될 때는 과도하게, 폭발하듯 솟구치는 측면이 있다. 앞서 언급한 콜린 윌슨도 애도 반응으로서 현실 너머까지 대상을 찾아다닐 때 한편으로는 과도한 성욕의 문제를 경험하고 있었다. 《어느 철학자의 섹스 다이어리》에는 성에 대한 과도한 관심과 묘사가 기이할 정도로 많이 등장하는데, 그중에는 폭발할 듯한 성 에너지에 대한 인상적인 묘사가 있다.

> 나는 나의 성 충동이 활동하는 것을 일종의 놀라움과 함께 주시하고 있다. 내가 알기로는 섹스만이 존재에 대한 무서운 압력을 깨뜨릴 수 있는 유일한 힘으로 작용한다. [⋯] 성욕이 내 안에서 불타오를 때만 나는 세계의 무관심을 이겨 낼 수 있다. 성욕은 화염방사기가 되어 세계를 향해 분사구를 들이대고 있으며, 나의 육체는 갑작스레 수천 볼트의 전류를 띠게 된다. 그 전류는 내 잠재의식 속에 숨어 있는 여러 발전소들로부터 도도하게 흘러나온다. 그 순간 나는 세계보다 더 깊은 현실이 된다.

성욕이 세계를 향해 분사되는 화염방사기 같다는 묘사는 현실감각을 넘어서는 표현이다. 실제로 현실에서도 저와 비슷한 경험을 말하는 이들을 만난 일이 있다. 한 여성은 엄마 장례식장에서 문득, 걷잡을 수 없이 성욕이 솟구쳐 도저히 그대로 서 있을 수 없는 상황이었다고 한다. 결국 화장실에 가서 마스터베이션을 했는데 그날 이후 성욕이 딱 끊겼다. 아마도 죄의식이, 이어지는 애도 작업이 성욕을 거두어 가지 않았을까 싶다.

이별 후 상대를 가리지 않고 만나는 원 나이트 스탠드도 자기 성애의 표출이다. 상대가 누구든 상관없이, 거두어 온 리비도를 이기적으로 사용하는 방법이다. 오직 자기만을 사랑하는 사람은 상대가 자기가 원하는 사랑을 주지 않거나, 상대가 자기의 나르시시즘을 반영해 주지 않으면 곧장 그 관계를 파기하고 다른 상대를 찾아 떠난다. 상처 입은 자기애를 감당할 수 없어, 고통과 슬픔을 느끼기 힘들어서 그렇게 짧은 만남을 반복하는 것이다. 내면 더 깊은 곳에서는 거듭 이별을 경험함으로써 미뤄 둔 애도 작업을 치러내고자 하는 무의식적 욕구에 휘둘리고 있다고 해석할 수도 있다.

나는 한동안 1990년대 이후 진보 진영 지식인들 사이에서 자주 터져 나오던 성과 관련된 비리를 이해할 수 없었다. 그들은 그래도 '좋은 세상, 바른 삶' 같은 것에 관심이 있고 그것을 성취하기 위해 청춘을 바친 사람들이라 생각했기에 운동권 지식인들의 성과 관련된 추문은 특히 이해하기 힘들었다. 성 추문뿐 아니라 물질과 관련된 비리, 이혼과 결별 같은 불행한 개인사들은 어딘가 부당하고 가슴 아픈 일이면서 동시에 납득할 수 없는 것이었다. 그들을 이해하게 된 것도 애도 개념을 접한 이후였다.

우연한 기회에 '이데올로기라는 숭고한 대상'을 잃은 후 성 중독에 빠졌던 한 남성의 이야기를 들은 일이 있다. 그는 1980년대 내내 현장에서 활동하다가 1990년대 들어 소련과 동구권이 해체될 때 심리적으로 내면이 무너지는 경험을 했다. 뒤늦게 기존 체제에 합류하여 사회생활을 시작했는데, 직장인들이 향유하는 유흥 문화를 보며 또 한 번 충격을 받았다.

"아니, 이 사람들이 그동안 이렇게 살았다는 말이야?"

그는 당시의 충격을 한 문장으로 표현했다. 그것은 허망함, 분노, 쓸쓸함 등 다양한 감정이 내포된 문장이었지만 그중에서도 특히 이런 느낌이 강했다. 삶의 중요한 에센스를 놓치고 있었던 듯한 느낌, 인생에서 무언가를 손해 보고 살았던 듯한 느낌. 그는 손해 본 향락을 벌충하기라도 하듯 맹렬히 직장인들의 유흥 문화에 빠져들었다. 그중에서도 그가 가장 몰두한 것은 성이었다. 그는 거의 매일 퇴근 후에 매매춘 거리에 들렀고, 심지어 점심시간에도 잠시 그곳에 들러 성을 샀다고 말했다.

그는 손해 본 향락을 벌충하려 했다지만 실은 그것은 애도 반응이었다. 생의 한 시기, 그것도 젊음을 바쳐 추구했던 '이데올로기라는 숭고한 대상'을 잃은 후 그곳으로부터 거두어 온 엄청난 양의 열정을, 다시 쏟아부을 마땅한 대상을 찾지 못한 채 자기 성애적으로 경험하고 있었던 것이다. 강박적으로, 과잉되게.

애도 반응으로서의 자기애에서 돌아 나오지 못하면 나르시시즘의 문제를 안게 되고, 자기 성애적 몰두에서 온건한 대상을 찾아 나오지 못하면 성 중독으로 진행될 수 있다. 표면화되지는 않았지만 성 중독은 이면에 가려진 채 의외로 넓게 펴져 있고, 문제도 심각하다고 전문가들은 말한다.

모든 성 중독자가 도착 증세를 보이는 것은 아니지만 모든 도착증은 성 중독자의 것이라 한다. 회수된 리비도가 자기중심적으로 사용될 때 자주 이상한 것들과 결합되기 때문이다. 성이 사물과 결합되면 페티시즘이 되고, 시선으로 이동하면 관음증이 된다. 콜린 윌슨의 경우처럼 성은 오컬티즘과 나란히 달리기도 한다. 그중에서도 성이 가장 손쉽게 결합하는 것은 공격성이다. 성 중독자들이 모두 성 범죄자는 아니지만, 성과 관련된 범죄자들은 모두 성 중독자라고 한다.

비단 진보 진영뿐 아니라 우리 사회는 유난히 성에 대한 자의식이 심해 보인다. 성매매 업소를 일시에 깨끗이 없애겠다는 정책을 내놓는 정부도, 성을 사면서 성을 단속하는 이중성도, 그런 문제들로 인해 농성과 자살이 이어지는 현상도 모두 그렇게 보인다. 저마다 매매춘에 대해 유난스럽고 다양한 입장들을 가지고 있으면서, 여전히 남성 비즈니스 문화는 자주 성의 접대로 이어진다. 성을 둘러싸고 벌어지는 이상하고 어수선한 분위기 역시 총체적으로 우리 사회를 지배하는 애도 반응이 아닐까, 혼자 생각해 본 일이 있다.

R e c i p e

자조 모임 찾아보기

'왜 하필 나에게 이런 일이 일어난 거지?' 하는 의문과 함께 억울한 마음이 든다면 그것이 나르시시즘이다. 지구상에는 이별과 상실을 경험한 사람들이 약 70억 명가량 된다. 자신의 고통만이 특별히 더 아프다고 느낀다면 비슷한 경험을 가진 이들의 자조 모임을 찾아 경험을 나누어 본다.

삶의 의미와 목표 생각하기

사랑하는 사람을 잃으면 그와 함께 꿈꾼 삶의 비전도 잃게 된다. 하지만 떠난 사람과 함께할 수는 없어도 삶의 의미나 목표는 여전히 남아 있다. 그것들을 찾아내는 일은 슬픔과 고통의 시간을 뚫고 나가는 힘이 되어 준다. 이 시간을 통과하면서 상실의 의미뿐 아니라 삶의 의미를 더 깊이 이해하고 새로운 목표를 설정하게 될 거라 믿고, 그렇게 노력한다.

타인을 돕기

애도 기간에 가장 먼저 보살펴야 할 사람은 자신이다. 그러나 시간이 지나면서 자신과 비슷한 처지에 있는 사람들이 자주 눈에 띄고, 그들을 돕고 싶다는 마음이 생긴다면 그때가 남을 도울 수 있는 시기이다. 떠난 사람 이름으로 기부하기, 대화 상대 되어 주기 등 이타적인 행위에서 행복감을 느낄 수 있다면 많이 치유되고 있다는 뜻이다.

성욕이 줄어도 놀라지 않기

자기 성애적인 성욕 항진과는 반대로 성욕 고갈 증상이 찾아올 수도 있다. 모든 에너지가 마음의 고통을 견디기 위한 노력에 소모되기 때문에 그렇다는 사실을 이해한다. 애도 과정이 끝나면 자연스럽게 성욕도 회복된다. 성과 사랑을 한 대상에 모으는 일도 중요하다. 고통받지 않기 위해 성과 사랑을 분리해 두면 사랑은 사랑대로 허전하고 섹스는 섹스대로 허망하다. 자기 성애적 시기가 지난 다음 새로운 사람을 만나면 성적 욕망과 사랑을 한 대상에 모으도록 노력한다.

1년 후 모습 써 보기

상실의 감정 한가운데 머물 때는 그 고통이 영원히 끝나지 않을 듯 느껴진다. 애도 작업이 잘 진행되고 있는지조차 알 수 없다. 불투명해 보이는 미래 역시 불안의 원인이 된다. 그럴 때는 1년 후 자신의 모습을 상상해 본다. 시련을 통해 강하고 아름다워진 모습과 행복한 미래의 삶을 종이에 써서 밀봉해 둔다.

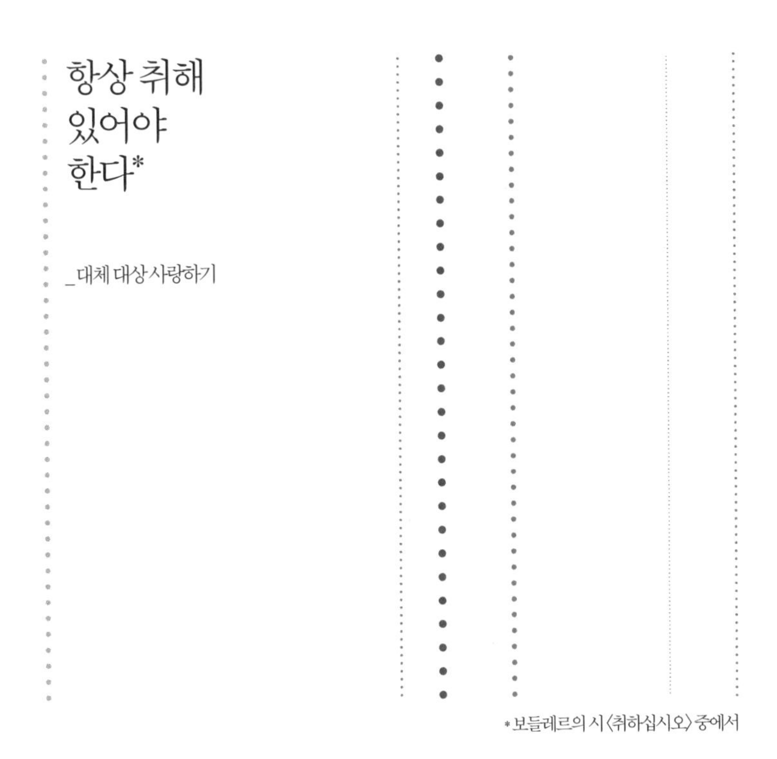

항상 취해 있어야 한다*

_대체 대상 사랑하기

*보들레르의 시 〈취하십시오〉 중에서

강릉에 살고 있는 내 친구 명이는 서른 살이 되던 해 서울 생활을 접고 귀향했다. 그때 명이가 했던 말을 나는 지금도 기억하고 있다.

"서울에서 사는 일은 영원히 문간방 신세를 지는 것 같아. 똑같은 돈으로 강릉에서는 내 집을 가질 수 있지만 서울에서는 남의 집에 세 들어 살게 되잖아. 만원 지하철에 시달리며 출근할 때면 그토록 비인간적인 환경이 또 있을까 싶어. 회사에서 내가 하는 일들과 내가 받는 월급을 비교해 보면 내 자존심의 값이 너무 적어서 부당하다는 생각이 들어."

귀향 후 명이는 바닷가 아파트에 살면서 새벽이면 해송 숲을 따라 조깅하고 한낮이면 수동 기어가 장착된 자동차로 한계령, 진부령 등을 드라이브하면서 지냈다. 그해 여름 명이 집을 방문했을 때 친구는 새벽부터 잠든 내 머리맡에 앉아 수영하러 가자고 채근했다. 내가 아직도 잠이 덜 깬 눈으로 따라가 백사장에 앉아 졸고 있는 동안 명이는 바닷속을 곤두박질치며 수영했다. 한 번 물속에 들어갔다 나올 때마다 모시조개를 두세 개씩 건져 냈고 나는 그것을 티셔츠 앞자락에 받았다. 우리는 그 모시조개로 된장찌개를 끓여 아침을 먹었다.

친구는 정말 행복하다고 말했고, 내 눈에도 그렇게 보였다. 그 무렵 명이는 취미로 퀼트를 배우고 있었다. 가로 세로 5센티미터짜리 천 조각을 바늘땀 0.1밀리미터 정도의 폭으로 기워 붙여서 어떤 형태며 무늬를 만들곤 했다. 명이가 처음 보여 준 작품은 쿠션이었는데, 속이 꽉 찬 통통한 쿠션은 무수히 많은 천 조각의 모음으로 되어 있었다. 심지어 천 조각마다 안에 솜을 채워 넣어 볼록볼록한 형태의 외형을 가지고 있었다.

그것을 시작으로 명이는 퀼트 방석, 퀼트 테이블보, 퀼트 스커트를 만들더니 기어이 퀼트 이불을 만들었다. 방바닥에 널찍하게 펼쳐져 있는, 작은 천 조각이 무수히 기워진 퀼트 이불을 보고 있으면 그 작은 바늘땀을 하나씩 뜨고 있을 때 친구는 어떤 마음이었을까 하는 궁금증이 일었다. 손가락에 밴드를 감고 어깨에는 파스를 붙여 가면서 왜 그 일에 그토록 집중하는가 싶었다. 별로 긴요하지도 실용적이지도 않은 물건들을 만들고 있는 그 마음에는 무엇이 있을까 짚어 보기도 했다. 명이는 한 1년간 꼬박 퀼트 취미에 빠져 있었고 나는 친구의 작품을 보면서 간간이 '왜?'라는 물음을 떠올렸다 흘려보냈다.

애도 개념을 이해하고 난 후 어느 날 문득, 명이의 퀼트가 떠올랐다. 아아, 그것이었구나 싶은 마음이 일면서 한꺼번에 많은 것이 이해되었다. 오디세우스가 원정을 떠난 후 유혹자들을 물리치며 하염없이 직물을 짰던 페넬로페, 백조가 된 오라버니들을 되찾기 위해 가시덤불을 엮어 스웨터를 뜨던 동화 속 공주, 조국을 떠난 고단한 삶을 퀼트 속에 직조해 넣었던 영화 '아메리칸 퀼트'의 이민자 여성들, 신분이 다른 남성과 사랑하고 이별한 후 정신병원 복도에서 하염없이 '레이스를 뜨는 여자' 뽐므까지, 내 친구 명이는 그 여성들이 걸어간 길을 따라가고 있었던 셈이다. 아, 7월 7일을 기다리며 1년 내내 베를 짜는 직녀도 가까이 있었다.

소중한 대상을 잃었을 때, 그로부터 거두어 온 열정은 일시적으로 다른 대상(대체 대상뿐 아니라 중간 대상, 연결 대상이라는 용어도 사용된다)에게 투자된다. 가장 흔한 경우는 문득 일이나 학업에 몰두하는 것이다. 갑자기 옷매무새를 가다듬고 열심히 살거나, 외국어 학원 새벽반에 등록한다. 남성들은 회사 일에 몰두하고 여성들은 바느질이나 뜨개질 같은 새로운 취미 생활을 갖는다. 종교, 음주, 도박, 쇼핑이나 낚시, 골프, 게임 등도 대표적인 대체 대상이 된다.

취미나 일거리뿐 아니라 잃은 사람과 관계된 특정 사물을 간직하는 경우도 많다. 죽은 이의 시계를 죽을 때까지 손목에 수갑처럼 차고 있거나 죽은 이의 안경이나 파이프 같은 것을 간직하기도 한다. 그것을 가끔 꺼내 보면서 잃은 사람을 마음에서 포기할 수 있을 때까지 그 물건에 애정을 쏟아붓는다. 그렇기에 대체 대상은 단단할수록 좋다. 부패하고 소멸하는 육체, 불안정하고 믿을 수 없는 사랑을 대신하여 영구적으로 곁에 둘 수 있어야 하기 때문이다.

떠난 사람과 무관하게 사물 그 자체를 사랑하는 사람도 있다. 소중한 사람을 잃은 후 문득 수집 취미를 갖는 경우가 그것이다. 사람이 지나다닐 공간만 겨우 남겨 둔 채 화분으로 집 안을 가득 채우는 사람, 큰 시계 작은 시계 손목시계 등 시계만을 집 안 가득 모으는 사람, 집 안에서 온갖 새들을 키우는 사람 등등 특정한 대상에 기이할 정도로 집착한다. 사물들은 멋대로 떠나버리는 대상보다 더 쉽게, 더 잘 통제할 수 있기 때문이다.

어떤 대상에 몰두하든 이 시기의 리비도 투자는 광적인 특성을 보인다. 종일토록 정원을 가꾸거나, 온 생애를 투자해서 돌탑을 쌓거나, 오디오, 골프 등의 취미 생활에 집 한 채를 쏟아붓기도 한다.

내밀한 곳에서, 의식조차 하지 못한 채 내가 사용했던 대체 대상은 과학 서적들이었다. 한동안 내 책장에는 과학 서적들이 제법 많은 공간을 차지하고 있었다. 각종 동식물 도감을 비롯해 《솔로몬왕의 반지》부터 《이기적 유전자》까지, 《사회 생물학》에서 《자연주의자》까지 다양했다. 뉴질랜드를 여행했을 때는 남반구 식물들이 수록되어 있다는 이유로 그 두터운 나무도감과 화훼도감을 사 오기도 했다.

그런데 어느 시점에서 자연스럽게 이제 과학 서적들을 그만 간직해도 되겠구나 하는 생각이 들었다. 몇 권만 간추리고 정리할 때 초등학생 딸이 있는 친구에게 전화해서 혹시 식물도감, 동물도감이 필요하지 않은지 물어보았다. 친구는 책을 실어 가면서 무심히, 그러나 가장 핵심에 닿는 질문을 던졌다.

"너는 대체 이 책들을 왜 가지고 있었던 거니?"

나는 즉각, 내가 생각하고 있던 합리적인 이유를 말했다.

"상상력에 도움을 받을 수 있을까 하고. 생각이 막힐 때 뒤적이면 어떤 이미지 같은 것을 붙잡을 수 있거든."

실제로 나는 그렇게 믿고 있었다. 의식의 차원에서는 그런데 친구를 대응하고 돌아오는 바로 그 길에 비로소 내밀한 진짜 이유를 알아차렸다. 그것은 아버지였다. 나는 어렸을 때 자주 아버지의 소유였던 동식물 도감을 펼쳐 보며 놀았고, 아버지의 책들을 뒤적이거나 가지고 놀았다. 그러니까 과학 서적들은 아버지의 은유이며, 어린 시절의 표상이며, 잃어버린 시간에 대한 향수였다. 마흔 살이 되도록 오이디푸스적인 문제를 넘어서지 못했던 나는 그런 식으로 최초의 대상을 간직하고 있었던 셈이다.

아버지가 돌아가시던 순간에도 나는 아버지를 대신하는 대체 대상을 갖고 싶은 욕망을 느꼈다. 아버지가 남긴 물건들을 정리할 때 유독 마작 상자가 눈에 들어왔다. 마작은 아버지가 숙직실에서 동료들과 즐기던 게임이었고, 엄마는 마작하느라 귀가가 늦는 아버지를 걱정했다. 그런 기억들과 얽혀 아버지의 마작 상자는 유난히 크고 빛나 보였다.

마음속에서 나는 간절히 그 마작 상자를 집어 들고 싶었다. 저 마작 상자를 들고 돌아가 이제부터 마작을 배우고 싶다. 그런 마음을 품을 때 그 욕망 속에 무언가 온당하지 못하고 부끄럽다는 감정이 있었다. 마작 상자 앞에서 무수히 복잡한 감정이 되어 나는 딱딱하게 몸이 굳었고, 내가 망설이는 동안 다른 이가 마작 상자를 집어 들더니 분류하는 상자에 던져 넣었다. 그 순간 나는 긴 한숨을 쉬었다. 그것은 틀림없이 안도감이었다.

그 이듬해 중국을 방문했을 때 우연히 다시 마작과 맞닥뜨렸다. 베이징의 한 쇼핑몰에는 다양한 마작 상자들이 진열되어 있었는데 플라스틱으로 찍어 내어 대량 생산된 것부터, 나무로 깎은 것, 물소 뿔로 조각한 것까지 종류와 가격이 다양했다. 나는 그것을 집어 들고 싶은 간절한 욕망과, 그것은 이제 지나간 욕망이라는 저항이 내면에서 싸우는 것을 느꼈다. 두 힘의 길항이 얼마나 거세던지 결국 진열대 앞에 주저앉고 말았다. 그렇게, 마작 진열대 앞에서 내면의 갈등을 치르고 있을 때 다시 한 번 아버지를 떠나보내고 있었을 것이다.

만약 그때 마작 한 세트를 구입했다면 어떻게 되었을까 생각해 본 적이 있다. 기질상 틀림없이 책을 구해서 놀이법을 익히고 누군가에게 함께 게임하자고 조르며, 어느 시점까지 그것을 붙잡고 씨름했을 것 같다. 그때로부터 얼마간 시간이 지난 지금, 다시 마작 진열대 앞에 선다면 그저 웃음 한번 지어 보고 지나갈 것 같다. 마작에 대한 욕망이 없어졌다는 것은 내면에서 아버지를 잘 떠나보냈다는 의미일 것이다.

사물이 아니라 사람도 일시적인 대체 대상이 될 수 있다. 사랑하는 사람과 헤어진 후 우리는 간혹 주변에 있는 사람 아무하고나 관계를 맺게 되기 쉽다. '랜덤 하트'를 추구하는 까닭은 허전한 마음을 달래기 위해서, 혹은 자신이 여전히 사랑받을 만한 가치가 있다는 사실을 확인하기 위해서이다. '원 나이트 스탠드'는 리비도의 자기 성애적 폭발을 해결하는 데 도움이 된다. 카사노바, 돈 후안 등 사랑의 대상을 자주 갈아치우는 이들은 영원히 대체 대상 사이를 떠도는 중일지도 모르겠다.

대체 대상으로 선택하는 것들 가운데 가장 주의해야 할 것은 나쁜 대상을 사랑하게 되는 일이다. 이를테면 술이나 담배, 약물같이 구체적인 해를 입히는 대상들이 있다. 알프레드 알바레즈는 알코올중독 증상이 있었는데 《자살의 연구》에서 자신이 그토록 술을 마신 이유를 분명하게 기술하고 있다.

"멈춰서 생각하고 느끼지 않기 위해 할 만한 것이면 뭐든 다했다. 긴장이 너무도 극심했으므로 그렇게 폭음이라도 하지 않았더라면 아마 갈가리 찢겨 나갔을 것이다."

보들레르의 시 〈취하십시오〉에도 비슷한 구절이 있다. "항상 취해 있어야 한다. 모든 문제가 거기에 있다. […] 가증스런 시간의 무게를 느끼지 않기 위해서 쉬지 않고 취해 있어야 한다."

고통을 참는 것보다 도피하는 것이 쉽기 때문에 우리는 자주 나쁜 대상에 빠져든다. 아픈 현실을 회피하기 위해 감각을 몽롱하게 만들며 애도 작업과 반대 방향으로 나아간다.

가만히 보면 현대인들은 누구나 한두 가지 대체 대상과 사랑에 빠져 있는 듯 보인다. 술, 담배뿐 아니라 구두, 드레스, 가방을 사랑하고 골프 용품, 자동차, 오디오를 사랑한다. 사물은 필요에 따라 사용하는 도구가 아니라 사랑과 숭배의 대상이 되어 있다. 심지어 우리는 물건을 자신의 일부처럼 인식하면서 정체성의 한 요소로 느끼기도 한다. 상실의 시대가 소비의 시대로 변하면서 사물을 사랑하는 일은 현대인의 보편적 일상이 되어 있다.

R e c i p e

먼저 자신을 돌보기

정원을 가꾸고, 동물을 사랑하고, 특정 사물들을 수집하고, 타인을 보살피는 일도 좋지만 그 모든 일에 앞서 먼저 자신을 돌보고 사랑해야 한다는 사실을 잠시도 잊지 말 것. 매 순간 자신을 사랑하고 자신에게 친절하고 관대하게 대하며 자신을 존중한다. 이 구절은 애도 기간 내내 중요한 지침이다.

중간 대상의 역할 이해하기

떠난 사람과 관련된 물건을 보관하는 것은 이상한 일이 아니다. 그런 중간 대상들은 애도 작업에 도움이 된다. 그 물건들을 보면서 위안을 느끼든 고통을 받든 그것 역시 정당한 과정이다. 소중했던 물건들이 어느 날 자연스럽게 잊히거나 떠나보내고 싶어지면 애도가 완료된 셈이다. 하지만 이별 후 한 가지 사물에 꽂혀 미친 듯이 수집하거나 특정 취미에 온 재산을 털어 넣는다면 그것은 사람이 아니라 사물들과 사랑하게 되었다는 뜻이다. 어린이가 애완견을 잃었을 때는 재빨리 다른 강아지를 사줄 게 아니라 잃은 강아지에 대해 충분히 슬퍼할 시간을 준다. 슬퍼하고 낙담하는 시간을 보낸 다음에 괜찮아지면 그때 다른 애착 대상을 마련해 준다.

상실한 대상이 했던 그 일을 하기

돌아가신 아버지가 즐겨했던 낚시를 따라 하면서 아버지의 삶을 더 이해하고, 아버지의 존재를 내면화할 수 있다. 어머니가 했던 레이스 뜨기를 하며, 연인과 함께 걸었던 길을 혼자 걸으며 빈자리를 인식하고 그 관계의 의미에 대해 생각해 본다. 떠난 사람의 의미, 그 관계의 의미, 그 상실의 의미 등을 알아차려 내면화한다.

생산적인 대체 대상 갖기

이왕 대체 대상이 필요하다면 소모적이고 파괴적인 대상보다는 건강하고 유익한 대체 대상을 갖도록 한다. 개인적으로는 운동, 요리 배우기, 자원봉사 등 몸을 움직이며 활동하는 영역의 일이 유익하다고 생각한다. 종교나 음악도 좋은 대상이지만 마음이 약해진 애도 기간 중에는 병적으로 의존하게 될 위험이 있다. 당연히 알코올, 약물, 도박 등 나쁜 습관에 빠지지 않도록 조심한다.

내가 돌아다닌 곳은 바다였다*

_떠돌기, 멀리 떠나기

* 최민 시인의 〈부랑〉 중에서

친구로부터, 한 여성에 관한 이야기를 들은 일이 있다. 그녀는 고통스럽고 절망적인 이혼 과정을 겪은 후 모든 것을 훌훌 털어버리는 심정으로 외국 여행을 떠났다. 우선 친구가 살고 있는 니스로 가서 좀 머문 다음 유럽을 여행할 계획이었다. 니스에 도착한 첫날 그녀는 친구와 함께 저녁을 먹으러 레스토랑에 갔다. 그때 옆 테이블에서 식사하던 외국인 남성이 다가와 말을 걸었다. 그는 만성 두통과 관절통 같은 것을 앓고 있어서 휴가 때면 요양차 그 도시에 머문다고 자기를 소개했다. 자신의 통증이 서양 의

술로는 깨끗하게 치료되지 않는다면서 물었다.

"동양에는 다른 치료법이 있다던데, 내게 그런 정보를 알려 줄 수 있겠습니까?"

그녀는 마침 수지침을 좀 배운 적이 있어서 동양 의술의 기본적인 접근법을 설명해 주었다. 의사들이 놓는 큰 침 말고 자기는 손에만 놓는, 위험하지 않은 침을 좀 놓을 줄 아는데 맞아 볼 생각이 있느냐고 물었다. 그 남성은 의외로 흔쾌히 부탁했고, 친구는 그를 집으로 초대해 손과 발에 작은 수지침을 꽂아 주었다. 뜻밖에도 남성은 두통과 손가락 마디 통증이 가라앉았다면서 놀라워했고, 그 여성을 마치 명의 대하듯 했다.

그녀는 몇 차례 더 맞으면 좋으니까, 원한다면 니스에 머무는 동안 하루에 한 번씩 침을 놓아 줄 수 있다고 했다. 남녀가 그렇게 규칙적으로 만나면 사랑에 빠질 수밖에 없고, 더구나 그 여성이 지병을 해결해 주었으니 그 사랑은 두 배쯤 뜨거웠을 것이다. 그렇게 해서 그들은 결혼했고, 그 여성은 프랑스에 정착했다고 한다.

"저 모퉁이를 돌다가 무슨 일을 만날지 알 수 없는 게 인생이야."

이야기를 들려준 친구는 손가락을 들어 눈앞을 가리키며 결론지었다. 친구들의 반응은 각각 달랐다. 내일부터 당장 수지침 배우러 다녀야겠다는 친구, 두통 같은 건 처음부터 작업을 위해 동원한 핑계였을지도 모른다고 말하는 친구, "핑계면 어때, 사랑이 오는데……"라며 꿈꾸는 듯한 표정을 짓는 친구. 삼십 대 중반 무렵의 일이었다.

그때도 나는 다른 것이 궁금했다. 그 성급한 사랑은 잘 진행되었을까? 아직도 이혼의 충격과 고통이 남아 있을 텐데, 낯선 땅에서 만난 낯선 사람과 금세 정이 들 수 있었을까? 낯선 문화에서 잘 알지도 못하는 남성과 사는 일이 행복했을까? 아니, 최소한 그녀가 괜찮았을지 궁금했다. 무엇보다, 왜 그토록 멀리 떠났는지도 알고 싶었다.

주변을 둘러보면 소중한 사람을 잃은 후 먼 곳으로 떠나는 이가 많다. 어머니 사망 후 긴 여행을 떠나거나, 먼 나라로 유학 가거나, 예고 없이 봉사 활동을 떠난다. 영화나 드라마에서도 가장 손쉬운 갈등 해결책은 등장인물 중 한 사람을 외국으로 떠나보내는 것이다. 그것은 고통스러운 감정과 상실의 현장을 회피하는 방법이다.

상실의 현장, 고통스러운 감정으로부터 멀리 떠나는 행위는 말 그대로 도피이다. 하지만 그것은 한결 진전된 애도 방식이기도 하다. 이 지점에 이르면 잃은 대상을 포기하는 마음이 내면에 자리 잡는다. 대상을 향하던 열정이 방향을 바꾸어 먼 곳, 낯선 곳을 향하게 된 것만으로 새로운 비전을 확보할 공간이 마련된다는 의미이다. 먼 곳으로 가면 주체할 수 없는 열정을 새로운 환경에서 사용할 수 있고, 새로운 시작을 위해 투자할 수도 있다.

파트리크 쥐스킨트의 좀머 씨(《좀머 씨 이야기》주인공)는 이른 아침부터 저녁 늦게까지 마을 근처를 걸어 다니는 사람이다. 진눈깨

비가 내리거나, 폭풍이 휘몰아치거나, 비가 억수로 오거나, 햇볕이 너무 뜨겁더라도 단 하루도 거르는 날이 없었다. 배낭 하나만 메고, 손에는 호두나무 지팡이를 짚고 아주 빨리 걸었다. 그가 언제부터, 왜, 무슨 목적으로 걷는지는 아무도 알지 못했다.

새벽 네 시에 배를 타고 일을 나가던 어부들은 해가 뜨기도 전에 집을 나서는 그를 만났다. 저녁에 창문 밖을 내다보면 호숫가에 그의 깡마른 모습이 그림자처럼 나타나 서둘러 지나가곤 했다. 그는 달이 하늘 높이 떠 있는 늦은 밤에야 집으로 돌아왔다. 그가 폐소공포증 환자라는 소문이 있었지만 그것은 다만 소문일 뿐, 그는 다만 걷고 또 걸었다.

한때 그 소설이 널리 읽혔던 걸 보면 우리 모두의 내면에도 그런 충동이 깃들어 있는 것으로 보인다. 좀 떠돌이 기질이 있긴 해도 나는 저 정도는 아니야, 하며 안도감을 느끼기도 했을 것이다. 소설 말미에서 화자인 소년은 좀머 씨가 '죽음을 피해 달아나는 중'이라고 이해한다. 그것은 애도 반응에 대한 정확한 진술처럼 들린다. 죽음을 두려워했던 히틀러와 진시황이 죽음과 맞서기 위해 절대 권력과 불멸을 꿈꾸었다면 좀머 씨는 그저 죽음으로부터 도망치기에 급급하다는 점이 다를 뿐이다.

멀리 떠날 때, 간혹 우리는 죽은 자처럼 되기를 소망하면서 그렇게 행동하기도 한다. 죽은 자와 함께, 죽은 자처럼 세상으로부터 소외되기를 꿈꾼다. 자기 내면에 있는 죽음 충동이 사랑하는 사람을 파괴할까 봐 두려워 뒷걸음질 치기도 한다. 분노와 공격성이 사랑하는 사람을 파괴할까 봐, 주변 사람들에게 죽음을 널리 퍼뜨리는 사람이 될까 봐 두려워 멀리 떠나기도 한다.

하지만 아주 멀리 떠나는 경우에도 마음 깊은 곳에서 우리가 진정으로 원하는 것은 여전히 잃은 대상을 찾고자 하는 마음이다. 그 사실을 일찍 통찰해 낸 작가는 괴테였다. 괴테는《젊은 베르테르의 슬픔》에서 주인공의 입을 통해 이렇게 말한다.

"나는 한낱 나그네, 이 지상의 순례자라네. 당신들은 그 이상의 어떤 존재들인가. […] 나의 마음은 단지 다시 한 번 로테 곁으로 가고 싶다는 생각뿐일세. 이런 나의 마음을 나는 비웃고 있다네."

멀리 떠난 사람들은 대부분 애도 작업을 끝낸 후 출발점으로 되돌아와 다음 삶을 계속 살아간다. 하지만 더러 외국에 영원히 머물면서 새로운 삶의 터전을 닦기도 하고, 이국과 고국을 오가면서 부랑의 삶을 살기도 한다.

멀리 떠나는 것이 모든 문제를 해결해 주지는 않으며, 결국은 떠났던 바로 그 지점으로 돌아와 적극적으로 문제를 해결해야 한다고 말하는 소설이 있다. 산도르 마라이의《열정》이다. 그 소설에는 세 인물이 등장한다. 몰락한 가문의 자손인 콘라드, 하늘로부터 축복받은 듯한 귀족 청년인 그의 친구, 그리고 두 사람이 사랑하는 여성 엘리자베스.

콘라드는 모든 것을 다 가진 친구 곁에서 열등감, 시기심, 가난을 몰래 감내하면서 우정과 관용과 존엄성을 지키려 애쓴다. 친구가 저녁에 외출한 후 혼자 숙소에서 음악을 연주할 때, 사랑하는 여성을 조건 좋은 친구에게 떠나보낼 때, 화려한 소품들로 밀회 장소를 꾸미고 그곳에서 그녀를 다시 만날 때, 그런 장면마다 그의 내면에 쌓이는 것은 상실감이다.

콘라드는 기어이 엘리자베스와 함께 사랑의 도피행을 도모한다. 그전에 사냥터에서 오발로 가장하여 친구를 살해할 음모도 꾸민다. 하지만 결국 사랑과 우정을 모두 포기하고 홀로 멀리 떠나고 만다. 그 후 그는 41년 동안이나 이국의 열대우림을 떠돌다가 엘리자베스가 사망했다는 소식을 들은 후 귀국한다. 친구와 만나 지난 삶과 묵은 감정들을 정리하기 위해서이다.

친구는 콘라드에게 그동안 어디 있었는지 묻고 콘라드는 느린 목소리로 열대 지방 여러 곳을 떠돌았다고 대답한다.

"열대는 끔찍해. 우리 같은 사람은 견디기 어려워. 그것은 사람의 내장을 고갈시키고 몸의 조직을 불태워 버리네. 열대는 사람 안에 있는 것을 죽인다네."

친구는 대수롭지 않게 묻는다.

"그 때문에, 바로 자네 안의 것을 죽이기 위해 그곳에 가지 않았나?"

콘라드는 친구의 질문에 동의하고, 친구는 다시 묻는다.

"그래, 자네 뜻대로 되었나?"

"이제 나도 늙었네."

생의 마지막에 이르러 무심한 듯 나누는 두 노인의 문답은 사랑을 잃은 후 멀리 떠나는 행위 끝에 무엇이 남는지를 보여 준다. 동시에 사랑을 잃은 후 긴 시간 동안 이국의 열대우림을 떠돈 콘라드나 자신의 성 안에 유폐되어 있던 친구는 실은 서로의 그림자였을 것이다.

멀리 떠나는 사람들은 먼 길을 돌아와서야 비로소 알아차린다. 그렇게 해도 마음의 문제, 삶의 문제는 고스란히 남아 있다는 사실을. 우리가 툭하면 꿈꾸는 유토피아나 무릉도원, 이니스프리 호수는 그저 환상의 공간일 뿐이라는 것을. 그리하여 떠돌기만 한 삶이 마지막에 이르러 어떻게 되는가를 보여 주는 사람은 헤르만 헤세의 인물 '크눌프'이다.

크눌프는 마을 사람들이 묵묵히 일상의 노동을 감내할 때 여러 지방을 떠돌다가 기분이 내키거나 지치면 고향에 들른다. 과장되게 무용담을 들려주면서 지인들의 집에 기숙하다가 또 기분 따라 떠나 버린다. 마을 사람들은 그를 원래 그렇게 사는 사람, 그런 운명을 타고난 특별한 사람으로 생각할 뿐이다.

소설 끝 대목에 이르면 평생 떠돌던 크눌프가 늙고 병들어 고향 마을을 찾는다. 그는 차마 고향으로 들어서지 못한 채 마을이 내려다보이는 언덕에 머무른다. 갑작스럽게 겨울이 닥쳐와 혹독한 추위가 시작되어도 그는 계속해서 고향 주변을 돌아다닌다. 그는 "길고도 힘겹고 의미 없는 여행 내내 어긋나고 뒤엉켜 버린 자신의 삶에 대해서 생각한다. 거기서 어떤 의미나 위로도 발견하지 못한 채로." 다만 자기가 유랑하게 된 근거를 알아차린다. 병든 크눌프가 휘몰아치는 눈보라를 맞으며 물레방앗간을 향해 가는 길에 하느님 앞에 선 듯 독백하는 장면에서이다.

"제가 열네 살 때였어요. 프란체스카가 절 버리고 떠나버렸던 그때 말입니다. 그때만 해도 전 여전히 무언가 될 수 있었을 겁니다. 하지만 그 이후 제 안의 무엇인가가 고장 났든가 망가져 버렸던 거죠. 그때부터 전 아무 쓸모없는 인간이 되어 버렸어요."

그는 모든 것이 그때부터 시작되었다고 말한다. 한 사람의 평생을 좌우한 사건 치고는 사소해 보이지만 실은 열네 살 이전, 더 앞선 영유아기에 크눌프에게 이미 다른 종류의 상실이 있었을 거라고 상상해 볼 수 있다.

헤르만 헤세는 소설 전편을 통해 시종 크눌프의 삶을 옹호한다. 그는 그렇게 타고난 사람이며, 그의 삶은 떠도는 그 자체로 의미가 있으며, 모든 사람이 반드시 어떤 인물이 되어야 하는 것은 아니라고. 크눌프의 삶에 무슨 의미든 부여해 주고 싶어 하는 작가는 마지막에 그에게 신의 목소리를 듣게 한다.

"나는 오직 네 모습 그대로의 너를 필요로 했다. 나를 대신하여 너는 방황하였고, 안주하여 사는 자들에게 자유에 대한 그리움을 일깨워 주었다. 나를 대신하여 너는 어리석은 일을 하였고 조롱받았다."

저 대목이 어떤 웅장한 울림도 전해 주지 않는 이유는 이제 떠도는 일이 특별할 것도 없는 현대인의 일상이 되었기 때문일 것이다. 우리는 더 빨리, 더 멀리 가기 위해 온갖 도구들을 만들어 낸다. 외적으로는 일터를 따라, 배움의 기회를 찾아, 목표에 도전하고자 모든 곳으로 떠돌지만 내면에서는 자유로부터, 슬픔으로부터, 망가뜨린 환경으로부터 도망치고 있는지도 모른다. 도주론, 노마디즘 등의 멋진 용어를 내세우지만 그것 역시 애도 작업의 한 과정이 아닐까 싶다.

Recipe

자기 마음에서 도망칠 곳은 없다

상실의 현장으로부터, 박탈의 감정으로부터 아무리 멀리 떠나도 고통과 슬픔은 내면에 그대로 있다. 애도 기간에 떠나는 여행에서는 상실감과 고통에 사로잡혀 아름다운 풍경조차 제대로 보지 못한다. 아무리 돌아다녀도 평안을 주는 어떤 장소는 존재하지 않는다. 무릉도원을 다녀온 사람이 발견하는 것은 썩은 도끼 자루(현실적 삶의 도구 상실), 아기가 노인이 된 것(시간이 흐른다는 사실), 한순간 자기 머리도 하얗게 세어 버린 것(생을 허비하기)이다. 애도 작업을 회피하다가 정신을 차렸을 때 더 이상 삶이 남아 있지 않을 수도 있다는 경고이다.

추억의 장소 찾아보기

꼭 떠나야 한다면 이별한 사람과 관련된 장소를 방문한다. 사실 우리는 이별 후 그런 곳을 피해 다닌다. 3년 동안 극장에 가지 못하거나, 데이트 장소를 피해 먼 길로 돌아다니기도 한다. 하지만 피할수록 그것은 힘센 괴물이 된다. 용기를 내어 데이트 장소, 떠난 사람의 고향, 묘지 등을 방문한다. 그 장소에 머무르면서 내면에서 올라오는 그리움이나 슬픔의 감정을 충분히 느낀다. 그것이 떠나보내기 위한 과정임을 잊지 않는다.

세상을 잘 보면서 돌아다니기

이왕 멀리 여행을 떠난다면 자신의 내면이나 떠난 사람의 환영만 보면서 다니지 않도록 항상 자신을 일깨운다. 눈앞에 보이는 사물과 풍경에 관심을 집중시키고 그것이 내면에 어떤 반향을 불러일으키는지 관찰한다. 새로운 곳에서 애도 기간의 일부를 보내는 일은 다음 삶을 위한 비전이나 통찰을 얻는 데 도움이 될 수 있다.

진정으로 원하는 것 알아차리기

아무리 먼 곳을 떠돈다 해도 진정으로 원하는 것은 떠난 사람을 돌려받고자 하는 마음이라는 사실을 이해한다. 물론 그 욕망이 근본적으로 실현 불가능한 것이라는 사실도 받아들인다. 떠도는 일, 멀리 떠나는 행위가 떠난 사람을 진정으로 보내는 의미를 갖도록 노력하면 더욱 좋을 것이다.

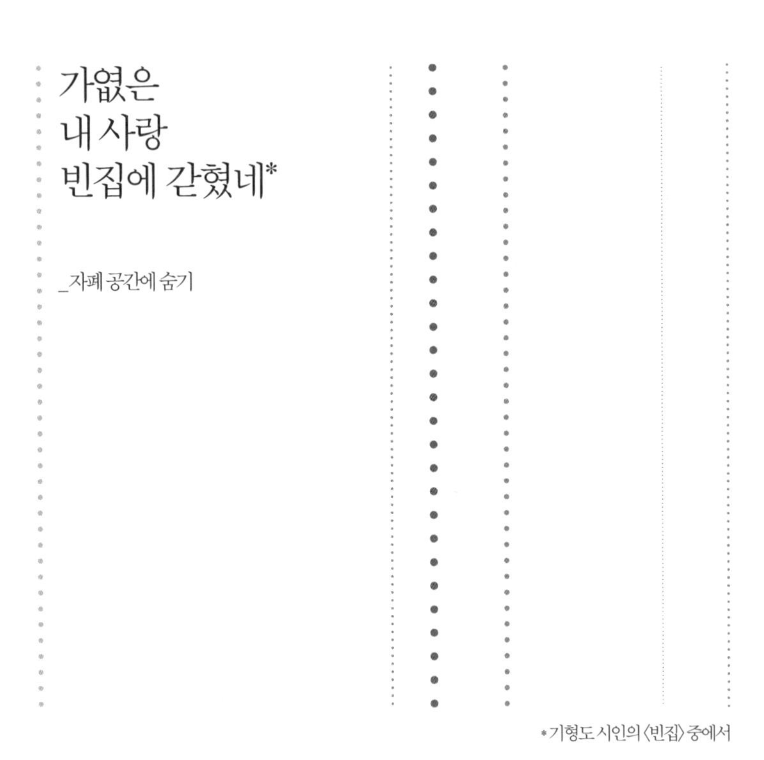

가엾은 내 사랑 빈집에 갇혔네*

_자폐 공간에 숨기

*기형도 시인의 〈빈집〉 중에서

아직 피가 뜨겁던 이십 대 후반, 진이라는 친구가 느닷없이 우리 모두로부터 자취를 감춘 일이 있었다. 그때 우리는 하루걸러 안부를 묻던 시기여서, 며칠째 통화가 되지 않거나 얼굴이 보이지 않으면 그건 잠깐 생각해 보고 넘어가야 하는 문제에 속했다. 처음에는 진이가 혼자 있고 싶은 모양이구나 생각했다. 서운한 일이 있어 유독 내 전화만 따돌리고 있는지도 모르겠다는 생각도 들었다.

얼마 지나자 다른 친구나 업무와 관계된 이들로부터 진이의 안부를 묻는 전화가 걸려 왔다. 진이가 통 전화를 받지 않는데 무슨 일이 있는 건 아니냐고, 혹시 너는 연락이 되느냐고. 진이는 잡지사에 원고를 쓰는 자유 기고가였다. 그때까지도 우리는 그저 진이가 고향에 내려갔거나 훌쩍 여행을 떠났을 거라 짐작했다.

열흘쯤 지나자 이야기가 달라졌다. 친구들과 만나는 자리에서 진이 이야기가 나왔을 때, 걱정이 커지면서 불안감도 증폭되었다. 그 자리에서 새롭게 안 사실은 연락이 끊기기 직전 진이가 오래 사귀던 연인과 헤어졌다는 거였다. 진이는 친구 누구에게도 그 사실을 말하지 않았지만, 남자 측에서 나온 정보가 우리에게까지 흘러 들어왔다. 결혼하자고 요청하는 연인에게 진이는 쿨하게 대답했다는 것이다.

"나는 가부장제가 요구하는 여성의 역할들을 해낼 자신이 없어. 꼭 결혼하고 싶으면 네가 원하는 역할에 알맞은 여성을 찾아보는 게 나을 거야."

그 말에 남성은 불같이 화를 냈고, 그만 헤어지자고 말했다. 진이는 차분하게 그러자고 대응했다는 것이다. 그렇다면 끝까지 쿨하게 행동할 것이지 갑자기 잠적하는 건 뭐지? 우리는 그런 이야기를 나누었지만, 시간이 지날수록 걱정과 불안감이 커졌다. 혹시……? 그런 마음으로 친구들을 바라보면 아무도 입 밖에 내지는 않았지만 나쁜 상상을 하는 듯 낯빛이 어두웠다.

그 다음다음 날쯤 우리 중 몇이 결국 진이의 원룸을 찾아갔다. 제일 좋은 것은 진이가 덤덤한 낯빛으로 우리를 맞는 것이었고, 두 번째로 괜찮은 일은 집 안이 비어 있는 것이었다. 문밖에서 아무리 벨을 눌러도 안에서는 작은 기척도 새어 나오지 않았다. 창문들도 모두 닫혀 있었다. 아무래도 우리는 영화나 소설을 너무 많이 본 모양이었다. 우리가 쓴 최악의 시나리오는 진이가 침대에 누워 있는 것이었다. 영양실조의 기진한 상태로 누워 있거나 숨을 쉬지 않은 채 누워 있는 것.

우리는 그것만 확인해 보기로 했다. 진이가 집 안에 있는지 없는지, 있다면 침대 위에 있는지. 원룸 주변을 한 바퀴 돌면서 집 뒤쪽 주방 위에 나 있는 작은 환기창을 찾아냈다. 그것을 열어보거나 만약 잠겨 있다면 돌멩이를 던져 깨뜨려야겠다고 생각하며 나무 상자를 구해다가 디디고 올라섰다. 환기창을 이리저리 밀어 보다가 앞뒤로 흔들어 보다가 하는데 안에서 창문이 열렸다.

"너희들 여기서 뭐하는 거니?"

우리가 잠시 대답이 없었던 것은 허탈감에서만은 아니었다. 우리의 불안감이 얼마나 황당한 수준이었는지를 재빨리 알아차리는 허망함 때문만도 아니었다. 우리를 바라보는 진이의 눈빛이 너무나 맑고 평온했기 때문이었다. 우리가 불안과 걱정으로 가득 찬 시간을 보내는 동안 진이는 저토록 덤덤하고 고요히 지내고 있었다니. 뒤통수를 맞거나 속임을 당한 기분이기도 했다. 우리는 진이에게 짐짓 화를 내거나, 더듬더듬 저간의 사정을 설명했다. 진이는 어처구니없다는 듯한 낯빛으로 듣고 있을 뿐이었다.

"당분간 혼자 조용히 지내고 싶었어. 그 시간도 못 참아 주니?"

전화 코드를 뽑아 놓은 것은 방해받고 싶지 않아서였다고 했다.

우리는 차 한 잔 마신 후 조용히 철수했고, 진이가 스스로 집 밖으로 나올 때까지 한 달 남짓 그 친구를 내버려 두었다. 사실 그때 조금 이상한 느낌을 받기는 했다. 5년간 사귄 연인과 그렇게 쉽게 헤어진 것도, 헤어진 이후 별로 슬퍼 보이지 않는 것도, 집 안에 틀어박혀 한 달이 넘도록 나오지 않는 것도.

소중한 것을 잃거나 깊은 상실을 경험하면 우리는 조용한 곳, 아무도 방해하지 않는 곳으로 찾아가 혼자 머물고 싶어 한다. 그런 장소에서 무슨 일을 하려는 게 아니라 아무 일도 하지 않기 위해 그렇게 한다. 죽음처럼 멈춰 정지하기 위해, 상실처럼 텅 비우기 위해 그런 곳을 찾아간다.

사실 오래전부터 우리는 숨어 있기 좋은 곳을 좋아했다. 아무도 없는 옥상, 은밀한 다락방, 컴컴한 옷장 속, 좁은 책상 밑에 들어가 몸을 작게 만들고 가만히 앉아 있곤 했다. 그때의 느낌은 이 세상에 최초로 생겨나던 시절에 머무르던 공간과 그곳에서의 자세를 연상시킨다. 그건 모든 생물이 가진 본능적인 반응이어서 상처 입은 동물들도 그렇게 한다.

그런 사례들은 주변에서 자주 접한다. 짧게는 하루 종일 방 안에 틀어박혀 나오지 않는 일부터, 이혼 후 반년간 자기 방 안에서만 생활했다는 이도 있다. 사업을 정리한 후 1년째 집 안에만 틀어박혀 지낸다는 이도 있다. 그는 필요한 물건은 인터넷으로 주문하고, 전화번호를 바꾸어 친구나 지인과 연락이 닿지 않게 하고, 심지어 가족과도 얼굴을 마주치지 않도록 했다. 가족이 모두 잠든 후 집 안에서 아무 기척도 들리지 않을 때만 방 밖으로 나와 생활에 필요한 문제를 해결했다.

정신분석학자들은 그런 곳을 '자폐 공간'이라 부른다. 외부 세상이 위험한 곳으로 인식되고 더 이상 죽음과 상실이 횡행하는 세상에서 살 수 없다고 느낄 때 우리는 안전하다고 여겨지는 장소에 숨어든다. 자폐 공간은 물리적인 공간일 뿐 아니라 심리적인 공간이기도 하다. 엄마의 사랑을 잃은 아기들이 만들어 내는 환상의 공간은 정신 내부에 만들어진다. 고통을 주는 외부 현실을 마음에서 멀리 떨어뜨리고, 위안을 주는 심리적 공간을 만들어 그 안에서 안정감을 추구한다. 그것만이 상실의 위협에 처한 아기가 자신을 보호할 수 있는 방법이다.

소설 속에는 유난히 자폐 성향의 인물이 많이 살아서 예전에는 그 허구적 인물들의 뒷얘기가 궁금해지곤 했다. 판자로 창문을 모두 막은 후 밀폐된 집 안에서 나오지 않았다는《슬픈 카페의 노래》의 미스 아밀리아는 그 후 어떻게 되었을까?《열정》에서 콘라드가 열대로 떠난 뒤 남겨진 엘리자베스와 친구는 저마다 자신의 성에 스스로를 유폐시킨다. 그 후 한 발자국도 성 밖으로 나오지 않은 채 그대로 사망한 엘리자베스는 그 시간들을 무엇으로 채웠을까?

《이방인》의 뫼르소도 그런 사람이었다. 살인을 하고 감옥에 갇혀 있는 동안 그는 어떤 기분이었을까? 그가 "바깥세상에서 단 하루만이라도 산 사람이면 감옥에서 백 년쯤은 어렵지 않게 살 수 있을 거라고 생각했다"라고 말할 때 그건 어떤 마음이었을까? 자폐 개념을 이해하고, 내 속의 자폐 성향을 알아차렸을 때에야 내가 카뮈 소설을 좋아한 또 다른 이유를 이해할 수 있었다.

독서는 그 자체가 이미 자폐적인 행위이지만, 카뮈 소설에는 나의 자폐 성향이 원하는 안성맞춤인 공간이 있었다. 신들이 내려와 산다는 아름답고 적막한 티파사, 종일토록 거리를 내다보며 앉아 있는 좁고 후미진 베란다, 파리 한 마리가 갇혀 잉잉거리는 더운 버스, 햇살에 눈을 찡그리며 걷는 적막한 해변 등. 그의 소설들에는 아름답거나 적막하거나 무더운 공간들이 있었다. 그 공간 속에서 사물들은 서로 무관하고, 사람들조차 서로 무관심한 채 저마다 따로 존재한다. 카뮈 소설을 읽을 때마다 나는 그런 공간들 속에 들어가 무심한 사물들 사이에 마음을 내려놓곤 한다. 고요히, 그러나 나른하고 무기력하게 소설 장면 속에 머물렀던 셈이다.

현대 정신분석학자들은 실존주의 철학자들이 '살아 있다는 느낌, 혹은 살아 있지 않다는 느낌'과 싸울 때 그 속에 있는 것이 자폐 상태와의 투쟁이었다는 분석을 내놓는다. 세상이 '부조리'하다는 카뮈의 생각도, '존재와 무'에 대한 사르트르의 사유도 일종의 자폐 언어라고 분석한다. 한 공간에 놓인 채, 활동성 없이, 고요히 머무르도록 강제당한 아기의 정서라고 한다. 사르트르의 《구토》에서 로캉탱이 말하는 것처럼.

"나는 타인이나 다름없었다. […] 그것은 존재하는 것이라 느낄 수 없었다."

자폐 공간을 만드는 이들이 원하는 것은 존재한다는 느낌, 즉 실존적 안정감이다. 안정감을 확보하기 위해 아기가 만들어 내는 자기 보호 장치를 자폐 껍질이라고 부른다. 자폐 껍질 속에서 삶의 에너지는 조용히 메말라 간다.

성인이 된 후에도 우리는 소중한 사람을 잃었을 때 일시에 아기 상태까지 퇴행하여 저와 같은 태도를 취한다. 좁은 공간에 틀어박혀 무엇을 기다리지도, 열망하지도, 꿈꾸지도 않는다. 그 안에서 오직 안전하기만을 바란다. 자폐 상태에서는 삶의 공간이 축소된다. 그 안에서 욕망을 최소화하며 위축된 삶, 죽음과도 같은 삶을 살게 된다.

마르셀 프루스트는 어머니가 사망한 후 8년 동안 집 밖으로 나간 일이 없었다. 집이라는 자폐 공간에서 그나마 그를 살 수 있게 한 것은 글쓰기였다. 과거를 돌아보는 글쓰기를 통해 애도 작업을 진행하면서 그는 칩거의 시간 동안 영원한 고전《잃어버린 시간을 찾아서》를 써냈다. 창작 활동을 하고 있었기에 그는 자폐 상태에서도 말라붙지 않았을 것이다.

사무엘 베케트의 희곡《고도를 기다리며》는 자폐 공간에 갇힌 현대인의 초상을 잘 그려 낸 은유로 읽힌다. 희곡 속 등장인물들은 한정된 공간에 머무르면서 하염없이 고도를 기다린다. 그들은 고도를 찾아 나서지도 않고, 고도를 기다리기를 포기하지도 못한다. 아니, 고도가 누구인지조차 연극이 끝날 때까지 밝혀지지 않는다.

성인 신경증 환자의 내면에도 심리적 자폐 공간이 있다고 한다. 그들은 타인과 대화하거나 남들이 이끄는 대로 돌아다녀도 내면 깊은 곳에서는 늘 혼자 존재한다. 내면에 당구공처럼 단단한 핵을 가지고 있으며, 그곳은 누구에 의해서도 침범당하거나 훼손되지 않는다. 외부에서 보면 그는 투명한 유리 상자 안에 들어 있는 사람처럼 다가갈 수 없게 느껴진다.

어떤 이들은 방 하나에 자신을 가두고 어떤 이들은 방보다 조금 더 큰 집에 자신을 가둔다. 어떤 이는 집과 직장만으로 자신의 삶을 축소시키고, 어떤 이들은 가정, 직장 외에 특정 소모임을 자폐 공간으로 갖는다. 늘 다니는 몇 군데 장소에다가 자기를 규정해 두고 그 안에서만 안정감을 느낀다.

자기만의 안전한 공간을 멋지게 창조해 낸 사례로는 히틀러의 '독수리 요새'가 있다. 그가 켈슈타인 근처에 건립한 총통 관저는 산속으로 수평으로 굴을 뚫고 들어가, 산 한가운데서 수직으로 백 미터 엘리베이터를 타고 올라가야 도달할 수 있는, 단단한 돌산 꼭대기에 자리 잡고 있었다. 히틀러는 그곳에 탄탄하고 거대한, 중세의 성 같은 공간을 만들었다.

로마식 기둥이 서 있는 미술관, 사방이 창으로 된 거대한 원형 홀로 이루어져 있는 공간은 마치 우주에 떠 있어서 문득 하늘로 솟을 것 같은 인상을 주었다. 가을 저녁 빛에 젖은 전경은 노을을 받아 거대하고 야성적이고 환각적으로 빛났다. 그곳에 서 있는 방문객은 자신이 깨어 있는지 꿈을 꾸고 있는지 의아해하게 된다.

히틀러는 저토록 접근 불가능한 곳에 저토록 몽환적인 요새를 지어 놓고 그곳에서 안전하게 머물면서 모성이 부여하는 즐거움을 향유했을 것이다. 그 성에는 극히 소수의 사람들만 초대받을 수 있었다. 위 기록은 1938년 독수리 요새에 초대받았던 프랑스 대사 프랑수아 퐁세가 당시 외무부 장관이었던 조지 보네드에게 보낸 편지 내용 중 일부이다.

자폐 상태에서는 공간이 밀폐될 뿐만 아니라 시간 개념도 왜곡된다. 시간은 얼어붙거나 증발하고 시간이 멈추면서 삶이 사라진다. 시작, 변화, 종말이 없는 불변의 상태가 영원히 지속되면서 과거나 미래뿐 아니라 현재도 사라진다. 마음속에서는 상실한 대상과 관련하여 무수히 많은 드라마가 펼쳐지고 있는 것과는 달리, 외형적 삶은 메마르고 존재는 빈약해져 간다. 그 끝에서 결국 자신의 존재마저 사라질 것이다.

최근 일본에는 '은둔형 외톨이'라는 이름의 젊은 세대들이 넘친다고 하는데, 그들 역시 자기만의 공간에서 안전함을 느끼고 싶어 하는 이들일 것이다.

Recipe

이왕이면 정신적인 장소에 머무르기

어차피 고통스러운 현실을 피해 어딘가에 조용히 머물고 싶다면 성당이나 절 등의 장소가 좋다. 그런 곳에서 그곳의 지혜를 수용하고 정직하게 마음을 마주 보는 일은 내면 여행에 도움이 된다. 한 장소에 머무를 때면 마음도 몸과 같은 공간에 있는지 지켜본다. 마음이 떠난 자를 뒤쫓아 산천을 헤매고 다니는지, 자책과 분노의 롤러코스터를 타는지, 허망한 미래를 꿈꾸는지 살핀다. 정신적인 장소에 머물면서 깊은 내면에 닿는다면 그 이별의 다른 진실이 보일 것이다.

혼자 지내는 김에 창의적인 일 하기

일주일쯤 방 안에 틀어박혀 지낼 거라면 스무 권짜리 대하소설을 읽어 본다. 놓친 영화를 보고 장르별 음악 감상에 빠져든다. 마르셀 프루스트처럼 자유연상식으로 과거를 돌아보는 글쓰기를 하면 더욱 좋다. 그 모든 일들이 내면의 슬픔과 고통의 감정에 닿는 애도 작업의 중요한 방법임을 인지한다.

생의 에너지와 접촉하기 위해 노력하기

위축된 에너지를 타오르게 하기 위해 무엇이든 해본다. 운동, 등산, 산책도 좋고 새벽 수산 시장이나 건물 공사장을 방문해도 좋다. 인간의 몸과 마음을 치유하는 물질이 있다고 알려진 자연 속으로 들어가는 것도 좋다. 산의 치유력, 바다의 음이온, 숲의 피톤치드 등 자연의 생명력을 몸 가득 담아 안는다.

고립에서 벗어나 사람들 만나기

친구나 선후배와 함께 식사하기, 규칙적으로 교회나 절에 다니기, 자원봉사 단체에서 정기적으로 활동하기 등 사람들과 어울리는 길을 찾는다. 어른들께 식사를 대접하고 그들의 성공과 좌절 스토리를 들어 본다. 어떤 사람을 만나 차 한 잔 마시는 것만으로도 위로와 기분 전환이 된다는 사실을 기억한다. 그것이 바로 용기를 내어 삶 속으로 뛰어드는 일이다. 외부 현실이 고통스럽다고 느껴질 때마다, 그 경험을 지나가면서 내면에 만들어 놓은 자폐의 장벽이 허물어지는 중임을 알아차린다. 세상이 추악하고 배신과 음모가 횡행하는 곳이라 느껴진다면, 바로 그러한 세상에 맞추어 살아갈 지혜와 힘이 필요하다는 사실을 깊이 새긴다.

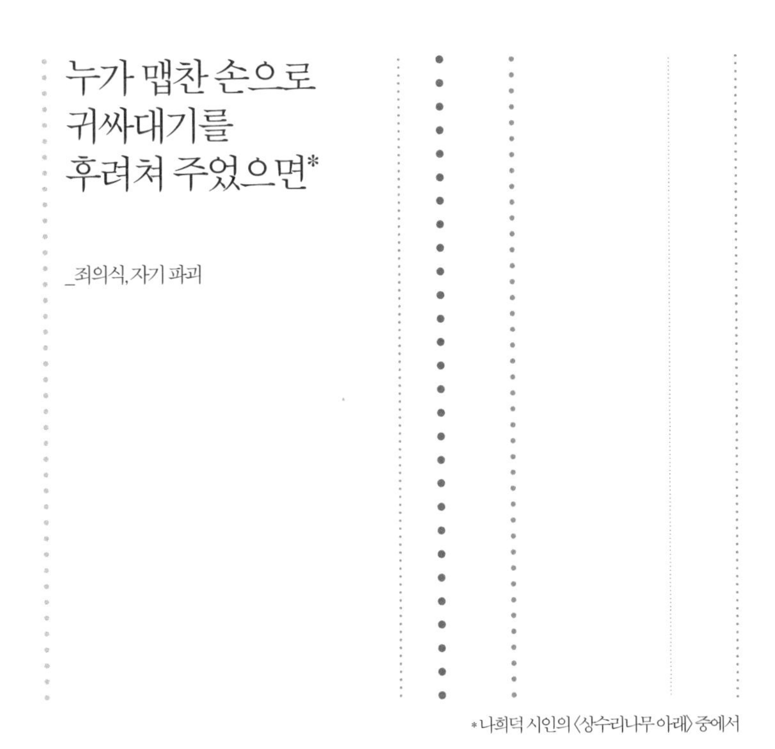

누가 맵찬 손으로 귀싸대기를 후려쳐 주었으면*

_죄의식, 자기 파괴

*나희덕 시인의 〈상수리나무 아래〉 중에서

이십 대 내내 나는 주머니 속에서 짤랑거리는 동전처럼 죽음을 손끝에서 만지작거리는 느낌이었다. 때로 죽음 속에는 절정의 아름다움이 내포되어 있는 듯 읽혔다. 황순원 소설《독짓는 늙은이》나 김동리 소설《등신불》을 읽을 때면 죽음이 화인처럼 머릿속에 새겨졌다. 방금 독을 구워 낸 불가마 속으로 기어 들어가 하나의 항아리처럼 등을 곧추세우고 앉을 수 있을까 생각해 보기도 했다. 기름을 붓고 불을 붙였을 때 온몸이 타들어 가는 느낌이란 어떤 것일까 상상해 보기도 했다.

그 소설들이 묘사하는 아름다움이나 진리를 추구하는 소망 같은 것은 없었지만 이십 대 내내 내 정서의 가장 밑바닥을 점령하고 있던 것은 나 자신을 파괴하고 싶은 욕구였다. 그 시기에는 자살조차 호주머니에서 짤그랑거리는 동전처럼 가깝고 사소했다. 목을 맬 때의 느낌은 어떤 것일까? 물에 빠져 익사할 때는 온몸에 어떤 감각이 올까? 손목을 긋고 숨이 끊어지기를 기다리는 시간은 얼마나 걸릴까? 수면제를 다량 먹고 죽음을 시도하면 자다가 깨지는 않을까? 그런 상상들은, 생각해 보면, 여전히 죽음을 겁내는 사람의 생각이었다.

그러면서 나는 자살이나 죽음에 관한 책을 탐독했다. 에밀 뒤르켕의 《자살론》, 칼 매닝거의 《자살론》, 드니 랑글로와의 《자살에 관한 어두운 백서》, 어윈 스텡겔의 《인간은 왜 자살하는가》, 아서 케슬러의 《죽음과의 대화》 등이 이십 대에 읽었던 책들이다.

그 책들 중 특히 인상적인 책을 한 권 꼽으라면 알프레드 알바레즈의 《자살의 연구》를 들 수 있다. 강한 인상이라는 표현만으로는 부족한, 생의 가장자리를 디디는 듯한 아슬아슬함, 벼락을 맞는 것과 같은 충격과 전율이 그 책에는 있었다. 그런 충격은 너무나 위험한 것이어서, 그동안 감명 깊게 읽은 책을 소개해 달라는 많은 자리에서 단 한 번도 입에 올리지 않았다. 그 책의 매혹적인 서문에는 저자가 학창 시절에 간접적으로 경험한 자살 이야기가 나온다.

> 내가 학교 다니던 시절에, 유난히도 마음씨 좋고 별로 격식을 차리지 않는 물리 선생님이 있었다. 그는 우스갯소리처럼 끊임없이 자살 이야기를 했다. [···] 어느 날 수업 끝에 그가 넌지시, 누구든 목을 베어 죽으려는 사람은 언제나 세심하게, 먼저 자기 머리를 자루 안에 넣어야 한다고 말했다. 그렇지 않으면 끔찍한 혼란을 남기게 된다고. 그 말에 우리는 모두 웃었다. 이윽고 한 시를 울리는 벨이 울리고 사내 녀석들은 모두 점심을 먹으러 떼 지어 나갔다. 물리 선생님은 자전거를 타고 곧장 집으로 돌아가 자루에 머리를 넣고 그대로 목을 베었다. 큰 혼란은 없었다. 나는 무시무시한 인상을 받았다.

알프레드 알바레즈는 그 후 대학에 진학하여 문학 평론가가 되었다. 그 무렵 시인으로 활동하는 실비아 플라스를 알게 되는데, 두 사람은 이따금 자살에 관한 이야기를 길게 주고받았다. 물론 객관적인 화제의 대상으로 자살에 관해 이야기했을 뿐이다. 그는 "실비아 플라스가 스스로 목숨을 끊은 뒤에야 자살이라는 행위에 대해 백지 상태였다는 것을 깨달았다."라고 말한다. 두 건의 자살은 그에게 깊은 충격을 주었을 것이다. 나중에 그는 직접 자살을 시도하는데 그의 생에 점철된 직간접 자살 경험이 역작《자살의 연구》를 쓰는 배경이 되었다.

《자살의 연구》는 그동안 사회적, 통계적으로만 다루어 오던 자살 현상을 문학적, 심리적 차원에서 접근했다는 특별함이 있는 책이다. 문학 속에 나타나는 자살에 관한 모든 자료들을 모아 놓았다는 가치도 있었다. 밑줄 그어 가며 그 책을 꼼꼼히 읽을 때 내게는 알프레드 알바레즈, 실비아 플라스, 그리고 그 책을 번역한 최승자 시인까지가 모두 한사람처럼 보였다.

삼십삼 년 동안 두 번째로 나는
나로부터 도망갈 결심을 한다.
우선 머리통을 떼내어
선반 위에 올려놓는다.
두 팔과 두 발을 벗어
책상 위에 올려놓고
몸통을 떼내 의자에 앉힌다.
오직 삐걱거리는 무릎만으로 살며시 빠져나와
필사적으로 달리기 시작한다.
[…]

최승자 시인의 〈삼십삼 년 동안 두 번째로〉라는 시의 부분이다. 나는 오래도록 최승자 시인의 시를 따라 읽었고 지금도 그의 새 시집 출간 소식을 들으면 기대와 소망을 품고 서점으로 달려간다. 그는《자살의 연구》뿐 아니라 고흐 평전도 번역했는데, 그래서인지 내 머릿속에서는 알프레드 알바레즈, 실비아 플라스, 빈센트 반 고흐, 최승자 시인이 하나의 이미지로 뒤섞이곤 한다. 저 작가들의 글에 빠져들어 있던 이십 대 시절, 나의 정서 역시 위에 인용된 문장이나 시와 다르지 않았다.

그 이십 대로부터 아주 많은 시간이 지난 다음에야 나는 알프레드 알바레즈가《자살의 연구》를 쓴 본질적인 이유를 이해할 수 있었다. 그가 실비아 플라스의 죽음을 규명하려 했던 진짜 이유는 자기 자신을 살리기 위한 행위였다. 그가 어렸을 때 부모가 가스 오븐에 머리를 넣은 일이 있었다. 성공하지는 못했고, 반쯤은 불가항력적인 일이었다고 한다. 반면 실비아 플라스는 바로 그 방법으로 자살에 성공했다. 젊은 시절 내내 알프레드 알바레즈는 자살 충동에 시달리면서 "죽어 버렸으면" 하고 중얼거렸고, 기어이 수면제를 털어 넣고 자살을 시도한다. 그는 사흘 만에 깨어났다.

알프레드 알바레즈가《자살의 연구》를 쓴 진정한 이유는 그 모든 상실들에 대한 애도 작업이었다. 고등학교 때 선생님, 동년배 시인, 어린 시절에 박탈감을 안겨 주었던 부모, 그리고 마침내 자살을 시도한 과거의 자기를 떠나보내는 '독특한 의식'이었다. 자살에 관한 책을 한 권 써냄으로써 그는 생에 수놓인 모든 타인들의 죽음과 과거의 자기를 떠나보낼 수 있었다.

바로 그 지점에서 나도 자살에 관한 책들을 읽은 진정한 이유를 이해할 수 있었다. 나는 자살을 꿈꾸며, 자살을 실행하기 위해 그 책들을 읽었던 게 아니었다. 그런 책들을 읽음으로써 자살에 관한 욕구를 간접적으로 충족시키고 조절해 왔던 것이다. 책을 읽으면서 심리적으로 거듭 강물에 뛰어들고 있었기 때문에 그런 욕구를 행동으로 옮기지 않을 수 있었다. 책들 속에서 자살을 꿈꾸고, 자살 방법을 상상하며 진저리 치는 것으로 자기 파괴적인 욕망들을 충족시키거나 해소하고 있었다.

사랑하는 사람을 잃은 이들의 마음에는 금방 죄의식이나 자기 비하감이 자리 잡는다. 내가 나쁜 마음을 품어서, 내가 잘못해서, 그 순간 부주의해서 사랑하는 사람을 잃었다고 생각한다. 떠난 사람은 차갑고 어두운 땅속에 누워 있는데 나는 밥을 먹고 따뜻하게 잠드는구나, 하는 죄의식이 생긴다. 부모가 세상을 떠났는데 내가 이렇게 웃어도 되나, 하는 마음도 인다.

자살을 꿈꾸던 시절, 나는 늘 무엇인가를 잘못한 듯한 느낌을 안고 살았다. 저녁이면 그날은 또 무슨 잘못을 저질렀는지 꼽아 보곤 했다. 그런 감정을 안고 살 때 마음 깊은 곳에서 느끼는 자기 정체성은 죄인이었다. 그런 죄의식이 유년기의 상실에서 비롯된 왜곡된 반응이라는 사실을 이해한 것은 나중이었다. 죄의식은 자연스럽게 자기 비하감, 자신이 무가치하며 유독한 존재처럼 느껴지는 감정으로 이어졌다. 그것은 다시 자기를 처벌하고, 자기를 파괴하고자 하는 마음이 되었다.

정신분석학자 김혜남의 《나는 정말 너를 사랑하는 걸까?》의 서문에는 언니의 죽음에 대해 느끼는 죄의식이 잘 묘사되어 있다. 내성적이고 외로움을 많이 타던 그와는 달리 그의 언니는 모든 면에서 뛰어났고, 항상 사람들의 관심의 대상이었다. 그는 언니의 불행을 상상해 보고, 언니의 재능이 없어지기를 바라고, 언니가 아주 없어져 버렸으면 하는 바람도 갖는다. 그 언니가 대학에 수석으로 합격한 상태에서 교통사고로 사망한다.

"나는 그때부터 죄인이 되었다. 내가 그렇게 생각했기 때문에 언니가 죽은 것만 같았다. 죄책감은 나로 하여금 언니의 죽음을 제대로 슬퍼하지 못하게 만들었고, 웃을 수도 없게 만들었다."

그가 집안의 반대를 무릅쓰고 의대에 진학한 것도 언니의 죽음에 대해 어떤 식으로든 빚을 갚고 싶은 마음 때문이었다고 한다.

자살 욕구는 자신을 벌주고 싶은 마음과 떠난 사람을 따라가고 싶은 마음이 만나는 지점에서 빛을 발한다. 남겨진 사람은 납득되지 않는 이별 앞에서 그 원인이 자기에게 있다고 생각하게 된다. 사랑하는 대상에게는 나르시시즘으로 미화된 이미지를 쏟아붓고, 그 반대의 부족하고 못난 측면은 자신이 떠안기 때문이다. 정체성의 일부였던 대상이 사라졌으므로 내면의 일부분은 이미 죽은 것처럼 느껴진다. 그리하여 자책과 죄의식 속에서 내면의 일부처럼 죽을 것인가, 혼자 남아 고통 속에서 계속 살 것인가를 결정해야 한다.

실제로 자기 자신에게 벌주고자 하는 마음을 행동으로 표현하는 이들이 있다. 그런 이들은 상습적으로 싸움을 걸어 자기를 다치게 하거나, 목숨을 담보로 하는 놀이를 하면서 자신을 위험으로 몰아넣는다.

자해 행위는 1960년대 유럽에서 크게 유행했다고 한다. 2000년대 들어서는 일본에서 자해하는 이들이 급증하고 있는데 '자해자들의 저택' 이라는 인터넷 사이트도 활성화되어 있다. 그들이 자주 행하는 자해 행동은 '손목 긋기' 이다. 긴장이나 불안이 극한에 다다랐을 때 손목을 그으면 그 순간 긴장이 완화되면서 불안감이 가라앉는다. 그것은 상대방으로부터 받은 상처를 자신에게 되풀이하는 강박 반복이면서, 동시에 상징적인 죽음인 셈이다.

카뮈의 《이방인》에서 뫼르소는 마비 상태의 몽롱한 감각으로 자기 처벌 욕구를 현실화한다. 그가 살인을 저지른 행위는 궁극적으로 자기를 벌주고자 하는 욕망이었다. 가엾고 불행했던 어머니를 지키지도 돌보지도 못한 자신을 스스로 파괴하지 못해 사법제도가 대신 처벌해 주도록 유도했던 것이다. 처형당하기 전날 그는 잠들면서 이렇게 생각한다.

"커다란 분노가 나의 고뇌를 씻어 주고 희망을 가시게 해준 것처럼, 신호와 별들이 가득한 밤을 앞에 두고, 나는 처음으로 세계의 정다운 무관심에 마음을 열고 있다. [...] 모든 것이 완성되도록 하기 위해서, 나에게 남은 소원은 다만, 내가 사형 집행을 받는 날 많은 구경꾼들이 와서 증오의 함성으로써 나를 맞아 주었으면 하는 것뿐이다."

그가 추구하는 완성은 자기 처벌이며, 죽은 엄마를 따라 죽고자 하는 욕망의 완성인 셈이다.

사랑을 잃고 자기 파괴적으로 행동하는 일은 아주 쉽다. 에로스의 뒷면이 타나토스이기 때문에, 상대에게 주었던 에로스를 되돌려 받을 때 그것은 모양을 바꾸어 자기 파괴적인 욕망으로 변화한다. 리비도를 가만히 두면 자기 파괴적인 길로 접어드는 일은 당연한 수순 같기도 하다.

하지만 자기 파괴적으로 행동할 때조차 우리가 원하는 것은 잃은 것을 되찾는 일, 떠난 사랑이 되돌아오는 일이다. 그 일은 어렵고 자기 파괴적 행동은 쉽기 때문에 우리는 자주 쉬운 해결책에 매달린다. 상대를 용서하는 일보다, 힘들게 애도 작업을 진행하는 것보다, 강물에 뛰어드는 일은 쉽기에 유혹적이다. 하지만 우리는 어느 순간, 죽음을 향해 가던 길을 멈추고 온 힘을 다해 삶 쪽으로 헤엄쳐 나와야 한다.

Recipe

위험 신호 알아차리기

자기 파괴 욕구나 자살 충동이 인다면 그것을 붉은 신호등으로 인식한다. 그 순간 일단 생각을 멈추고 '아, 이것은 풀어야 하는 문제구나' 알아차린다. 붉은 신호등에서 길을 건너서는 안 되는 것처럼, 그런 충동에는 절대로 이끌려 가서는 안 된다. 그것은 과거로부터 울려 나오는 헛된 메아리일 뿐이다.

죄의식을 갖거나 자신을 비난하지 않기

죄의식이 느껴진다면 애도 작업이 목표를 향해 가는 중이라고 이해한다. 어떤 관계든 잘못된 책임은 절반씩 있다고 믿는 게 공정하다. 상대방만 원망하는 것도, 자신만 탓하는 것도 나쁜 습관이다. 죄의식이나 비하감은 사랑을 독처럼 느끼게 만들어 급기야 사랑하는 능력을 잃는 지점까지 갈 수도 있다.

용기 있게 살아가기

세상의 모든 가치가 사라지고 생이 무의미해질 때, 그런 때조차 묵묵히 살아가는 것이 애도 작업의 일부이다. 인간뿐 아니라 신의 존재에 대해서도 의심이 생길 때, 의혹을 품은 채 신에게 경배하는 일이 삶의 일부이다. 실패나 실연을 무릅쓰고 다시 미래를 꿈꾸는 것, 밥을 먹는 자신에 대한 역겨움을 참아 내며 계속 먹는 일이 바로 용기이다.

매 순간 자신을 사랑하기

자신에게 친절하고 관대하게 대하고 자신을 존중한다. 이 구절은 애도 기간 내내 중요한 지침이지만 특히 자기 파괴적 욕망이 일 때 더욱 필요하다. 더불어 늘 자신의 가치를 인식한다. 우리는 누구나 그 존재만으로 가치 있고, 존엄하며 아름답다. 우리의 가치는 상실감으로 인해 훼손되지 않는다. 우리의 존엄성은 떠난 사람이 빼앗아갈 수 없는 것이다. 우리의 아름다움은 애도 작업을 통해 더욱 깊어질 것이다.

감사할 것들에 대해 생각하기

감사하는 마음은 상실이나 고통을 부인하는 일이 아니며, 지금 당장 상처를 치유하는 데 필요한 일도 아니다. 그러나 그것은 우리 삶을 풍요롭게 하는 것들을 돌아볼 수 있는 좋은 기회이다. 우리가 여전히 축복받은 사람이라는 사실을 알게 해 준다. 생의 소중함과 함께. 죽음을 꿈꾸는 순간에도 우리가 진실로 원하는 것은 행복한 삶이다.

자살 생각은 커다란 위로다.
우리는 많은 힘든 밤들을 그런 생각을 하면서 무사히 보낸다.
- 니체

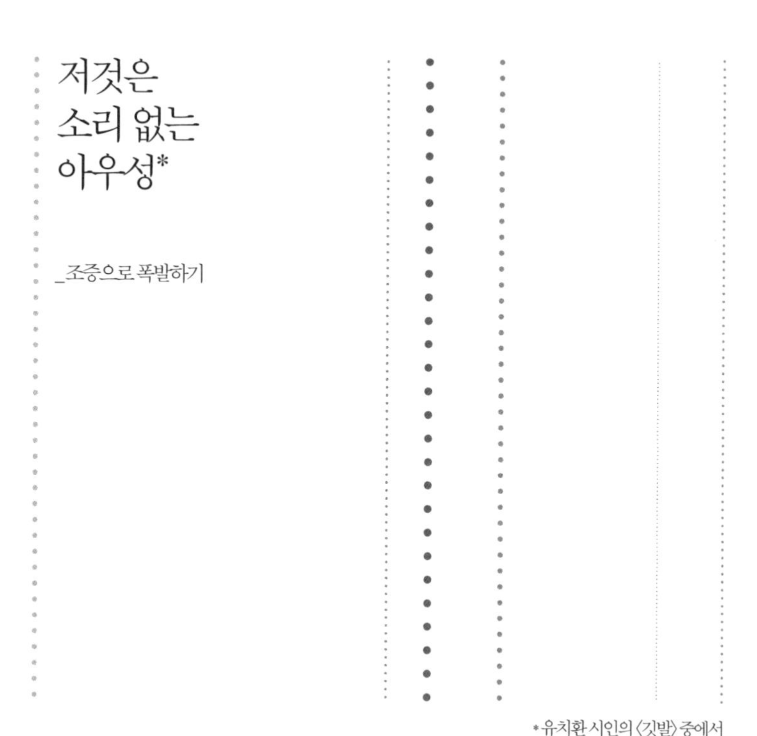

저것은 소리 없는 아우성*

_조증으로 폭발하기

*유치환 시인의 〈깃발〉 중에서

2002년 월드컵 때 우리 국민은 누구나 붉은 티셔츠를 입고 한 마음이 되어 거리를 내달렸다. 거리에 흘러넘치는 붉은 악마 티셔츠를 보면서 저것은 축제의 마음일까 원한의 마음일까 짚어 본 일이 있다. 우리 축구 대표 팀의 승리는 식민지, 전쟁, 가난, 개발 독재로 이어져 온 한국 현대사에서 처음 만나는 승리의 경험 같았다. 온 국민이 승리의 기쁨에 도취되어 거리에 흘러넘칠 때 그 힘의 분출은 누구도 제동을 걸 수 없을 정도로 강렬해 보였다. 강렬할 뿐만 아니라 위험해 보이기도 했다.

월드컵 기간에 붉은 악마 물결을 보면서 우려의 마음을 표하는 외국인들 얘기를 몇 차례 전해 들은 일이 있다. 사적인 자리에서 염려를 표했던 이들이 일본인과 독일인이었던 점도 특별히 인상적이었다. 그들은 붉은 악마 물결을 '파시즘'이라고 말했다. 그런 말을 전하는 지인에게 나는 눈치 없게도 "맞는 말이네"라고 무심히 응수했다. 그리고 짧은 순간, 나를 바라보는 지인의 눈에 싸늘한 분노의 기미가 스쳐 가는 것을 보았다. 그것은 가슴이 내려앉을 만큼 놀라웠다.

집단 나르시시즘은 개인의 나르시시즘보다 인식하기 쉽지 않다. 어떤 사람이 "나와 우리 가족은 이 세상에서 가장 훌륭한 사람들이며, 우리만이 훌륭하고 지성적이며 품위 있다."고 말했다고 가정해 보자. 우리는 그 사람을 미숙하고 정신 나간 사람으로 여길 것이다. 하지만 어떤 광적인 연사가 '나와 우리 가족' 대신에 국가와 민족, 종교 등을 내세우며 우호 집단의 대중 앞에서 연설한다면 그는 애국심이나 신앙심이 높은 사람으로 칭송받을 것이다. 집단 구성원의 나르시시즘은 더욱 의기양양해지며, 사람들의 동의를 얻음으로써 그의 연설은 합리적인 듯 보이게 된다.

에리히 프롬의 《자유로부터의 도피》 중 한 대목이다. 월드컵 경기에서 승리에 도취되어 그토록 흥분할 때 그것이 바로 집단 나르시시즘의 폭발이었다. 그것은 우리 국가 대표 팀이 축구 경기에서 이겼다는 단순한 사실이 아니었다. 그것은 우리 민족이 그토록 훌륭하고, 아름답고, 특별하다는 사실에 도취된 감정이었다. 그 나르시시즘은 자기 성찰 없이 폭발하여 우호 집단의 동의를 얻음으로써 걷잡을 수 없이 거세게 흘러넘쳤다. 나르시시즘뿐 아니라 다른 감정들도 우리는 자주 폭발하듯 표출하는 성향이 있다. '남북 이산가족 찾기'를 할 때는 전쟁을 경험한 세대의 원한과 슬픔, 그리고 혈육에 대한 그리움이 흘러넘쳤다. 금강산댐은 그 시나리오부터 온 국민의 레드 콤플렉스를 자극하고 전쟁에 대한 공포심이 전국에 휘몰아치게 하여 거금의 성금을 모았다. IMF 경제 위기 때는 가난을 경험한 세대의 불안감이 추동되어 온 국민이 장롱 속의 금을 꺼내 들었다. 그중에서도 가장 돋보이는 사실은 전쟁의 폐허 위에서 짧은 기간에 놀라운 경제성장을 이루어 낸, 가난에 대한 불안과 결핍의 에너지일 것이다.

우리 민족이 유독 과잉 반응하는 지점은 일본과의 관계에서다. 우리는 한일전에 목숨을 걸고, 일본이 무슨 말을 할 때마다 온 나라가 분노로 끓어오른다. 나는 가끔 일본 정치인들이 일부러, 한국이 들끓어 오르는 것을 보기 위해 심리적 전략 차원에서 한 마디씩 자극적인 말을 던지는 게 아닌가 의문이 일 때가 있다. 약 올릴 때마다 약 올라 죽으려 하는 한국인의 모습을 재미있어 하는 게 아닌가 싶다.

일본과의 관계에서 우리가 보이는 과잉 흥분에는 애도하지 못한 식민지 시대의 문제가 남아 있는 것으로 보인다. 이어진 한국

전쟁과 그로 인한 모든 영역에서의 다양한 상실들도 우리는 여전히 애도 중인 것으로 보인다. 바로 그 지점에서 걷잡을 수 없이 맹목적인 대중의 힘, 거칠고 강하고 뜨겁게 한 방향으로 휘몰아치는 힘이 나오는구나 싶다. 그 힘은 어떻게 사용하느냐에 따라 세상을 살릴 수도 있고 파괴할 수도 있기 때문에 보기에 조심스러워지기도 한다.

독자와 만나는 자리에서 그와 같은 이야기를 꺼낸 적이 있다. 우리가 진정한 어른이 되기 위해 넘어서야 하는 의존성, 환상, 나르시시즘에 대해 이야기하던 중이었다. 2002년 월드컵 때 우리가 승리에 도취되어 그토록 자축의 잔치를 벌인 것은 나르시시즘이고, 그것이 과잉되게 표출된 것은 조증이고, 다른 의견이 발붙이지 못하도록 거세게 휘몰아치던 양상은 파시즘이라고.

아니, 나는 그 말을 다 하지 못했다. 붉은 물결이 나르시시즘이었다고 말하는 대목에서부터 객석 분위기가 묘하게 변하더니, "그것은 파시즘처럼……"이라고 말하자 객석이 싸늘해지는 게 느껴졌다. 순간 나의 내면에서 미묘하게 위축감이 이는 것도 느꼈다. 결국 나는 의도했던 말을 다 하지 못한 채, 비겁하게, 다른 이야기로 말머리를 돌렸다. 다른 입장, 반대 의견에 대해 금세 싸늘한 반응을 보이던 광경은 지금 생각해도 설핏 현기증이 지나간다.

독일 파시즘이 오랜 피해자 경험에서 비롯된 애도되지 못한 집단 무의식의 산물이라는 이론은 많은 학자들이 제시해 왔다. 나치즘의 희생자였던 유대인들이 이제는 전 세계 정치, 경제, 문화의 배후를 장악한 채 또 다른 가해자 집단이 되어 가고 있다는 자성의 목소리가 유대계 인문학자들에게서 나오기도 한다(하워드 진, 《권력을 이긴 사람들》).

사랑하는 사람에게서 거두어 온 리비도는 내면에 간직된 상태에서 스스로 증식하는 힘이 있다. 그리하여 그것은 과장되고 과잉되게 흘러넘치는 상태가 되기 쉽다. 조증(manic)이라고 번역되는 그 심리 상태는 어떤 감정이든 과도하게 팽창되는 상태를 말한다. 쉽게 진정되지 않는 감정의 폭발, 혹은 에너지 과잉 상태라고 할 수 있다. 불안감이든, 나르시시즘이든, 행복감이든 보통의 경우보다 높은 상태로 오래 지속된다면 그것이 조증이다.

주변에서 간혹 그런 사람을 만날 때가 있다. 저 사람이 어제 이별한 사람 맞는가 싶게 큰 소리로 웃고 떠들며 즐기는 사람을 본다. '이제부터 보란 듯이 잘살아 줄 테야!' 다짐하면서 외국어 학원 새벽반에 등록하고 헬스클럽 회원권을 끊고, 문화유산 순례 모임에 가입한다. 새벽부터 한밤까지 무슨 일인가를 만들어 내어 온 힘을 다해 몰두한다. 대체 대상에 몰두하든, 자기 파괴적으로 행동하든 그 모든 상태가 광증에 가까울 정도로 휘몰아친다. 그런 상태에서는 잠을 자지 않아도 피곤을 느끼지 않고, 밥을 먹지 않아도 배고픔을 느끼지 않는다.

카사노바의 자서전《불멸의 유혹》을 보면 그는 삶의 어떤 시기부터 조증 상태에 있었던 게 아닌가 싶다. 그는 파도바 대학에 다니던 시기에 삶의 노선을 바꾼다. 그 전까지는 부모나 교사, 하숙집 주인에게까지 잘 보이려 애쓰는 학생이었지만 대학생이 된 후 "자유를 만끽한다"라고 표현하며 내면의 위험한 열정을 무분별하게 표출하기 시작한다.

당시 파도바 대학은 전 유럽에서 학생들이 모이는 유명 대학이었고, 대학생들은 어떤 제약도 받지 않고 자유롭게 활동할 수 있는 특별 계층이었다. 카사노바는 자유를 만끽하기 위해 가능한 한 많은 친구를 사귀었다고 기록하고 있다. 그 친구들은 악명 높은 난봉꾼, 도박꾼, 호색가, 주정뱅이, 파렴치한, 바람둥이, 폭력배 등이었고 "고귀한 덕성이라고는 찾아볼 수도 없는 부류였다."

카사노바는 그들과 어울려 다니면서 불법 무기를 반입하고 점잖은 집안의 아가씨를 꾀어내 망쳐 놓고, 한밤중에 시끄럽게 소동을 일으켜 사람들의 단잠을 깨워 놓고, 경찰들과 총격전을 벌였다. 그들은 죄의식이 없었고, 오히려 발각되었다는 사실에 불쾌해했다. 경찰과의 대결에서 학생 한 명이 부상을 입자 학생들은 순식간에 대학교에 모였고, 그 경찰을 죽여 복수하겠다면서 여러 패로 나뉘어 경찰을 찾아 나섰다. 그 과정에서 다시 학생 두 명이 죽었다. 그러자 모든 학생들이 파도바에서 경찰의 씨를 말리기 전까지는 결코 총을 내려놓지 않겠다고 맹세했다.

"나 역시 다른 학생들보다 더 용감해 보이고 싶다는 치기 때문에 권총 여러 정과 소총으로 무장하고 동료들과 함께 적을 찾아다녔다. 결국 학생에게 부상을 입힌 경찰이 교수형을 받는 것으로 사건은 일단락되었다. 이렇게 평화가 찾아오기 전 일주일 동안 대학교의 모든 학생들이 파도바를 휘젓고 다니면서 경찰을 수색했다. 내가 속한 학생 조직에서는 단 한 명의 경찰도 찾아내지 못해 무척 실망했다."

저런 대목을 읽을 때 섬뜩함을 느끼는 이유는 인간의 감정이나 열정이 어느 한순간 건잡을 수 없이 비이성적으로 폭발할 수 있다는 점 때문이다. 또한 일순간 폭발한 감정이 물결처럼 휩쓸려 나가기 시작하면 제어하거나 멈추기가 쉽지 않기 때문이다.

카사노바의 자기 성애적 폭발 상태도 위험해 보인다. 그는 과잉 성욕 상태에서 끊임없이, 강박적으로 새로운 성적 대상을 찾아다닌다. 여성을 육체와 함께 고유한 인격을 지닌 총체적인 인간으로 볼 줄 모른 채 다만 성욕의 대상으로만 보았다. 성 자체만을 과도하게 강박적으로 추구했기에 그 대상이 누구든 상관없고, 어떤 이유도 필요하지 않았다. 당연하게도, 자기 성애적 만족이 이루어지면 그 여성을 떠났다. 그는 분노뿐 아니라 자기 성애, 불안에서 비롯되는 떠돌기, 자기 파괴 등의 요소가 모두 뒤섞인 상태로 평생 조증의 삶을 살았던 게 아닐까 싶다.

카사노바가 그렇게 된 데에도 유년기의 상실이 존재한다. 연극배우였던 그의 부모는 그가 한 살일 때 그를 베네치아 외할머니 집에 남겨 두고 런던으로 공연을 떠났다. 부모가 다시 돌아온 것은 3년 6개월 후였다. 아기였던 카사노바는 아마도 애도 반응의 한 증상으로서 몸이 몹시 아팠는데 그의 외할머니는 이상하고 비의적인 방법으로 문제를 해결했다.

그가 여덟 살이 되었을 때는 아버지가 귓속 종기가 잘못되어 36세의 나이로 세상을 떠났다. 그의 어머니는 그 후로도 오래도록 연극배우를 하며 유럽 전역을 돌아다녔다. 어린 카사노바는 학교에 다니기 위해 외할머니 집을 떠난 이후 모든 곳을 떠돌면서 나머지 삶을 살았다.

그는 어머니와 총체적인 인격으로 관계를 맺어 본 적이 없기 때문에 어떤 여성과도 내면이나 정신으로 교류하지 못한다. 여성과 여성 사이를 떠도는 게 아니라 애착으로부터, 사랑의 감정으로부터 달아나는 셈이다. 사랑뿐 아니라 고향으로부터, 소중한 것으로부터 거듭 달아나면서 그는 가는 곳마다 자신의 존재를 조금씩 떼어내 버린다는 느낌을 준다. 어쩌면 그는 폭발할지도 모르는 자기 내면을 피해서 달아나고 있었는지도 모른다. 결국 그의 생 전체가 길고 험난한 애도 과정이었던 것은 아닐까 싶다.

그럼에도 카사노바는 자신이 거쳐 온 그 모든 여성을 사랑했다고 말한다. 하지만 그것은 미식가가 음식을 사랑한다고 말하는 것과 다르지 않다. 미식가는 음식을 탐닉할 뿐 음식과 정신적으로 소통하거나 정서적으로 교류하지 않으며, 식사가 끝나면 식탁을 떠난다. 미식가가 사랑하는 것은 자신의 미각이다. 카사노바가 사랑한 것, 아니 광적으로 몰두한 것은 자신의 감각일 뿐이었다.

자폐 껍질 속으로 숨는 행위가 차가움이라면 조증으로 폭발하는 반응은 뜨거움이다. 자폐 상태가 생의 에너지를 말라붙게 만든다면 조증은 생의 에너지가 한꺼번에 폭발한 상태이다. 조증 상태에서 조심해야 할 것은 그 에너지 폭발이 자기 자신과 주변을 한꺼번에 소진시켜 버릴 수도 있다는 점이다.

Recipe

힘이 남아돈다는 사실을 알아차리기

사용하지 못한 열정과 에너지가 걷잡을 수 없이 흘러넘치는 상태임을 알아차린다. 남아도는 힘 때문에 관심이 이곳저곳으로 널을 뛸 수 있다. 무슨 일이든 할 수 있다고 믿으며 일을 크고 복잡하게 벌이게 되기 쉽다. 조증 상태에서 진행시키는 일들은 주변 사람들과 조화를 이루지 못한 채 나쁜 결과를 맞기 쉽다. 그 힘이 위험한 쪽으로 사용될 수도 있다는 사실을 기억한다.

마음에 브레이크 걸기

자신이 걷잡을 수 없는 열정에 휩싸여 휘몰아치고 있다는 사실을 알아차리면 스스로를 제어해야 한다. 그런 때는 잠시 행동과 생각을 멈추고 가만히 서서 내면이 고요해질 때까지 기다린다. 해일은 그저 자신의 힘을 조절하지 않고 밀려가는 대로 내달았을 뿐인데 자연과 인간이 해를 입는 것처럼 의도하지 않았어도 내면에서 폭발하는 힘이 타인을 다치게 할 수 있다.

위급할 때는 현장을 피하기

마음이 휘몰아칠 때, 자신이 통제되지 않을 때, 이대로 있다가는 무슨 일을 벌일지도 모르겠다는 생각이 들 때, 그런 때는 그 현장을 피하는 것이 가장 좋다. 그것은 비겁한 행위가 아니라 지혜로운 선택이다. 공간을 바꾸는 것만으로도 관심이 다른 대상으로 옮아가면서 정서에 변화가 온다.

넘치는 힘은 적절히 분산하기

넘치는 열정을 적절히 분산하기 위한 방법들을 생각해 본다. 강도 센 운동에 집중하거나, 육체노동을 자청하거나, 더 높은 가치를 추구하며 이타적인 행위에 자신을 쏟아부을 수도 있다. 애도 이후의 삶에 대비하여 생산적인 일에 몰두하는 방법도 있다.

삶을 단순화하고 고요히 머물기

또한 그렇게 하기 위해 노력하기. 애도 기간에는 일을 많이 꾸미지 말고, 삶을 단순하고 고요하게 유지하는 게 제일 낫다. 내면에 초점을 맞추고 회복과 변화를 위해 노력하는 게 최우선이다. 고요한 성찰의 시간 속에서 마음 밑바닥에서부터 이루어지는 변화를 받아안는다.

*문정희 시인의 〈혹〉 중에서

그는 사진 작가였고, 그녀는 교사였다. 그는 환경 문제와 자연 다큐멘터리를 주로 다루는 교양 과학 잡지 이시아판 기자로 취직되어 근무지인 하노이로 출국하게 되었다. 그녀는 매일 학생들을 만나야 하는 직업이어서 외국에 나갈 수 없었다. 그들은 공항에서 아쉬운 이별을 했다. 떠날 때 그는 가장 아끼는 카메라를 사랑의 징표로 주면서 방학이면 꼭 베트남을 방문해 달라고 부탁했다. 그녀는 카메라를 받으며 무거운 고개를 겨우 끄덕였다.

그가 출국한 후 그녀는 공항 대합실에 앉아 조금 울었다. 울고 나자 배가 고파 식당을 찾아가 갈비탕을 먹었다. 뿌연 김에 얼굴을 묻고 뜨거운 국물을 마실 때 그녀는 문득 모든 것이 비현실적으로 느껴졌다. 그토록 허겁지겁 음식을 먹는 자신이 얼마 전까지 서럽게 울었다는 사실이 믿어지지 않았다. 갈비탕의 김과 함께 과거의 시간들이 하얗게 증발하는 것이 보였다. 떠난 사람도, 그와의 추억도, 음식을 먹는 자신도 부질없어 보였고, 그중 가장 낯선 것은 카메라였다.

그녀는 낯선 카메라와 집요하게 음식을 먹는 자신을 번갈아 바라보면서 중요한 것을 알아차렸다. 사랑도 징표도 먹는 것만큼 중요한 일은 아니구나. 아무리 슬프거나 절망스럽더라도 먹고사는 일만큼 중요한 것은 어디에도 없겠구나. 그녀는 그 교훈을 평생 기억하리라 다짐했다.

'네가 네 인생만을 생각하면서 떠난 것처럼, 나도 내 인생만을 생각할 거야.' 속으로 그런 마음을 품을 때 이미 눈물은 말라 있었다.

이튿날 그녀는 카메라를 들고 나가 돈과 바꾸었다. 그 돈으로 며칠 동안 친구와 동료 교사들과 맛있는 음식을 먹는 데 집중했고, 집으로 돌아와 그와 관계된 물건들을 정리했다. 돈이 떨어질 때쯤 그의 흔적들도 사라졌다. 그렇게 그녀는 사랑의 한 시기를 정리하고 다른 전망을 꿈꾸기 시작했다.

나는 간혹 공원이나 거리에서 사람들이 나누는 이야기에 슬그머니 귀 기울이는 걸 즐긴다. 위 이야기는 공원에서 스트레칭하면서, 벤치에 앉은 두 여성이 친구에 관해 나누는 이야기를 귀동냥한 것이다. 그녀들은 이야기 주인공인 친구가 사 주는 호텔 뷔페를 푸짐하게 먹은 경험도 함께 이야기했다.

위 이야기에 귀 기울일 때, 가장 흥미로웠던 대목은 주인공 여성이 보인 다채로운 애도 반응이었다. 그녀는 짧은 시간 동안 애도 반응으로서의 마비, 분노, 부정, 자기애, 자기 파괴 등의 심리적 스펙트럼을 다양하게 보이고 있었다. 그중에서도 인상적인 것은 이별이 먹는 행위와 관계되는 지점이었다. 이별 앞에서 허기를 느끼고, 음식을 먹으면서 다른 현실에 눈뜨고, 사랑의 징표를 팔아 음식과 바꾼 사실 등이 그렇게 보였다.

소중한 대상을 잃었을 때 가장 흔하게 나타나는 증상 중 하나는 식습관과 관계된 것들이다. '사랑하는 사람이 죽었는데 나는 밥을 먹고 있다니…….' 그런 종류의 죄의식은 모든 음식을 거부하는 거식증으로 가기 쉽다. '가버린 사랑 따위는 끝난 것이고, 남은 사람은 살아야지…….' 그러면서 슬픔과 함께 양푼 비빔밥을 꾸역꾸역 떠 넣는 사람들은 폭식증으로 가기 쉽다. 아무리 굶어도 떠난 사람이 돌아오지 않고, 아무리 먹어도 슬픔이 가라앉지 않는다는 사실을 잘 알면서도 그 행위를 멈출 수가 없다.

심각한 상실 이후 특별한 식사 취향을 갖게 되는 경우도 많다. 히틀러는 사랑했던 조카 겔리가 죽은 후 채식주의자가 되었다. 텔레비전 프로그램에 소개되는 기인들 중에 우유만 먹고 살거나, 식용유나 식초를 벌컥벌컥 들이켜거나, 날고기를 삼키거나 하는 사람들을 보면 이상 식습관을 갖기 전에 소중한 대상을 잃었다는 공통점이 있다. 그런 이들은 안전하다고 느끼는 오직 한 가지 음식만을 넘길 수 있거나, 상대와 관련된 특별한 음식에 집착한다.

최근에는 오래 알아 왔던 한 남성이 "식사 맛있게 했어요?"라는 일상적인 질문에 갑자기 곤혹스러운 표정을 지어서 잠깐 놀란 일이 있다. 나중에 그는 이렇게 해명했다.

"나는 평생토록 한 번도 식사가 맛있었던 적이 없어. 음식이란 필요한 때에, 필요에 의해 공급해 주는 거라 생각했지. 그런 질문이 곤혹스러웠어."

이번에는 내가 놀랐다. 오랜 지인이라고 생각했던 그의 내면에 자리 잡은 상실의 구멍을 짐작조차 못했기 때문이었다.

상실 이후에는 과식, 폭식이나 음식 거부 증상뿐 아니라 먹는 기능에 오작동이 일어나기도 한다. 음식을 먹으면 몸이 바로 거부감을 나타내는 것이다. 사르트르의 실존적 증상 '구토'도 상실감에 이어 일어난 것으로 기록되어 있다.

"3년 전부터 매우 이상한 일이 나에게 일어나기 시작했다. 처음에는 인생이 사라져 버린 듯한 복잡한 억압의 순간을 경험하였고, 어떻게 살며 무엇을 해야 할지 모르는 듯했다. […] 그 후 이 복잡한 순간은 점점 빈번하게 일어났다."

그가 잃은 대상은 구체적으로 드러나 있지 않지만 상실감만은 분명히 묘사되어 있다. 급기야 《구토》의 주인공 로캉탱은 구역질을 느끼기 시작한다. 구토와 함께 "서 있던 발판이 무너져, 디디고

설 곳, 믿고 살던 나라는 존재가 사라졌으며, 믿을 만한 것은 완전히 없어져 버렸다."라고 느낀다.

상실의 경험이 자주 섭식 장애로 표현되는 이유는 우리가 최초로 느끼는 사랑이 먹는 것과 관련되기 때문이다. 아기 때 우리는 젖을 주고 안아 주는 엄마를 사랑했기 때문에 성인이 된 우리의 내면에는 사랑은 먹는 것이라는 무의식적 공식이 자리 잡고 있다. 아기 때 엄마를 좋은 젖가슴, 나쁜 젖가슴으로 나누던 방식으로, 이별하면 사랑이 나쁜 젖가슴처럼 느껴진다. 그리하여 밥을 먹을 때 독을 먹는 듯한 불안감을 안게 되는 것이다.

습작을 하던 시기에, 표현법을 익히기 위한 방법 중 하나로 혼자 행했던 연습이 있다. 내가 느끼는 감정이나 기분을 사물로 치환해 보는 방법이었다. 기분이 무겁고 우울할 때면 이 기분을 어떤 사물에 비유할 수 있을까 생각했다. 가령 쓰레기통 너머로 미어져 나온 오물 같은 기분, 못이 듬성듬성 박힌 콘크리트 벽 같은 기분 등 물론 기쁨이나 행복감 같은 감정들도 사물로 바꾸어 보았다. 햇살을 받아 배를 뒤집으며 빛나는 포플러 이파리들 같은 기분 등으로.

반대의 비유법도 실험했다. 눈길을 사로잡는 사물을 보면 그것을 감정의 어떤 영역에 대체시킬 수 있을지 생각했다. 바닥에 말라붙은 가느다란 강물을 볼 때는 안타까움, 솟구치며 달려오는 키 큰 파도는 그리움, 붉게 타오르는 단풍을 보면 희열 등으로.

그런 표현 연습을 할 때 내가 자주 비유 대상으로 삼은 것은 몸의 감각이었다. 때로는 사물의 이미지가 즉각 몸의 어느 지점에서 구체적인 감각으로 느껴지기도 했다. 햇살에 몸이 마르는 듯한 그리움, 피부의 땀구멍이 막히는 무력감, 내장이 파도처럼 내달리는 격정. 그렇게 감정이나 정서를 신체 감각으로 표현할 때, 그것은 비유법이 아니라 몸에서 고스란히 체험되는 감각이었다. 건조한 몸이 기어이 낙엽처럼 비틀리는 그리움, 땀구멍마다 수분이 배어 나오는 우울, 전류처럼 온몸으로 확산되는 공포 등등은 내가 몸으로 느끼는 감각이었다.

아주 나중에야 나는 그 표현 연습의 진정한 의미를 알아차릴 수 있었다. 문학을 위해 과장한 측면도 없지 않았겠지만 그 연습은 내가 느끼는 내면의 감정을 멀리 사물에게 떼어 놓으려는 시도였다. 감정이 너무 고통스러워서 안전한 곳까지 거리를 확보하고자 하는 의도였던 셈이다. 그중에서도 나는 감정이나 정서를 주로 몸의 감각으로 치환하고 있었다. 그것은 또 하나의 애도 반응, 특히 유아기에 상실을 경험한 사람의 특성이었다.

감정을 표현할 언어를 갖지 못한 아기는 상실을 경험하면 그 모든 것을 몸으로 받아안게 된다. 상실에 따른 다양한 감정들을 몸의 감각으로 경험하고 몸의 반응으로 표출한다. 충격으로 온몸이 뻣뻣해지거나, 손끝 발끝이 싸늘해지거나, 호흡이 불편해진다. 화가 났을 때 팔뚝에 알레르기가 돋아나고, 우울할 때 몸이 무거워지고, 슬플 때 내장이 꿈틀거린다. 오래된 고통은 간혹 단단하게 뭉친 덩어리처럼 목이나 옆구리에서 감지되곤 한다. 그렇게 상실의 감정을 몸으로 치러내는 동안 남들보다 민감한 신체 감각을 갖게 된다.

사실 나는 오래도록 몸의 이미지를 제대로 인식하지 못했을 뿐 아니라 몸의 감각도 억압해 왔다. 정신분석을 받은 후 내가 감정뿐 아니라 몸의 감각도 까다롭다는 사실을 인정하고 나자 그런 종류의 일들은 한두 가지가 아니었다. 평생 불편을 겪어 온 멀미에서부터 보통 사람보다 심하게 추위를 타는 일까지.

표현할 언어가 있어도 상실에 따른 감정을 표현할 만큼 안전하다고 믿지 못하는 이들도 상실의 고통을 몸의 증상으로 체험한다. 위장 장애, 과민성 대장 증상, 틱 증상, 급격한 체중 증가나 감소, 불면증이나 수면 과다, 지속적인 두통, 등의 통증 등등. 몸에 느껴지는 통증은 모두 리비도의 작동 오류라 할 수 있다. 애도 작업 중 상대에게 주었던 리비도를 돌려받아 제대로 처리하지 못할 때, 특히 고통의 감정들을 감당할 수 없을 때, 그것은 자주 몸의 증상으로 표출된다.

세계보건기구에 등록되어 있다는 한국인의 '화병'은 대표적인 애도 반응으로 보인다. 우리는 식민지, 전쟁, 가난의 시대를 지나면서 다양한 상실들을 경험했다. 나라를 잃었고, 가족을 잃었고, 물질뿐 아니라 주권과 존엄성을 잃었다. 계속되는 상실에 대한 적절한 애도 작업 없이 바쁘게 앞만 보며 달려왔다. 돌보지 않은 채 내면에 적체된 애도의 문제들이 우리 내면에 불덩어리처럼 쌓여 있는 건 당연해 보인다.

"화병의 신체적 증상으로는 가슴이 답답하고 두근거리거나 막힌 듯한 느낌, 전신 몽롱, 수족 냉증, 안면 홍조, 두통, 현기증, 이명, 위장 장애, 체중 증감, 손발 저림과 팔다리 쑤심, 만성 피로, 기미 등이 있다. 심리적 증상으로는 조금만 긴장하여도 가슴이 두근거리고, 작은 소리에도 깜짝 놀라며 꿈을 자주 꾸고, 깊은 잠을 자지 못하며, 분노, 짜증, 신경질, 우울함, 의욕 저하, 피해 의식, 허탈감, 불안, 안절부절못함, 공황, 자신감 저하, 기억력 감퇴, 집중 곤란, 머리가 텅 빈 느낌이 생기고 과로한 경우에는 더욱 심해지기도 한다."

현직 한의사가 한 매체에 임상 현장에서 만나는 화병 증상들을 발표한 내용이다. 저 증상들은 우리가 몸으로 느낄 수 있는 모든 불편함의 총집합처럼 보인다.

몸의 증상과 창조성은 상실과 애도의 문제 위에 나란히 핀 두 송이 꽃과 같은 것이다. 위대한 예술가들이 대체로 위대한 환자였다는 사실은 많이 알려져 있다. 프루스트는 어머니 사망 후 알레르기 천식이 시작되어 죽을 때까지 불편을 겪었다. 플로베르는 간질병과 투렛증후군을 갖고 있었고, 도스토예프스키와 카라바조는 간질병을 앓았다. 니체도 평생 병을 앓았고, 말러는 심장판막증을 앓았다.

물론 몸이 아프다고 해서 승화 작업이 더 잘되는 것도 아니고, 승화 작업을 잘 해냈다고 해서 몸의 증상이 해소되는 것도 아니다. 그것은 같은 뿌리에서 나온 다른 가지처럼 각각 다른 메커니즘으로 작동하면서 다른 꽃을 피운다.

사실 현대인들은 누구나 한두 가지 신체적 불편을 가지고 있다. 그들이 보편적인 상실과 일상적 스트레스에 처해 있듯이 그리하여 이제 질병은 하나의 현상, 삶의 은유처럼 되어 가고 있다. 결핵은 낭만주의적 사랑의 열정을 나타내는 은유였고 페스트는 2차 세계대전이 망가뜨린 세상을 표현하는 은유였다. 영화 '러브 스토리'에서 여주인공을 죽이는 백혈병은 순수한 사랑의 표식이 되었다. 오늘날에는 암이 모든 감정적인 요인, 정신적인 문제에 대한 은유로 사용된다. 하필이면 암은 위장, 대장, 직장, 자궁 등 밖으로 드러나 있지 않은 신체 부위와 연결된다는 점에 특별한 의미가 있다고도 한다.

과학과 의학 분야에서 담당해 오던 몸에 대해, 인문학이 말하기 시작한 것 역시 현대인이 보편적으로 경험하는 증상화의 결과라고 생각된다. 20세기 인문학은 몸 담론을 두 가지 방향으로 진행시키고 있다. 몸의 증상화와 몸의 상품화. 두 가지 모두가 애도 불가능한 시대의 산물로 보인다.

Recipe

몸을 안아 주기, 몸을 쓰다듬기

"고통을 견디려면 하루 세 번 포옹하고, 아픔을 치유하려면 하루 다섯 번, 마음이 성숙해지려면 하루 여덟 번 포옹하라."는 말이 있다. 사람들과 손을 잡거나 안아 주면서 신체적 접촉의 치유 효과를 느껴 본다. 친밀한 사람과 가까이 앉아 그들의 사랑 에너지를 느껴 본다.

잠을 푹 자기

자는 동안 치유된다는 사실을 기억한다. 몸에 난 상처도 하룻밤 자고 나면 아물어 있듯, 마음의 상처도 자는 동안 꿈을 꾸면서 치유된다. 기억하든 못하든, 길몽이든 악몽이든 꿈은 무의식이 마음을 회복시키는 핵심적인 방법이다. 꿈을 관찰하고 해석하면서 꿈 일기를 써도 좋다.

물을 많이 마시기

슬픔이나 고통은 갈증 메커니즘을 과도하게 촉진시킨다. 애도 작업으로 인한 정상적인 피로감이 탈수증 때문에 과도한 무력감이나 절망감으로 느껴질 수도 있다. 몸이 지치기 전에 충분한 물을 섭취한다. 하루 2리터(여덟 잔)의 물을 마신다. 레몬 즙이나 식초를 타서 마시면 피로 회복에 좋고, 따뜻한 차로 마시면 마음을 진정시키는 데 효과적이다.

충분한 영양을 섭취하기

애도 작업은 힘이 많이 드는 일이므로 충분한 영양을 섭취해야 한다. 적당량의 탄수화물로 에너지를 충당하고 다섯 가지 색깔의 야채나 과일을 먹고, 비타민과 무기질이 고루 함유된 영양 보조 식품을 먹는다. 마음이 약해진 시기에 카페인, 니코틴, 알코올, 인공 감미료, 단맛 등에 중독되지 않도록 조심한다. 설탕은 알코올과 흡사한 분자 구조를 가지고 있어, 알코올 중독 자녀 중에는 설탕의 단맛에 중독되는 경우가 있다.

완벽한 건강에 대한 환상 버리기

인간 정신에 '정상'의 개념이 없듯이 우리의 몸에도 '완전한 건강'이란 허구의 개념이다. 인체는 끊임없이 감염과 면역의 기능을 수행하는 유기체일 뿐이다. 애도 기간에도 아름답고 당당하게 자신을 가꾸도록 노력한다. 애도 기간이라는 핑계로 몸무게가 10퍼센트 이상 늘었다면 그것은 질병이 오고 있다는 신호이다. 규칙적으로 운동하여 표준 체중을 유지한다.

Chapter 4

이제 나는 행복을 노래하련다

열정이 비로소 치유와 회복을 위해 사용되는 단계이다.

그것을 알아차리고 적극적으로 노력하면 변화와 성장을 꾀할 수 있다.

우울증이라고 느껴진다면 그때야말로 회복되기로 마음먹어야 하는 전환점이다.

앞의 과정들도 애도 작업의 일부지만 지금부터는 본격적인 회복의 과정이며,

꾸준한 인내와 실천이 필요한 시기이다.

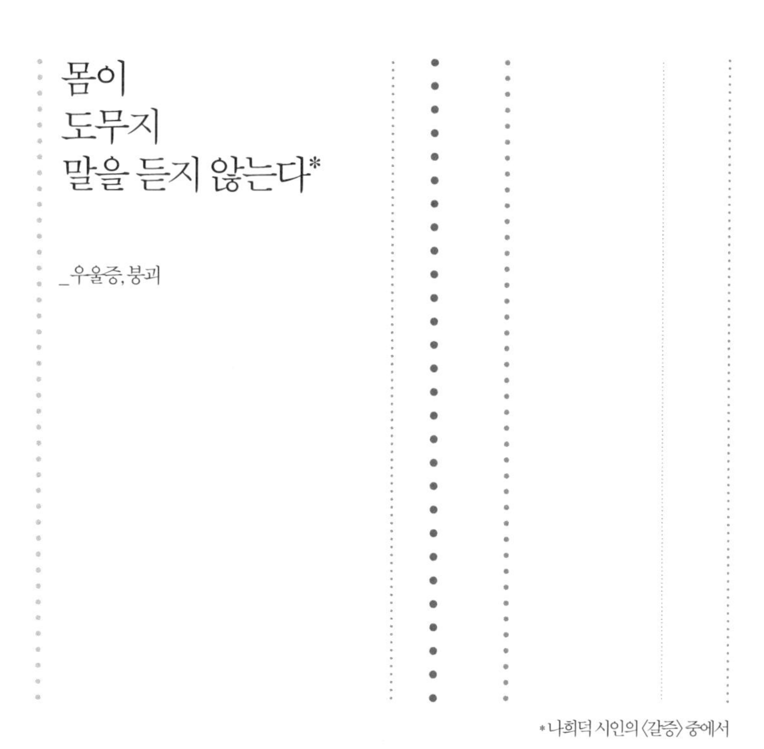

몸이 도무지 말을 듣지 않는다*

_우울증, 붕괴

* 나희덕 시인의 〈갈증〉 중에서

삼십 대 초반, 전업 작가로 살기 시작하면서 가장 먼저 알아차린 사실은 그동안 내 시간과 일상을 학교와 회사가 관리해 주었다는 것이었다. 처음으로 시간을 온전히, 자율적으로 사용하게 되었을 때 내게는 그런 경험과 역량이 없다는 것을 알았다. 나는 툭 하면 무력감에 빠져들어 멍청히 시간을 흘려보내곤 했다. 무력감이란 활동성이 정지된 상태뿐 아니라 사고력이 멎은 상태, 정서적으로 가라앉은 상태 등이 포함된 느낌이었다. 아주 잠깐 앉아 있었는데 정신을 차려 보면 두세 시간쯤 흘러 있곤 했다. 그 시기에는 일상을 규칙적으로 운용하고 시간을 자율적으로 사용하는 것이 생의 중요한 목표처럼 보였다.

내가 '무력감'이라고 표현한 상태가 만성 우울증 증상이라는 사실을 알아차린 것도 정신분석을 받은 후의 일이었다. 평소에 내가 즐겨하는 일들은 만성 우울증 기질이 만들어 낸 결과였다. 책을 쌓아 놓고 한 며칠 틀어박혀 읽어 내리는 것, 쿠션에 기대 앉아 비디오 보는 일, 햇빛 속에 가만히 앉아 있는 일. 그러는 동안에는 시간과 공간 개념이 무화되고, 나라는 존재도 사라지곤 했다.

무력감이 만성 우울증 증상이라는 사실을 몰랐기 때문에 그것이 위험한 조짐이라는 사실도 알아차리지 못했다. 그대로 방치하면 일상과 정신이 붕괴되는 지점까지 갈 수 있다는 사실도 알지 못했다. 내게 진정한 우울증의 에피소드가 전개되기 전까지는.

삼십 대 후반, 우울증은 무력감의 연장처럼 찾아왔다. 무력감이 심해진 듯 몸이 아프더니 정신이 불투명한 마비 상태에 처하고, 동시에 일상생활이 멎었다. 몸과 마음이 고장 난 기계처럼 작동되지 않으면서 서서히 녹스는 듯했다. 그런 상태는 이성과 과학으로 이해할 수 없는 환영, 환청 등의 비의적 경험으로 이어졌다.

이해할 수는 없었지만 해결해야 하는 문제라는 것은 알고 있었기에 우선 내가 경험하는 일들을 기록하기 시작했다. 그것들이 어디서부터, 어떤 경로로, 왜 오는지 알고 싶었다. 기록들을 다각도로 비교 분석하면 그 안에 해결책이 있을 것 같았다. 나중에 생각해 보니 그때의 기록 행위는 폭발할 듯한 내면을 조절하는 기능,

위험한 감정을 표현함으로써 치유하는 효과가 있었던 셈이다.

그렇게 기록한 공책은 모두 아홉 권이었다. 공책마다 사용 기간을 맨 앞장에 적어 두었는데, 어떤 공책은 한 달 동안 사용했지만 어떤 공책은 단 사흘 만에 다 쓰기도 했다. 우울증에서 벗어날 무렵 그 공책들을 종이 가방에 담아 넓은 테이프로 밀봉한 다음 깊은 곳에 넣어 두었다. 그것은 너무나 특별한 기록이어서 버리기는 아쉬웠지만, 그렇다고 다시 펼쳐 보고 싶지는 않았다. 한동안은 어쩌다 그 종이 가방에 시선이 닿으면 진저리 같은 것이 지나갔다.

3년쯤 후, 더 이상 종이 가방이 아무 느낌도 주지 않게 되었을 때 넓은 테이프를 떼어 내고 공책들을 꺼내 보았다. 그러나 대충 넘겨 본 다음 고스란히 다시 밀봉하여 재활용 쓰레기통에 버렸다. 그것은 진짜로 정신 나간 소리들이었다. 그 후 나는 그 공책에 대해서 누구에게도, 어느 곳에서도 입에 올리지 않았다.

우리가 보통 우울하다고 말할 때, 그 어휘 속에는 여러 층위의 정서들이 있다. 마음이 무겁고 흥이 나지 않는 상태는 일시적으로 우울한 기분인 상태이다. 생에 대한 열정이 줄고, 어떤 일에도 흥미가 느껴지지 않고, 무력감이 오래 지속되면 경미한 만성 우울증으로 본다. 지금까지 애도 반응으로서 언급해 온 다양한 감정들, 죄책감, 자기 비하감, 부정적 생각 등이 찾아와 쉽게 떠나지 않으면서 2주 이상 지속되면 우울증이라 한다.

중증 우울증은 그보다 더 심각한, 일종의 붕괴 상태이다. 경미한 만성 우울증이 오래 지속된 다음에 찾아오며, 사유 기능이 마비되어 책 한 페이지를 집중해서 읽을 수 없고 어떤 생각도 2분 이상 이어 갈 수 없게 된다. 식사나 샤워 등 사는 데 필요한 일상적인 활동을 하기 어려울 정도로 몸이 말을 듣지 않는다. 그동안 경미하게 경험해 온 모든 감정들이 일시에 폭발하듯 솟구쳐 오르기도 한다.

"영혼이라는 쇠가 슬픔으로 풍화되고 경증 우울증으로 녹이 슨다면, 중증 우울증은 영혼의 구조 전체를 갑작스럽게 무너뜨린다."

《보이는 어둠》이라는 책에서 자신의 우울증 경험을 고백한 윌리엄 스타이런의 말이다. 영혼의 전체 구조가 무너지면 몸과 마음이 자기 것이 아닌 듯 경험되면서 현실 너머의 비의적 경험으로까지 나아간다. 정신분석학자들이 '말할 수 없다' 혹은 '말해질 수 없다'고 명명하는 지점이다.

> 우울증은 겪어 보지 못한 사람들은 거의 상상할 수 없는 상태이다. 우울증 체험에 대해 이야기하려면 넝쿨 식물, 나무, 절벽 같은 일련의 은유들을 사용할 수밖에 없다. 우울증은 은유를 사용하기 때문에 진단도 쉽지 않으며 환자에 따라 선택하는 은유도 다르다. […]
>
> 중증 우울증 상태를 경험한 많은 사람들은 제2의 자아가 따라다니는 것 같다고 말한다. 제2의 자아는 일종의 유령 같은 관찰자로서 본래 자아가 경험하는, 치매 상태가 전혀 없는 냉정한 호기심을 갖고, 그가 다가오는 재앙에 어떻게 대처하는지 혹은 어떻게 무너지고

마는지를 관찰한다. 이 모든 행위에는 연극적인 요소가 있다.

나중에 안 일인데, 주변에는 환청과 환영 등 비의적인 경험을 하면서 몸이 아파 고통받는 이들이 의외로 많았다. 돌아가신 엄마가 자꾸만 꿈에 나타나고 그럴 때마다 몸이 아프다는 사람, 귓가에 울리는 낯선 소리 때문에 불편을 겪는 사람, 환영을 보면서 공포심을 느껴 한순간도 혼자 머물지 못하는 사람들이 있었다. 그런 이들이 가장 불편해하는 것도 자신의 경험을 이해할 수도, 말할 수도 없다는 점이었다. 낯설고 공포스러운 경험으로 인해 스스로 소외되기도 한다. 그것이 모두 우울증의 한 증상이며, 몸과 마음을 함께 치료해야 하는 병이라는 사실을 알게 되면 그것만으로도 큰 한숨을 내쉬기도 한다.

프로이트 학파 정신분석학의 공식 입장은 우리가 만나는 환영이나 환청은 우리가 내면으로 끌어안지 못한 채 의식에서 멀리 떨어뜨려 놓은 불안과 분노의 감정이라는 것이다. 분노가 억압되어 공포로 변하고, 불안이 해리되어 있다가 무서운 모습으로 되돌아온다. 억압하고 외면한 것들의 회귀, 그것이 괴물, 유령 등이다.

융 학파 정신분석에서는 그런 경험의 영역을 집단 무의식이라고 칭한다. 인간 정신에는 과학과 이성이 억압해서 발현시키지 못한 감성과 신비의 영역이 있는데, 그곳에는 인류의 지혜가 집결되어 있다고 본다. 직관과 통찰을 통해 도달할 수 있으며 창조성의 보물 창고라 여긴다.

우울증도 상실에 대한 정당한 반응이다. 프로이트가 애도 반응으로서 슬픔과 우울증을 구분한 것처럼, 우울증 역시 슬퍼하지 못한 데서 오는 반응이다. 상실을 경험한 즉시 우울의 정서를 느낀다면 그것이 오히려 건강한 상태이다. 하지만 우리는 대체로 애도 기간을 덤덤하게 보낸 후 뒤늦게야 느닷없이 몸과 마음이 무거워지는 우울증과 만난다.

중증 우울증을 경험한 이들은 하나같이 "모든 것이 괜찮아졌다고 생각되는 지점에서 우울증이 찾아왔다."라고 말한다.《한낮의 우울》을 통해 우울증 경험을 토로한 앤드류 솔로몬은 어머니를 잃은 슬픔을 어느 정도 다스릴 수 있게 되었을 때 우울증이 왔다고 말한다. 윌리엄 스타이런은 작가로서의 소망을 어느 정도 충족했다고 생각되는 영광의 시기에 우울증을 만났다.

그들이 스스로 괜찮아졌다고 생각하는 지점은 상실 이후의 감정을 부인, 회피, 억압하는 방법으로 애써 온 노력이 결실을 맺었다고 생각하는 지점이다. 슬픔을 잘 참고, 혼자 고요히 가라앉히고, 누구에게도 하소연하지 않은 채 혼자 잘 처리했다고 생각한다. 그것이 해결책이 아니라 마음을 병들게 하는 지름길이라는 걸 모르는 채 오래도록 잘못된 길을 걷는다. 그 길의 끝에서 우울증을 만날 때까지.

우울증은 억압하거나 회피해 온 슬픔을 더 이상 미룰 수 없어 어쩔 수 없이 인정하고 수용하는 단계라고 할 수 있다. 외면해 두었던 고통을 받아들여 정서의 일부로 통합하는 과정에서 마음이 무거워지고 몸이 아프기 시작한다. 외면해 둔 고통 속에는 내면의 분노, 불안, 시기, 질투 등 인정할 수 없었던 부정적인 감정들을 기꺼이 수용하는 어려움도 포함된다.

정신분석학자들은 애도 작업에서 성취해야 하는 가장 중요한 목표로 양가감정의 통합을 꼽는다. 떠난 사람에 대해 느끼는 사랑과 분노를, 감사하는 마음과 시기심을, 관용과 질투를 모두 자기 내면에서 합쳐야 한다. 멀리 떨어뜨려 둔 부정적인 감정들을 건강한 마음과 합쳐서 자신의 일부로 만들면 그만큼 마음이 크고 튼튼해진다. 내면을 억압하는 데 사용하던 에너지도 보다 창의적인 곳에 활용할 수 있게 된다.

정신분석을 받은 후 이전과 다르게 보인 것이 아주 많은데 그중 하나는 헤르만 헤세의 소설 《수레바퀴 아래서》이다. 그 소설은 어느 날 문득 문학작품이기에 앞서 우울증의 발병에서 치유까지를 기록한 보고서처럼 보였다.

주인공 소년 한스는 신학교 학생인데 학급 친구가 익사한 후 다양한 애도 반응을 보인다. 수업 시간에 멍청한 상태로 앉아 있고, 수업 내용이 이해하기 힘들어진다. 두통이 일상적인 것이 되고, 몇 시간이고 허공을 바라보며 시간을 보낸다. 밤이면 죽은 친구가 등장하는 악몽을 꾸고, 낮이면 죽음의 유령에 이끌려 다닌다. 마침내 그는 목매달 나뭇가지를 마음으로 정해 놓고 그 아래에서 생각한다.

'왜 진작 저 나뭇가지에 목을 매달지 않았던가.'

그가 자살을 꿈꾸며 부모님께 마지막 편지를 쓸 때 부모가 학교로 찾아와 그를 고향으로 데려간다. 소설 전반부는 한스가 친구를 잃고 분열과 자기 파괴의 극단까지 가는 과정이고, 나머지 절반 분량은 그가 우울증에서 되돌아 나오는 과정을 담고 있다.

소설에서 한스가 사용하는 치료법은 어린 시절을 떠올리며 추억의 거리 걷기, 열심히 일하는 상인 농부들과 어울리기, 오렌지를 수확하고 과즙 짜는 노동하기 등이다. 그런 행위들은 애도의 지침으로 사용해도 좋을 만큼 현실성 있는 해결책으로 보인다. 그가 확실하게 우울증에서 벗어나는 계기는 일터에서 사랑하는 처녀를 만나고 그녀와 사랑의 관계를 맺으면서이다. 사랑을 하면 에로스의 에너지가 증폭되면서 상대적으로 타나토스의 기운을 약화시키기 때문에 절로 우울의 기미가 걷히는 게 아닐까 생각해 본다. 실제로 의사들이 우울증 환자에게 '사랑하기'를 처방하기도 한다.

욕동 이론과 애착 이론의 대립처럼, 우울증에 대해서도 한 치의 양보 없는 대립이 있다. 뇌 의학자들은 우울증이 순수하게 뇌의 문제라고 한다. 그들은 다양한 약물을 처방하고 임상하고 새롭게 개발한다. 하지만 앤드류 솔로몬은 약을 끊는 순간 우울증이 거듭 재발한 경험을 기록하고 있다.

정신분석학자들은 우울증이 정신의 문제이며, 그중에서도 만 12세 이전에 상실이나 박탈을 경험하면 성인이 된 후에 우울증에 걸린다고 주장한다. 우울증인 엄마에게서 양육된 아기도 성인이 된 후 우울증에 걸릴 요인을 안게 된다. 엄마의 우울증이 그대로 아기의 환경이 되어 아기가 우울증을 정서의 일부로 만들기 때문이다.

윌리엄 스타이런은 우울증 상태에서 자살을 꿈꾸던 어느 날, 텔레비전 영화에서 흘러나오는 브람스의 '알토 랩소디'를 들으며 마음이 추억과 사랑을 향해 돌아서는 것을 느낀다. 그 순간 아내를 깨워 스스로 정신병원에 입원한다. 그는 병원에서 약물 치료와 동시에 심리 치료를 받기 시작한다.

'뇌의 문제다, 정신의 문제다'라고 잘라 규명하려는 것은 서양의학의 관점이다. 동양의학은 뇌와 정신이 따로 존재한다고 생각하지 않는다. 개인적으로 나는 우울증이 심신 양쪽의 문제라고 생각한다. 인간의 몸과 마음이 긴밀하게 상호 작용하는 유기체라는 동양의학적 시각에 동의한다.

중증 우울증 상황에 처했을 때 나는 정신분석을 받기 시작했고, 다른 한편으로는 몸을 치료했다. 몸을 치료할 때는 주로 한의학의 도움을 받았다. 침을 맞아 온몸의 경혈을 잘 돌게 하고, 기혈을 보하는 약을 꾸준히 먹었다. 한편으로는 규칙적인 운동으로 체력을 키웠고, 표준 체중까지 몸무게를 뺐다. 감정이 균형을 잃으면 그것이 그대로 몸의 통증으로 전환되므로 무엇보다 마음을 평온하게 유지하려 애썼다. 우울증이 대체로 중년기에 표면화되는 것은 그때쯤 체력이 약해지면서 감정을 억압하는 데 쓰이던 에너지가 바닥나기 때문이 아닐까 혼자 생각하고 있다.

Recipe

반환점을 지났음을 알기

우울증이 찾아오면 애도 작업이 바닥을 치고 있다는 뜻이다. 이제부터 회복되기로 마음먹고 적극적으로 치료하라는 신호이다.

몸을 먼저 치료하기

우울증은 반드시 몸과 함께 치료해야 한다. 우선은 약물의 도움을 받아야 하고, 장기적으로는 몸 전체를 건강하게 만들어 체력과 면역력을 키워야 한다. 저체중, 과체중, 알레르기 등은 또다시 붕괴될 수 있는 위험 요소이니 반드시 해결한다. 건강에 나쁜 생활 습관도 없애고 햇빛이 잘 드는 환경으로 거처를 옮기는 것도 필요하다.

마음 치료하기

경증 우울증 상태에서 치료를 시작하면 문제가 심각해지기 전에 막을 수 있다. 중증 우울증 상태에 도달하면 반드시 전문가의 도움을 받아야 한다. 정신분석, 심리 상담, 집단 치료 등 마음이 끌리는 데서부터 시작한다. 의사는 치료 방법과 방향만 제시해 줄 뿐 자신을 치료하는 사람은 언제나 자신이라는 사실을 기억한다.

비의적인 경험에 놀라지 않기

환청, 환영, 이해할 수 없는 감각 등을 경험할 때 놀라지 않는다. 그것은 이성과 합리의 시대가 억압하고 외면해 둔 인간 본성의 고유한 반쪽이며, 감성과 직관이 예민하여 집단 무의식에 잘 닿는 기질 때문이라는 정도로 이해한다. 우울증을 치료하고 나면 집단 무의식과 접촉했던 경험으로 인해 한층 강하고 지혜로운 사람이 되어 있을 것을 믿는다.

사람들 속에서 살기

사람들과 어울려 친밀감과 배려를 주고받는다. 이야기가 잘 통하고 편안함과 용기를 주는 사람을 만난다. 만나면 피로감이 느껴지고, 전화 통화만으로도 지치는 느낌을 주는 사람은 당분간 피한다. 무엇보다 일과 사랑을 찾는다. 우울증의 열정을 삶의 열정으로 전환하기 위한 기제로서도 일이 필요하다. 사랑은 정서적 친밀감과 육체적 열정을 나누는 일 모두가 포함된 상태를 말한다.

계절성 우울증에 유의하기

일조량이 적어지는 겨울 동안 계절성 우울증을 앓는 사람들이 간혹 있는데, 남성보다 여성이 네 배나 많다. 애도 기간에 계절성 정동(情動) 장애가 겹치면 그것을 잘 알아차리고 매일 20분 이상 햇볕을 쬔다.

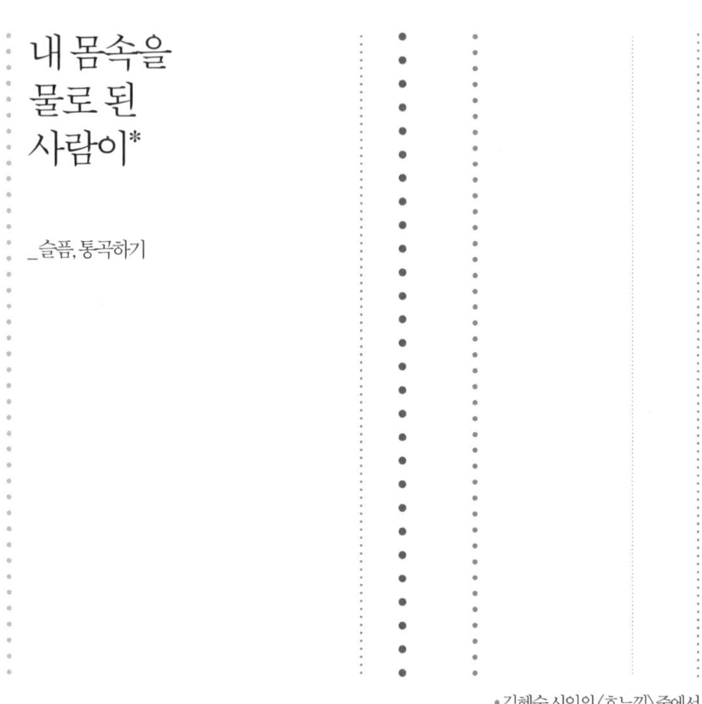

* 김혜순 시인의 〈흐느낌〉 중에서

오래전, 거의 20년 전쯤에 신문 외신란에서 작은 흑백사진 한 장을 본 일이 있다. 사진에는 가득히 벽이 담겨 있었는데 벽 앞에는 서너 명의 사람들이 드문드문 서 있었다. 사진을 가득 채운 벽에 비해 사람들은 얼마나 작은지 고목나무와 매미의 비유가 절로 떠올랐다. 그들은 모두 벽을 향해 고개 숙이고 있어 눈에 보이는 것은 뒷모습뿐이었다. 사진 밑에는 작은 글씨로 사진 설명이 붙어 있었다. '통곡의 벽'.

나는 내면에서 올라오는 전율 같은 것을 느끼며 사진을 오래 들여다보았다. 통곡이라는 말도, 담벼락 사진도 저마다 가슴 답답한 대상이었지만 두 가지가 조합되자 단절감이 증폭되었다. 처음에 그 사진은 거대하고 막막한 운명 앞에 선 보잘것없는 개인을 표현한 작품처럼 보였다. 조금 더 보고 있자니 내면에서 어떤 감정이 솟아오를 듯하다가 가라앉곤 했다.

한동안 사진을 바라보다가 그것을 가위로 오려 수첩 안쪽 투명한 비닐 커버 속에 간직했다. 틈틈이 사진을 보면서, 그것이 내면을 건드리면서 내게 전하려는 말이 무엇인가 생각하곤 했다. 하지만 끝내 그것이 무엇인지 명확히 짚어 낼 수 없었다.

박경리 소설《토지》를 읽을 때도 전율과 함께 멈춰 선 대목이 있었다. 별당 아씨를 잃은 구천이가 밤마다 산짐승들이 울부짖는 험한 골짜기를 미친 듯이 헤매 다니는 장면에서였다. 동료 머슴인 삼수, 돌이가 몰래 뒤쫓아 가 목격한 것은 구천이가 한밤에, 산골짜기에서, 심장을 찢어 낼 듯 통곡하는 광경이었다.

"세상에 사나이가 저리 울 수 있는지. 소리는 크지 않았으나 구천이의 통곡은 참나무 뒤에 숨은 두 사나이를 망연자실케 했다. 그들은 전율을 느꼈다."

세상에 사나이가 저리 울 수 있는지. 그런 문장에 공감하면서 가만히 멈추어 설 때도 그 글이 내게 전하려는 메시지가 무엇인지 명백히 알아차리지 못했다. 다만 성인 남성이 그렇게 울 수도 있다는 사실, 그런 장면을 소설에 쓸 수 있다는 점에 놀랐을 뿐이다.

한때는 이런 의문을 품은 적도 있었다. 한낮에 거리를 걸어가면서 큰 소리로 우는 일이 용인되는 나이는 몇 살까지일까? 유치원 아이가 울면서 거리를 걸어가면 흉이 되지 않을 뿐더러 오히려 지나가는 사람들이 걸음을 멈추고 달래 준다. 초등학교 저학년까지도 울면서 거리를 걸어가는 모습은 전혀 어색해 보이지 않는다. 하지만 중학생쯤 되면, 아니 열 살만 넘어도 그런 광경은 어딘가 이상하고 불편해 보인다. 그런 생각의 차이는 어디서 비롯되는 걸까.

통곡, 울음에 대해 그토록 다양하게 생각할 때 내게도 우는 일에 대한 특별한 자의식이 있었다. 처음 정신분석을 받으러 갔을 때 의자 옆 테이블에 놓인 휴지 상자를 보면서 했던 생각이 명확히 기억난다.

'눈물을 유도하려고 별 소품을 다 쓰는군.'

가만히 있는 사물에 대해서조차 비틀린 오해를 할 만큼 나는 우는 일에 대해서 방어적이었다.

그렇다고 해서 내가 엘리자베스 퀴블러 로스처럼 40년 동안이나 울지 않았던 것은 아니다. 오히려 나는 눈물이 많은 편이었다. 소설을 보다가, 영화나 드라마를 보다가 아무것도 아닌 장면에서 눈물을 흘리곤 했다. 찰리 채플린 영화를 보다가, 그 블랙 코미디의 비극성에 압도되어 울음이 진정되지 않아 영화 관람을 중단하고 극장을 나왔던 일도 있었다. 어떤 시기에는 한번 터진 울음이 수습되지 않아 한 달 가까이 고장 난 수도꼭지처럼 지내기도 했다. 그때는 내 몸속에 물로 된 사람이 살고 있는 듯했고, 내 몸 전체가 물로 만들어진 것 같았다.

정신분석을 받은 후에야 내게 특별한 자극을 주었던 사진, 소설, 영화들을 이해할 수 있었다. 그것들은 모두 내면의 울지 못한 정서를 자극하고 있었다. 살면서 경험한 상실들 앞에서 슬퍼하지 못했기 때문에 마음속에는 특별한 정서가 만들어져 있었다. 잃은 대상을 향해 울지 못했기 때문에 엉뚱한 곳에서 예기치 못하게 눈물을 흘렸으며, 그나마 엉뚱한 곳에서라도 흘릴 수 있었던 그 눈물 덕분에 내가 더 심각하게 병들지 않았다는 사실을 알게 되었다.

애도 작업의 핵심은 슬퍼하기이다. 우리는 슬퍼하지 못하기 때문에 마음이 딱딱해지고, 몸이 아프고, 삶이 방향 없이 표류하게 된다. 지금까지 열거된 다양한 증상들, 그리고 우울증조차 제대로 슬퍼하지 못해 생긴 결과이며, 슬픔의 왜곡된 표현이라고 할 수 있다. 울 수만 있다면 마음의 병이 걸리지 않는다고 한다. 뒤늦게라도 울음이 터져 나오는 바로 그 순간부터 마음이 회복되고 있다는 뜻이다.

애도 개념과 울음의 기능에 대해 알고 난 후 예전에 간직했던 '통곡의 벽' 사진이 비로소 이해되었다. 통곡의 벽은 유대인들이 찾는 순례지라고 한다. 그들은 그 벽 앞에서 내면의 슬픔을 표현하는 의례를 갖는다. 그들은 어떻게 통곡의 벽 같은 것을 만들 생각을 했는지 놀랍기만 했다.

통곡의 벽은 아니지만 유대인들이 어떻게 애도 작업의 일환으로 통곡하기를 의례화하는지 직접 목격한 일이 있다. 뮌헨 근교 소도시인 다하우에 유대인 수용 시설을 보러 갔을 때의 일이다.

기차역에서 내려 수용소를 향해 걸어갈 때 열 명 남짓한 청소년들이 담소를 나누며 경쾌한 걸음으로 나를 앞질러 갔다. 열일곱, 열여덟 살쯤 되어 보이는 남녀 학생들은 교사쯤 되어 보이는 인솔자를 따르고 있었다.

내가 수용소 입구로 들어섰을 때 그들은 추모탑 앞에 반원 형태로 둘러서서 묵념을 올리고 있었다. 내가 추모탑을 둘러본 후 관광 안내소 건물로 들어가 기본적인 정보를 챙겨 나왔을 때 그들은 추모비 주변에 무릎 꿇은 자세로 둥글게 둘러앉아 있었다. 서로 손을 잡고 고개를 깊숙이 숙인 자세였다. 그쪽으로 몇 걸음 옮기다가 나는 걸음이 멎었다.

그들은 그런 자세로 울고 있었다. 환한 대낮에, 많은 관광객 앞에서, 큰 소리로 울고 있었다. 배 속 깊은 곳에서 올라오는 오열을 억압하거나 과장됨 없이 쏟아 내고 있었다. 나는 그들 뒤에서 걸음이 멎은 채, 당황스럽고 이해할 수 없는 느낌으로, 그럼에도 무언가 중요한 장면과 맞닥뜨린 심정으로 잠시 서 있었다.

다하우에서 목격한 통곡 장면도, 외신 사진에서 본 통곡의 벽도 모두 유대인의 특별한 애도법이라는 것을 그 후에 알게 되었다. 유대인의 애도 매뉴얼을 보면 애도 작업 중인 사람이 충분히 슬퍼할 수 있도록 배려하는 내용들로 채워져 있다.

애도하는 사람은 장례까지 3일 동안 사회적, 종교적 임무가 면제된다. 장례식 후 7일 동안은 집에 머물면서 친지와 지인의 방문을 받는다. 조문객들은 애도자를 중심으로 떠난 사람에 대한 이야기를 나누며 애도하는 사람이 충분히 슬퍼할 수 있도록 도와주고, 떠난 사람이 남은 이들의 내면에 살아 있음을 보여 준다. 장례식 후 한 달 동안은 머리를 자르지 않고, 사회 활동을 최소화하고, 매일 교회당에 가서 기도한다. 그 다음 일상생활로 돌아가지만 매년 기일마다 특별한 의례를 행하며 떠난 사람을 기린다.

내가 아는 한 남성은 사십 대 중반에 어머니가 돌아가셨을 때 가장으로서 모든 일을 잘 처리했다고 말했다. 장례식 진행을 총괄했고, 담담한 태도로 문상객을 맞았으며, 슬픔도 잘 통제했다. 장례식이 끝난 후 곧바로 일상으로 복귀해 예전의 삶으로 흔들림 없이 돌아갔다. 어머니를 잃은 순간 그는 자신이 성숙한 사람임을 스스로에게 증명해 보였다고 생각했다.

그럼에도 그는 "약 2년간 어깨가 무거웠다"라고 자신의 상태를 표현했다. 왜 그런지 알 수 없이 온몸에 힘이 없고 어깨며 등이 묵직했다. 슬픔의 감정을 외면하고 억압하였기 때문에 그 감정들이 몸의 증상으로 전환되었을 것이다. 그렇게 2년쯤 지난 어느 날, 출근길에 그는 라디오에서 노래를 한 곡 듣게 되었다. 가수 이미자가 부른 '친정어머니 행복하세요'라는 곡이었다.

생전 처음 듣는 노래에 그는 예기치 못하게 울음을 터뜨리고 말았다. 한 번 터진 눈물은 걷잡을 수 없이 범람하여 운전을 계속할 수 없었다. 출근길 도심에서, 갓길에 차를 세우고 그는 한동안 통곡했다고 말했다. 어머니가 돌아가신 자리에서 울지 못한, 그리하여 2년 동안 억압해 온 울음을 한꺼번에 터뜨리고 말았다. 2년간 억눌려 온 울음뿐 아니라 평생을 두고 참아 온 울음을 그 자리에서 터뜨렸을 것이다.

우리에게도 애도 문화가 있었다. 3일 동안 죽은 사람 곁에 머물기, 억지로라도 소리 내어 '아이고 아이고' 곡하기, 장례 후 일주일간 상석 올리기, 49일 동안 일곱 번 떠난 사람의 평온 빌어 주기. 예전에는 그런 의례들을 형식적인 겉치레 의식이라 여겼지만 지금은 생각이 많이 달라졌다. 그런 의례는 떠난 사람을 잘 보내기 위해서뿐 아니라 남은 이들의 상실감을 쓰다듬기 위해서도 꼭 필요한 절차라는 사실을 이해하게 되었다. 슬픔의 문제가 한 번 크게 우는 것으로 해결되는 게 아니라, 두고두고 반복해서 경험해야 한다는 사실에 기반을 둔 의식이라는 것도 짐작되었다.

울음을 잘 참는 사람을 강한 사람이라 여기는 인식은 언제쯤 생겨난 것일까? 그것은 아마도 두려움이나 불안감에서 비롯된 편견이 아닐까 싶다. 슬픔을 참는 이들은 대체로 한 번 울음을 터뜨리면 자기가 무너질지도 모른다는 불안감을 안고 있다. 일단 울기 시작하면 절대로 그칠 수 없을 거라는 두려움에 지배당하기도 한다. 잘 갈무리된 사회적 얼굴을 헝클어뜨리는 순간 자신이 해체될까 봐 두려운 것이다. 우리는 불안 때문에 슬픔을 감추면서 날마다 더 많은 불안감을 쌓아 가고 있는 셈이다.

슬픔의 유용성, 울음의 정화 기능에 대해서는 고대 그리스인들도 알고 있었다. 그들은 비극을 만들어 대중 앞에 공연하면서 관객들을 울게 만들었다. 한바탕 울고 나면 마음속에서 들끓던 야수

같고 어수선한 것들이 걷히면서 마음이 차분해지고 평화가 찾아온다. 그런 때면 무슨 일이든 해낼 수 있는 용기와 자신감도 생긴다. 아리스토텔레스는《시학》에서 그 현상을 카타르시스라는 용어로 설명했다. 오늘날에도 문학은 동시대인의 울음을 반걸음쯤 앞서 우는 기능을 갖고 있는 게 아닌가 생각된다.

슬픔을 표현하면 마음뿐 아니라 몸의 통증으로부터도 해방된다는 기록도 있다. 유대인으로서, 나치의 포로수용소에서 살아남은 정신분석학자 빅터 프랭클은 수용소 경험을 담은 책《죽음의 수용소에서》에 이렇게 기록하고 있다.

울음을 부끄러워할 필요는 없다. 눈물은 한 사람의 가장 위대한 용기, 고통을 참고 견딜 수 있는 용기가 있음을 입증하기 때문이다. 이 사실을 알고 있는 사람은 얼마 되지 않는다. 간혹 어떤 이들은 겸연쩍은 얼굴로 자기가 울었다는 사실을 고백한다. 나의 동료 가운데 한 사람도 눈물을 흘렸다고 고백했다. 그는 한때 부종에 시달리고 있었는데 어느 순간 부종의 고통에서 벗어나 있었다. 나는 그에게 어떻게 부종을 이겨 냈는지 물었다. 그는 이렇게 고백했다.

"실컷 울어서 부종을 몸 밖으로 내보냈다네."

Recipe

슬퍼할 수 있는 능력

충분히 건강한 자아, 슬픔을 토로해도 용인해 주는 환경, 슬픔을 잘 처리할 수 있는 용기 등이 있어야만 슬퍼할 수 있다. 눈물을 보이는 순간 무너질지도 모른다는 불안감, 울음을 보이면 세상이 외면할 거라는 두려움이 있다면 우선 그 감정부터 보살핀다. 소리 내어 울 수 있다면 마음이 건강한 상태이다.

슬픔과 함께 살아가기

슬픔은 나약함이나 병이 아니라 애도 작업의 핵심이다. 애도 기간에는 슬픔을 극복하려 애쓸 게 아니라 슬픔과 함께 살아간다. 울음이 터진다면 참지 말고 자연스럽게 운다. 눈물이 나올 때마다 잠깐씩 울어도 좋고, 음악을 틀어 놓고 크게 울어도 좋고, 아예 날을 잡아서 마음속에 있는 슬픈 감정들을 모두 떠올리며 눈물이 마를 때까지 울어도 좋다.

슬픔의 폭발 이해하기

오래전에 경험한 상실에 대해서, 혹은 애도 작업이 끝났다고 생각되는 시점에서 느닷없이 슬픔이 해일처럼 덮쳐 올 수도 있다. 사소한 사물, 희미한 냄새, 스쳐 지나가는 영상들이 예상치 못한 슬픔을 폭발시킨다. 그럴 때 자책하거나 부끄러워하지 말고 폭발하는 슬픔을 체험하고 표현한다.

울지 않아도 나쁜 건 아니다

우는 것이 여전히 편치 않다고 느껴질 수도 있다. 우리는 너무나 오래도록 나약한 모습을 보이지 않아야 한다는 인식 속에 살았다. 자기 내면의 슬픔을 바라보지 못하기 때문에 타인의 슬픔과 고통을 목격하는 일조차 부담스러워 한다. 그런 태도 역시 당사자에게는 필요하기 때문에 그렇게 반응하는 것이다. 타인의 슬픔을 외면하더라도, 울지 못하더라도 그것을 자책하지 않는다. 그것은 나쁜 게 아니라 아픈 것임을 이해한다.

자기만의 애도 의식 만들기

제례 행위는 추상적인 애도 작업에 목소리와 형태를 부여하는 일이다. 그처럼 자기만의 애도 의식을 만들어 애도 작업의 의미와 본질에 더 잘 닿을 수 있도록 노력한다. 매일 잠깐씩 떠난 사람의 행복을 기원해 주는 것도 좋다. 무엇이든 간곡하게 마음을 쏟으면 그것이 의식이다.

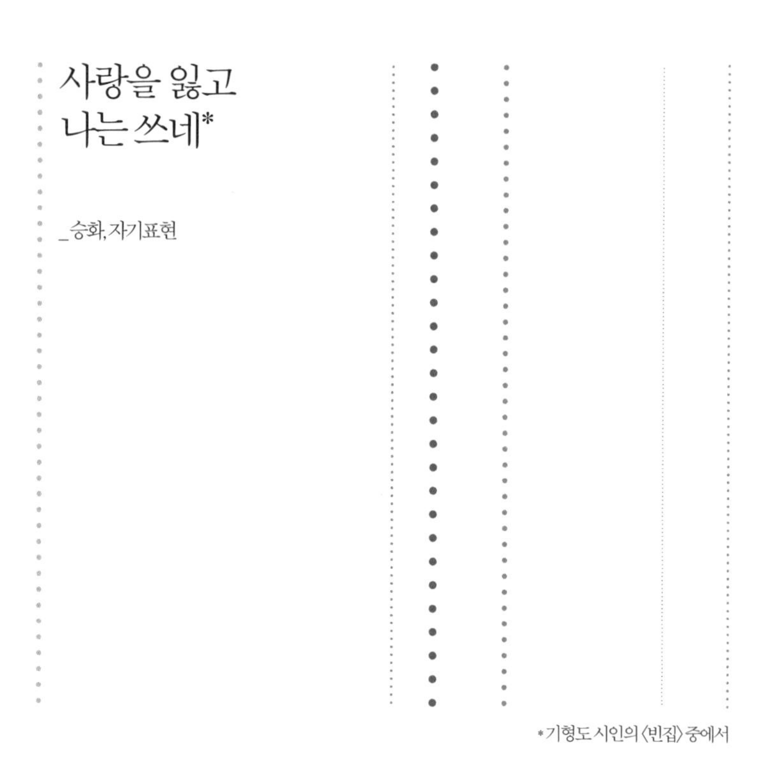

사랑을 잃고 나는 쓰네*

_승화, 자기표현

*기형도 시인의 〈빈집〉 중에서

대학에서 학생들에게 문예 창작을 가르치는 친구가 들려준 이야기이다. 그는 학생들에게 글쓰기 과제로 '최초의 기억'에 대해 써 오라고 한 다음, 한 사람씩 앞에 나와 자기 글을 읽게 했다. 그런데 학급 친구들 앞에서 자기가 쓴 글을 읽는 학생들이 한 명도 빠짐없이 울음을 터뜨렸다고 한다. 그들이 쓴 글의 내용은 저마다 다르지만 울음을 터뜨리는 것은 어김없이 똑같다는 것이다. '최초의 기억'에 내포된 심리적 의미를 알지 못했을 대학 초년생들이 그토록 정직하게 내면을 표출한다는 사실이 놀라웠다.

'최초의 기억'은 정신분석학의 용어로서, 당사자가 세상을 바라보는 관점을 드러내는 틀이라고 해석된다. 최초의 기억이 평화로운 들판으로 소풍 가는 일이면 그는 인생을 소풍처럼 인식한다. 할머니 등에 업혀 어두운 들판을 가로질러 올 엄마를 기다리는 일이 최초의 기억이라면 그는 평생 채워지지 않는 그리움에 시달리고 있을지도 모른다. 한 범죄자가 심리 상담을 받으면서 최초의 기억이 뭐냐는 질문에 "아버지한테 매 맞은 거요"라고 대답하는 장면을 텔레비전에서 본 일이 있다. 그에게 세상은 자기에게 폭력을 휘두르는 대상이기 때문에 그도 역시 세상을 향해 주먹을 날렸을 것이다.

연극을 공부한 후배로부터 들은 비슷한 이야기가 하나 더 있다. 연기 수업 시간에 지도 교수가 학생들의 감정을 이끌어 내는 방식에 대한 것이다. 그 교수는 연기 수업 시간에 학생들을 한 명씩 앞으로 불러내어 친구들 앞에서 자기 이야기를 하도록 시킨다고 한다. 자기 이야기를 하면서 내면의 감정을 제대로 끌어낼 때까지 질문을 하고 자극을 가한다.

학생들은 교수의 자극에 이끌려 천천히, 어렵게 자기감정의 층위를 내려가면서 더 깊은 속내를 이야기한다. 그러다가 어느 지점에 이르면 숨겨 온 이야기, 고통스러운 이야기까지 털어놓게 된다. 한순간 내면에 억압해 둔 슬픔과 분노 등의 감정이 터지면서 내면을 폭발시키는데 그 지점에서는 보는 학생들도 소름이 돋는다고 한다. 지도 교수는 학생들이 기어이 내면을 폭발시키는 지점에 도달해서야 오케이 사인을 낸다.

위 두 가지 교수법의 핵심은 자기표현이다. 말로 하든 글로 하든 모든 예술은 우선 자기 자신을 표현하는 일이기 때문에 위 교수들은 학생들에게 내면을 끄집어내는 훈련을 시켰을 것이다. 내면을 표현할 때마다 학생들이 눈물을 흘린 이유는 우리가 내면에 쌓아 둔 경험들이 대체로 슬픔이나 분노 같은, 표현할 수 없었던 감정들이기 때문일 것이다.

자기 자신을 표현하는 행위는 그 자체만으로 내면에 깃든 묵은 상처를 치유하는 기능이 있다. 면도날 같은 기억도 외부로 표출되는 순간 종잇장처럼 변한다. 그런 점에서 "사랑을 잃고 나는 쓰네"라고 노래한 기형도 시인은 놀라운 통찰력으로 애도와 치유의 핵심을 한 줄로 압축해 낸 셈이다.

《애도》라는 책을 쓴 베레나 카스트는 "학대받는 아동이 갖게 되는 예술 취향은 불행 속의 오아시스다."라고 말했다. 예술 취향과 내적 슬픔은 비례할지도 모른다. 누군가 예술가가 된다는 것은 그 사람의 내면에 애도해야 할 것이 더 많이 쌓여 있다는 뜻으로 이해될 수 있다. 글쓰기, 그림 그리기, 춤추기 등 내면을 표현하는 모든 예술 행위가 동시에 마음을 치료하는 직접적인 방법들이다. 그러므로 예술은 동시대인들의 무의식적 집단 애도 작업을 대신하거나 도와주는 기능을 가지고 있을 것이다.

상담 치료의 핵심도 내면의 감정을 언어로 표현하는 일이다. 언어는 모든 위험하고 고통스러운 감정을 표현하는 가장 온전한 방법이다. 불안에서 비롯되는 무의미하고 반복적인 말하기, 내면의 분노를 투사하는 공격적인 말하기, 자기 내면에만 집중한 채 혼잣말처럼 길게 이야기하기 등 낯선 태도를 취하더라도 그것 모두 당사자에게는 애도 작업이다. 부적절한 상황에서 엉뚱한 대상을 붙잡고 자신에게 해가 될지도 모르는 이야기를 털어놓을 때도 그것 역시 당사자에겐 필요한 일이다.

특히 여성들은 걸핏하면 자기 서사를 말하려는 특성이 있다. 부부싸움을 할 때면 옛날 옛적에 있던 일까지 끄집어내 서사적으로 싸운다. 가벼운 안부를 물으려 전화했다가 근황과 서사까지 한 시간 가까이 듣게 되는 일도 있다. 한 줄로 말할 수 있는 회의 안건도 주제 주변에서 30분간 변죽을 울리다가 꺼낸다. 여성들은 물리적 사회적 약자로 살아오면서 내면에 애도할 것이 많이 쌓여 있다는 의미일 것이다. 그러는 자신을 지겨워하면서도 어느 순간 물꼬가 터지면 통제할 수 없는 것이다.

그에 비해 남성들은 말을 조금밖에 안 한다. 그들은 사회화하는 과정에서 자기가 하는 모든 이야기가 자기에게 해가 될 수 있다는 사실을 가슴 깊이 새긴 채 어떤 정보도 내놓지 않는다. 모든 상실에 대해서도 오직 애완동물을 잃은 경험으로밖에 표현하지 않는다. 애완동물 외에 남성들이 그나마 이야기하는 영역은 군대 경험으로 보인다. 예전에는 남성들이 군대 이야기를 과장되게, 영웅적으로 떠벌릴 때 남성다움을 자랑하려는 줄 알았다. 애도 개념을 이해한 후에는 그들의 군대 이야기가 다르게 들렸다. 그런 식으로 잃어버린 청춘, 고무신 거꾸로 신은 여자, 단체 생활에서 받은 외상의 경험들을 애도하는 중이라는 게 틀림없어 보였다.

자기표현은 고통, 슬픔, 상실, 외로움 등의 감정을 성숙하게 처리하고 소화시키는 방법이다. 아픈 기억을 소화시켜 유익한 교훈을 얻고 나쁜 기억과 감정을 떠나보내는 일이다. 치유를 위한 자기표현법으로는 말하기, 글쓰기 외에 그림 그리기가 많이 활용된다. 아이들은 언어로 자기감정을 표현할 줄 모르기 때문에 분석할 수 없다고 주장한 프로이트와는 달리, 멜라니 클라인은 아이들과 놀이하면서 관찰하는 방법으로 어린이 정신분석을 시작했다. 도널드 위니캇은 멜라니 클라인의 방법 중 그림 그리기만을 따로 발전시켜 그림 놀이를 통한 어린이 분석과 치료법을 탄생시켰다. 아직 말이나 글로 자기감정을 표현할 줄 모르는 아이들, 어떤 이유로든 언어 표현이 어려운 성인들에게는 그림 치료법이 널리 활용되고 있다.

글, 그림뿐 아니라 연극, 춤추기 등 어떤 식으로든 자신의 감정을 직접 표현하는 일은 고통을 신진대사시키는 일이다. 그림 치료, 놀이 치료, 무용 치료, 연극 치료 등의 핵심은 자기표현이며, 그 기원은 선사시대 제례 의식으로까지 거슬러 올라간다. 인류의 처음부터 우리는 일상 속에서 치유의 방법들을 사용해 오고 있었다.

우리에게는 또 하나의 특별한 애도 방식이 있는데, 그것은 굿의 문제 해결 방식이다. 굿은 만신의 도움을 받아 떠난 이와 남은 이 사이에 이루어지는 애도 작업이라고 볼 수 있다. 만신의 몸에 실려 나온 망자는 갑작스레 먼저 떠나게 되어 애통하다고, 가족을 끝까지 지켜 주지 못해 미안하다고 아쉬운 마음을 전한다. 유족들은 뒤늦게 상실의 고통을 알아차리고 망자를 향해 슬픔과 회한을 털어놓는다. 만신은 그런 감정들을 털어 내도록 거듭 부추긴다.

마지막으로 망자에게 술을 따르고 절을 하며 잘 가시라고 인사드린다. 만신도 망자가 좋은 곳으로 떠나기를 축원한다. 의식이 끝나면 유족들은 비로소 마음으로부터 망자를 떠나보내고 그 상실에 대해 심리적인 매듭을 짓는다. 비과학적인 일이라 매도당하면서도 그 분야의 산업은 집계되지 않은 채 커다란 시장을 형성하고 있다고 한다. 그 시장에서 사고파는 상품도 심리적인 것이 분명하다.

> 열다섯 살 때 자유로워진 나는 아버지가 내 머릿속에 조금씩 주입해 놓은 일탈에 대한 유일한 치료책, 그만큼 강렬하게 살 수 없다는 슬픔에서 나를 건져 줄 수 있는 유일한 해독제를 찾아낼 수 있었다. 바로 글쓰기였다. [⋯]
>
> 내가 글을 쓰게 된 것은 그를 닮기 위해서뿐만 아니라, 미워했던 현실을 결국은 견뎌 내기 위해서였다는 생각이 든다. 소설 속에서 내 삶은 그 옛날 그가 내 곁에서 웃음을 터뜨리던 시절의 빛깔을 띤다. 서른두 살인 지금도 나는 그 없이 살아야 하는 삶을 글을 씀으로써 벌충하고 있다. 하지만 그런 사실을 의식함에 따라 글쓰기의 이런 병적인 측면은 점차 사라져 간다. 머잖아 내 펜은 나를 다른 길로

인도할 것이다. 작가가 되는 데는 수많은 방법이 있으므로.

알렉상드르 자르댕이 쓴《쥐비알》의 한 대목이다. 그는 '재기 발랄의 대명사로 손꼽히는 프랑스의 젊은 작가'라고 알려져 있다.《쥐비알》은 죽은 아버지와의 추억을 회상하는 줄거리를 근간으로 하는데, 소설은 화자가 떠난 아버지를 애도하는 전 과정을 보여 준다. 그는 아버지의 죽음을 가혹한 폭력으로 경험한다. 아버지 사망 후 검은 바닷물 속으로 걸어 들어갔다가 간신히 삶 쪽으로 헤엄쳐 나온다.

자르댕은 글을 씀으로써 그 경험에서 벗어날 수 있었고, 그 경험을 통해 작가로서 홀로 설 수 있게 되었다. 그는 글쓰기가 자기 삶에 어떤 의미가 있었는지 명료하게 통찰해 낸다. 그것은 아버지를 그리워하는 일, 나름의 방법으로 삶을 충실하게 만드는 일, 아버지를 잃은 상처를 치유하는 일이었다.

미국 출판 시장에서 널리 읽히는 책으로 개인의 고백 수기나 자서전 종류의 책이 있다. 특정 인물의 시련 극복기, 좌절과 성공담을 기록한 책들이 널리 읽히는 걸 보면 그들에게는 애도 개념에 대한 이해가 보편적으로 형성되어 있는 것 같다. 미국 시장에서 베스트셀러가 된 책들을 우리 시장에 번역 출판하면 하나같이 독자의 외면을 당한다. 우리는 남의 불행한 이야기를 듣고 싶어 하지 않는다. 자기 슬픔을 바라보지 못하기 때문에 타인의 슬픔을 외면한다. 남의 성공담에 대해서도 타산지석으로 삼기보다는 '자기 자랑' 이라고 손가락질하는 경우가 많다.

개인적인 생각이지만 언젠가는 우리에게도 자서전, 고백 수기가 호황을 맞는 시대가 오지 않을까 싶다. 우리 모두가 자연스럽게 자기를 표현하고, 슬픔과 고통을 솔직하게 말할 수 있는 시기가 오면 남의 고통이나 불행에도 귀 기울이는 마음이 생기지 않을까 싶다. 그러면 우리 사회가 한층 건강하고 성숙해지지 않을까, 혼자 꿈꿔 본다.

Recipe

떠난 이에게 편지 쓰기

이별이나 상실은 예상치 못한 일이라 누구나 못다 한 말이 가슴에 남는다. 그것이 멍이나 종양이 되지 않도록 떠난 이에게 편지를 쓴다. 그리움, 서운함, 미련까지도 솔직하게 표현한다. 편지는 당분간 간직하거나 추억의 장소에 묻거나, 불태워 허공에 날려 보낸다.

상실의 진실 이야기하기

이별이나 죽음에는 간혹 타인에게 드러내고 싶지 않은 수치스러운 면이 있다. 노년의 부모가 자살하거나, 동생이 에이즈로 사망하거나, 연인이 다른 사람에게로 떠났을 때면 진실을 숨기게 된다. 숨기거나 외면하고 싶은 사안은 상처라는 뜻이다. 상처인 그 진실에 대해서도 누군가에게 이야기해야 한다. 이야기할 때는 다섯 시간씩 전화기를 붙잡고 있기보다는 직접 만나서 한다. 얼굴을 맞대고 이야기하면 더 많은 공감과 위안을 얻을 수 있다.

부정적인 감정과 트라우마에 대해 쓰기

우리 내면에는 아무에게도 보여 주지 않은 감정과 아픈 기억들이 쌓여 있다. 그것들은 계속 마음 밑바닥을 들쑤시며 우리를 불편하게 하고 타인과의 갈등을 부추긴다. 기억하기조차 고통스럽겠지만 그것도 일단 표현하고 나면 고통이 덜해진 것을 느낄 수 있다. 자기 파괴적으로 쓰든, 미화하고 이상화하면서 쓰든 일단은 쓰는 게 중요하다.

자기 서사 쓰기

자기 이야기를 쓰다 보면 자연히 부모나 조부모 이야기가 나온다. 그것은 의존하던 부모 이미지를 떠나보내는 방법이면서 동시에 자기 정체성을 알아 가는 길이다. 가족사를 씀으로써 자기가 누구인지 더 잘 이해하고, 가족의 전통 속에서 삶의 의미를 찾아내며, 바람직하게 사는 방법을 발견할 수 있을 것이다.

비전에 대해 쓰기

그동안 애도 일지를 써 왔다면 지금쯤 한번 읽어 본다. 상실의 첫 순간에 비해 얼마나 많은 것이 달라졌는지 알 수 있다. 그만큼 미래에 대해서도 낙관하게 된다. 이 시점에서는 애도 작업이 끝난 후의 자기 모습, 앞으로의 목표나 비전 등에 대해서도 써 본다. 두세 달 걸리는 단기 계획부터 한두 해 걸리는 장기 계획까지 어떤 것이든 좋다. 목표와 비전이 생의 추진력을 만들어 낸다는 점을 기억한다.

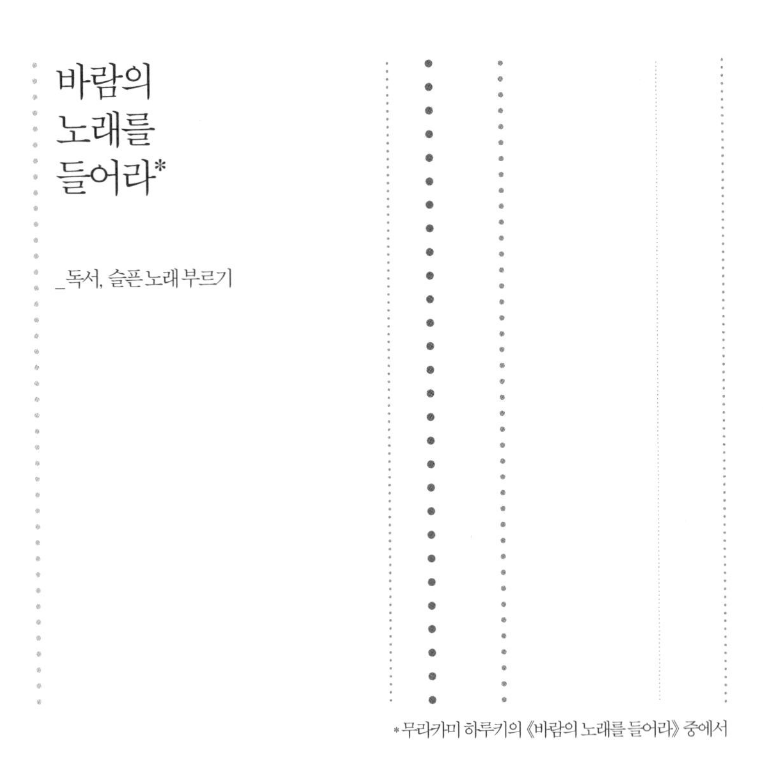

바람의 노래를 들어라*

_독서, 슬픈 노래 부르기

*무라카미 하루키의 《바람의 노래를 들어라》 중에서

노래방 문화가 처음 생겼을 때 그것은 좀 기이한 느낌을 주었다. 방음 시설까지 완벽한 밀폐된 공간에서 사람들이 고래고래 소리치며 노래하는 모습은 아무리 생각해도 어색한 풍경이었다. 거리에 서서 노래방 업소를 올려다볼 때면 저 안에 무수히 많은 작은 공간이 있고, 그 공간마다 누군가가 목청을 돋워 가며 노래하고 있을 거라는 사실에 엽기적인 느낌마저 들었다. 그것은 이상한 문화처럼 보였다. 혼잣말하는 문화, 소통할 줄 모르는 문화, 폭발시키듯 자기를 주장하는 문화의 단면 같았다.

그렇게 생각했음에도 지인들과 어울려 노래방에 가면 나는 제일 먼저 마이크를 잡는 편에 속했다. 사람들이 서로 눈치 보며 양보하고 있을 때 아무 생각 없이 마이크를 잡고 내 맘대로 노래했다. 고백하자면 나는 지독한 음치이며 그 사실을 잘 알고 있었다. 음치의 노래가 제멋대로 공간을 휘저으면 문득 긴장이 완화되면서 모든 것이 괜찮아지는 지점이 있다는 것도 알고 있었다.

한때는 혼자 노래방에 가서 노래한 적도 있었다. 작은 잡지의 편집장을 맡고 있던 시기였는데 책임자의 자리가 의외로 외로웠다. 기자였던 시절에는 동료나 선후배와 이야기하면서 스트레스도 풀고 문제도 해결할 수 있었는데 편집장이 되자 그런 통로가 없어졌다. 그 시기, 스트레스가 가득 차 몸이 터질 것 같을 때 혼자 노래방에 가서 점심시간 내내 노래만 불렀던 경험이 몇 차례 있다. 서너 곡 노래한 후 얼마간 내압이 가라앉으면 문득, 내가 지금 뭐하는 짓인가 생각하며 가만히 앉아 있기도 했다. 혼자 노래할 때 가장 곤란한 경우는 업소 측에서 서비스타임을 추가해 주는 일이었다.

그 후로 간혹 대낮의 도심 노래방에서 혼자 노래하는 사람을 목격하는 일이 있다. 그가 넥타이를 맨 셔츠 차림의 남성임에도 어쩐지 그를 잘 아는 듯한 친근감이 느껴진다. 때로 처음 만나는 사람에 대해 알고 싶을 때 노래방에 가서 혼자 노래해 본 적이 있는지 물어보기도 한다.

애도의 핵심이 슬퍼하기, 슬픔의 감정을 표현하기라고 할 때,

그것을 직접 해낼 수 있는 사람은 많지 않다. 이미 사회화가 완성되어 슬픔을 잘 갈무리해야 한다는 의식에 사로잡혀 있는 성인뿐 아니라, 자기가 느끼는 감정이 슬픔인지 무엇인지 알아차리지 못하는 미성년도 슬픔을 표현하는 일이 어렵다. 한 지인은 돈을 내고 심리 치료를 받으러 간 자리에서조차 자기 이야기를 꺼내지 못해 50분 동안 침묵 속에 앉아 있다가 나왔다는 경험을 들려주었다. 어떤 이는 이야기는 하지만 꾸며진 자기 모습, 거짓된 가면만 보여 주기도 한다. 슬픔을 표현하기 어려워하는 것과 같은 이유에서 우리는 내면의 자기를 꺼내 보이기 두려워한다.

자기 이야기, 자기감정을 표현하지 못하는 이들을 위해 노래나 시가 존재할 것이다. 시나 노래는 슬픔의 감정을 표현할 수 있도록 도와주는 틀이라고 볼 수 있다. 시를 읽거나 노래 부르며 우리는 슬픔을 명료하게 느끼고, 그 감정을 간접적으로 표현할 수 있게 된다. 이별하면 모든 유행가가 자기 이야기처럼 들리는 이유는 직접 애도 작업을 시행한 이들의 시나 노래 위에 우리의 감정을 의탁하여 표현하기 때문이다.

최근에 친목 모임이나 술자리에 참석할 때마다 느끼는 점은 그런 자리에서 참석자들은 나름의 애도 작업을 하는구나 하는 점이다. 친근한 사람으로 이루어진 안전한 공간에서 지지와 허용을 받으며 자기감정이나 생각을 표현하는 행위가 모임의 주된 목적으로 보인다.

간접 표현의 애도 방법을 이해하고 나자 많은 사례들이 떠올랐다. 술자리에서 수십 편씩 시를 낭송하던 이들도 같은 이유에서 그랬음을 이해하게 되었다. 술자리가 어김없이 2차 노래방으로 이어지는 이유 역시 노래를 통한 간접적인 자기표현이 목적이었다. 한의 민족이라는 우리가 그토록 가무를 즐기는 정서의 핵심도 명료히 이해되었다. 이 글을 쓰다 보니 문득 메일 아이디가 '가무'인 지인의 얼굴이 떠올라 혼자 웃게 된다.

애가나 비가 부르기뿐 아니라 영화나 드라마 보기, 공연 예술 관람하기, 미술 작품 관람하기 등도 간접 표현의 치유 효과를 갖는다. 뮤지컬이나 영화를 관람하는 과정에서 거칠고 혼돈스러운 감정들이 정돈되고, 상실감과 고통에 더 잘 닿을 수 있게 된다. 어떤 방법이든 그것이 내면의 감정을 자극하여 외면해 두었던 고통이나 슬픔을 일깨우는 것이라면 애도 작업에 유익하다. 간혹 어떤 이야기, 특정 노래가 여전히 고통스럽다면 아직 상실의 감정과 대면할 마음의 준비가 되지 않았다는 뜻이다.

간접적으로 자기를 표현하는 방법 중 가장 보편적이고 널리 행해지는 행위는 독서일 것이다. 독서의 애도 기능에 대해 잘 보여주는 소설이 있다. 우리에게는 《관객 모독》이라는 희곡으로 알려진 독일 작가 페터 한트케의 《소망 없는 불행》이다. 어머니의 자살을 신문 기사로 확인하는 데서부터 시작되는 그 소설은 작가가 어머니를 떠나보내는 고통스러운 애도 작업이기도 하다.

《소망 없는 불행》에서 작가의 어머니는 생의 특정 시기에 신문과 소설을 읽기 시작한다. 작가가 읽던 책인 크누트 함순, 도스토예프스키, 막심 고리키 등의 작품을 읽었고 나중에는 토마스 울프와 윌리엄 포크너를 읽었다.

> 어머니는 책을 자신의 일생을 묘사한 양으로 읽었으며, 책을 읽음으로써 비로소 자신을 드러내 보였고, 또한 자신에 대해 말하는 것을 배웠다. [⋯]
>
> 그리하여 이제 어머니는 자신의 과거에 대해 생각하게 되었고, 시장에 나갔다가 찻집에 들러 커피 한 잔쯤 마시는 것을 괜찮다고 여기게 되었으며, 사람들이 그런 일에 대해 어떻게 생각할까 하는 데 신경을 쓰지 않게 되었다. 어머니는 또한 남편에 대해서도 관대하게 되어 그의 말을 첫마디부터 긍정적으로 받아들이게 되었다. 어머니는 그에 대해 동정심을 갖게 된 것이다.

정신분석을 받기 전까지 잘못 생각하고 있던 것이 아주 많은데 그런 것들 중 하나는 내가 책에서 세상을 배웠기 때문에 세상살이에서 자주 '삑사리'를 낸다고 여겼다는 점이었다. 현실에서 시행착오를 범할 때마다 내가 책에서 세상을 배워서 그럴 거라 생각했다.

정신분석을 받은 이후에야 독서 행위가 내게 어떤 의미가 있었는지 제대로 이해할 수 있었다. "독서는 먹는 것이다"라는 말처럼 처음에 독서는 우선 구강기 대체물이었을 것이다. 내가 책의 종류와 유형을 가리지 않고 닥치는 대로 읽었던 것은 내 무의식 속 빈 공간이 그토록 크고 깊었다는 의미였을 것이다.

또한 독서는, 콜린 윌슨이 그랬던 것처럼, 잃은 것을 되찾기 위한 탐구의 방편이었을 것이다. 내가 어렸을 때 심취했던 장르는 추리물이었는데, 책을 읽는 내내 범인을 찾기 위해 온 신경을 집중하곤 했다. 또한 독서는 편안하지 않은 현실을 피해 숨어드는 내밀한 자폐 공간이기도 했을 것이다. 어렸을 때부터 책을 읽으면 누가 불러도 듣지 못할 정도로 몰입했던 것을 보면 아예 외부 현실에 대해서 눈과 귀를 닫고 싶어 했는지도 몰랐다.

그중에서도 독서가 훌륭한 애도 방식이었다는 것은 가장 나중에 알게 되었다. 독서를 통해 나는 억압해 둔 내면의 감정들과 접촉할 수 있었고, 그것들을 체험하기도 했다. 지금까지 이 글의 모든 꼭지마다 한 권 이상 소개된 책들은 바로 내가 애도 작업에 도움을 받았던 것들이다. 제목으로 인용한 구절들도 애도 작업에 도움받은 시들에서 따온 것이다. 독서 치료라는 분야가 생기기 이전부터 나는 독서를 통해 간접적으로 내면의 감정을 표현해 왔던 셈이다.

다양한 종류의 책들을 구분 없이 읽었지만 그중 애도와 직접 관련된 독서는 아마도 문학작품, 평전, 자서전 종류의 책이었던 것 같다. 책을 읽을 때 나는 다른 사람들은 어떻게 살았는지 유심히 보았고, 그들이 어떻게 생의 문제를 해결하고 시련을 넘어왔는지 관찰했다. 꾸역꾸역 이끌어 가는 삶에 어떤 의미가 있는지도 알고

자 했다.

그런 맥락에서 지금 생각해도 웃음이 나는 독서 경험이 하나 있다. 이십 대 중반에 등단하면서 받은 최초의 원고료로 50권짜리 현대문학 전집을 샀을 때의 일이다. 책이 배달되어 왔을 때 제일 먼저 한 일은 책들을 모두 꺼내 놓고 맨 뒤의 작가 연보를 펼쳐서 종일토록 훑어본 것이었다. 그 훌륭한 작가들이 어떻게 문학을 공부했고, 몇 살쯤 첫 작품을 출판했고, 언제쯤 슬럼프를 겪거나 영광을 누렸는지를 꼼꼼히 살펴보았다. 그들이 요절하거나 장수했는지, 결혼하거나 이혼했는지, 행복하거나 고통스러웠는지를 점검했다. 그들의 삶을 개괄해 보면 거기서 작가로서의 삶에 대한 표준 매뉴얼 같은 걸 찾아낼 수 있지 않을까 기대했던 것 같다.

그때 내가 원했던 것을 손에 넣었는지는 기억나지 않는다. 다만 그 모든 독서 행위가 나를 보살피고, 비전을 보여 주고, 이끌어 왔다는 사실은 분명해 보인다. 남의 이야기, 남의 애가와 자주 접촉하면서 나의 이야기도 자연스럽게 표현할 수 있게 되었을 것이다.

R
e
c
i
p
e

이따금 나는 글을 쓰거나 작곡을 하거나 그림을 그리지 않는 사람들은 어떻게 인간의 고유한 광기와 멜랑콜리, 돌연한 공포에서 벗어날 수 있는지 궁금해진다. -그레엄 그린

위에 언급된 직접적인 자기표현을 할 수 없는 이들을 위해 간접 표현 장치들이 마련되어 있다.

음악 듣기, 노래 부르기

떠난 사람이 즐겨 부르던 노래, 떠난 사람과 함께 듣던 노래를 듣는다. 음악을 들으면서 슬프다고 느끼거나 눈물이 흐른다면 치유되는 중임을 알아차리고 한동안 슬픔 속에 머문다. 노래하기는 음악 듣기보다 한 단계 진전된 표현 방식이다. 노래를 잘하든 못하든 상관없이 다만 무슨 소리든 바깥으로 내뱉는다는 사실, 소리와 함께 내면의 감정을 발산한다는 사실이 중요하다.

독서하기

어떤 책이든 애도 기간의 독서는 내면의 여러 감정들과 골고루 접촉하며 애도 작업을 촉진시키는 효과가 있다. 모든 책이 도움이 되지만 감정의 여러 영역을 고루 접할 수 있는 책은 문학작품이 제일이다. 시련 극복의

경험이 담긴 자서전이나 평전을 읽으면 힘을 내는 데 도움이 되고, 상실의 경험을 잘 치러 낸 책을 읽으면 공감과 노하우를 배울 수 있다.

공연 예술 관람하기

애도 기간에 연극이나 영화를 관람하는 일을 불경스럽다고 느낀다면 그것 역시 또 다른 방어 의식임을 이해한다. 혼자 틀어박혀 책을 읽는 것보다 사람들과 어울려 공연을 관람하는 일이 덜 불편한 이들은 그렇게 한다. 그리스 비극을 보면서 생의 비장함을 느껴 보아도 좋을 것이다.

이야기와 접촉하기

이야기는 소설이나 영화 속에만 있는 것이 아니다. 상업 광고, 정책 홍보물, 게임이나 놀이동산에도 깃들어 있다. 우리는 다양한 이야기와 접하면서 정보, 지혜, 문제 해결 전략을 배운다. 이야기와 접촉하는 것만으로도 치유, 변화, 성장의 효과가 있음을 기억한다.

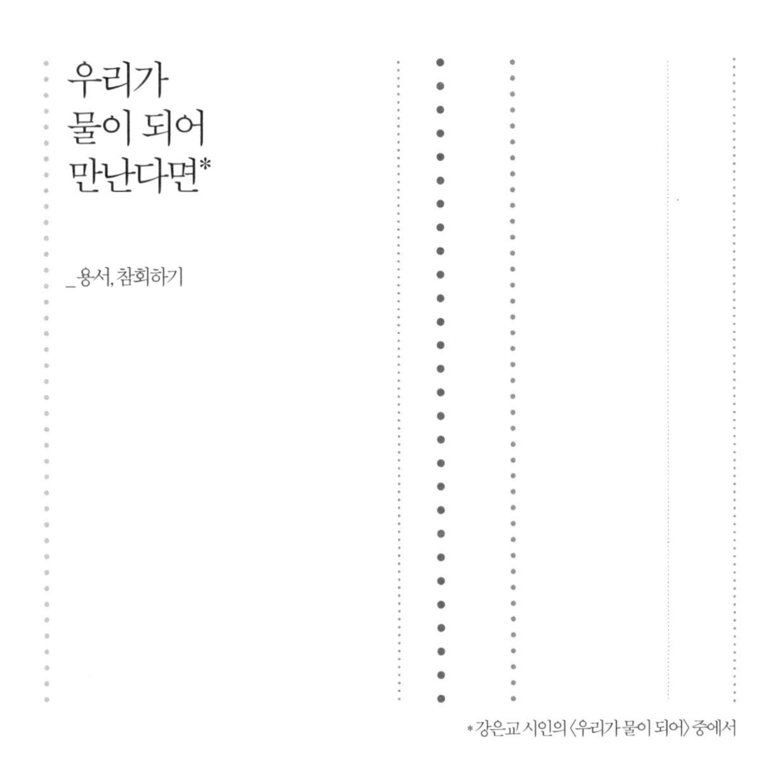

우리가 물이 되어 만난다면*

_용서, 참회하기

*강은교 시인의 〈우리가 물이 되어〉 중에서

독자를 만나는 자리에서 자주 받는 질문 중에 이런 것이 있다.

"정신분석이 모든 것을 해결해 주는가?"

그러면 나는 슬그머니 웃으며 아니라고 대답한다. 순전히 나의 경험에 의지해서 말한다면, 정신분석이라는 도구가 유용하게 사용되는 지점은 전이와 해석(통찰)의 영역으로 보인다. 정신분석가와 피면담자 사이에 일어나는 전이 관계를 통해 유아기 욕망을 알아차리고, 그 감정이 활성화되었다가 끝내 좌절당하는 지점까지가 변화의 핵심이 아닐까 싶다. 유아기 욕망이 좌절당하면서 오이디푸스 콤플렉스가 극복되면 그와 관련된 다양한 층위의 의식에 대한 통찰이 이어진다. 생을 두고 반복되어 온 오류들이 무의식 어느 지점에서 발생하는지 정신분석가가 해석해 주기도 한다.

하지만 "통찰은 마술이 아니다"라는 말이 있다. 통찰과 해석으로 삶의 문제들을 알게 되었다고 해서 바로 그 순간 모든 문제가 눈 녹듯 해결되는 것은 아니다. 통찰로 알아낸 문제를 스스로 개선하기 위해 노력하는 용기와 인내의 시간이 뒤따라야 한다. 낡은 방식을 버리고 새로운 삶의 방법들을 습득해 나가고, 예전의 자기를 버리고 새로운 자기를 만들어 가는 노력을 몸에 밸 때까지 반복해야 한다. 그것을 '훈습'이라 일컫는다. 불교 수행에서 깨달음을 얻은 다음 그것을 일상 속에서 실천하는 '보림'과 같은 의미가 아닐까 싶다. 개인적으로는 훈습 단계에서 심리학의 행동 치료, 인지 치료 등 치료 기법과 인류의 지혜가 집적된 신화, 종교 등의 도움을 받았다.

통찰로 문제를 알아내고 훈습으로 그것을 개선한다고 해도 정신분석이나 심리학이 말해 주지 못하는 대목이 또 있다. 지지부진하게 반복되는 우리의 삶에 어떤 의미가 있으며, 우리가 궁극적으로 무엇을 위해 살아가고 있는가 하는 점이다. 개인적으로 나는 그 지점에서 종교가 필요하다고 생각한다. 모든 종교는 저마다의 언어와 상징을 동원하여 삶의 시작과 끝에 대한 개념을 제공하고, 그 과정에서 어떤 가치를 위해 살아야 하는지, 어떤 규범을 따라야 하는지를 제시한다.

프로이트, 융, 에리히 프롬을 비롯 줄리아 크리스테바, 롤로 메이, 프랑수아즈 돌토 등 현대 정신분석학자까지 많은 정신분석학자들이 그들의 학문 끝에서 종교와 만나는 지점에 대해 탐색했다. 가톨릭이나 기독교뿐 아니라 불교도 마찬가지여서 《정신분석과 기독교》, 《불교와 정신분석》같은 종류의 책이 많이 출간되어 있다.

종교 얘기를 꺼낸 이유는 '용서'에 대해 말하기 위해서다. 독자와의 만남에서 자주 받는 또 하나의 질문은 용서에 대한 것이다. 정도 주고 돈도 주며 사랑했는데 차갑게 돌아선 연인도 용서해야 하는가, 열심히 살았을 뿐인데 등에 칼을 꽂는 사람도 용서해야 하는가, 고의적으로 물질적 손해를 입힌 사람도 용서해야 하는가.

애도 과정에서 용서는 참으로 넘기 어려운 산처럼 보인다. 피해자로서 가해자를 용서하기는 쉬운 일이 아니다. 나는 가끔 유대인들은 어떻게 6백만 명의 죄 없는 사람들이 비명과 함께 사라진 홀로코스트의 악몽을 이겨 냈을까, 아니 지금도 이겨 내고 있을까 궁금해진다. 유대 전통에 전해지는 특별한 애도 관습이 모든 문제를 해결해 줄 수 있는지 알고 싶기도 하다.

교육방송의 다큐멘터리 프로그램 '비틀'에서 본 이야기이다. 독일 차 비틀은 히틀러가 구상한 국민차인데 2차 세계대전 이후 영국으로 공장을 이전했다. 이스라엘은 전후 배상 협상에서 독일로부터 비틀을 받았다. 처음에는 영국 차인 줄 알았던 유대인 노인이 그 차가 실은 독일 차이며 홀로코스트에 대한 용서의 의미로 들여온 차라는 사실을 안 후, 그다음 날 사망했다는 일화가 나온다.

로맹 가리의 《새벽의 약속》 도입부에도 박해당한 유대인의 입장이 기술되어 있다.

"20년 이상 시간이 흐르고 모든 것이 다 말하여진 지금, 모든 것이 텅 빈 것만 같은 지금까지도 나는 눈만 들면 패배와 복종의 기미를 찾기 위해 나를 굽어보고 있는 한 무더기의 적들을 볼 수 있다."

로맹 가리도 용서에 대해서는 언급조차 하지 않는다. 자크 데리다는 30년 동안 애도 개념을 연구해 왔다. 그는 애도가 불가능하다고 말했다가 필요하다는 쪽으로 생각을 바꿨지만 용서에 대해서는 여전히 불가능하다고 말한다.

"완성된 용서는 용서가 아니다. 그것은 단지 정서적 전략이며 정신요법적 경제학이다. 실용적인 화해의 과정이 이행되는 사회적 현실과, 순수한 용서의 불가능성 사이에서 나는 분열되었다."

용서의 불가능성 앞에서 데리다는 용서와 화해를 구분한다. 굳이 용서하지 못하겠으면 그냥 화해만 하면 된다고 제안한다. 상대를 용서하지 않고도 그 경험과 화해할 수는 있다. 화해는 가해자와 무관하게 혼자 내면에서 진행하는 애도 작업이다. 그 경험과 화해하여 그 일로 인한 원한이나 공포, 비통함을 털어 내어 더 이상 그 경험이 자신을 괴롭히지 않도록 하는 것이다. 그러면 내면에서 그 경험과 조화롭게 공존할 수 있게 된다. 하지만 다음과 같은 시를 읽을 때면 용서가 아니라 화해조차 말할 수 없을 것 같다는 생각이 든다.

파라오에 간 지 1년쯤 지나 전쟁이 났어, 전쟁 후엔 하루 이삼십 명, 주말엔 길게 줄 선 군인들이 옷 벗을 새도 없이 벨트 풀어 총대 옆에 놓고 바지 단추를 풀곤 했지……

……사타구니 양쪽이 터져 피고름이 흘렀네. 군의관이 와 터진 것 닦아내고 가제를 붙여 두었지…… […]

……언니들 중 몇이 아래가 아파 몸 안 주고 덤비다가 동굴로 끌려갔네 아랫배에 총을 쏘고 젖가슴 베어…… 미에코와 요시코란 이름을 쓰던 언니들이 이때 죽었네…… […]

김선우 시인의 시 〈열네 살 舞子〉의 한 구절이다. 이 시는 일본군 위안부로 끌려간 소녀의 일대기를 열한 페이지에 걸쳐 그리고 있는, 말 그대로 서사시이다. 위안부 할머니의 삶을 비롯해 식민지 시대의 불행한 역사에 대해 말할 때면 화해조차 어려워 보인다. 그럼에도, 그럴수록, 용서해야 한다고 모든 종교가, 심리 치료 기법이 말하고 있다. 용서는 상대를 위해서가 아니라 자신을 위해서 하는 거라고 거듭 강조한다.

사실, 가해자에게도 그들 내면에 애도할 것이 있을 것이다. 비록 자기들이 일으킨 전쟁이었지만 그들도 가족을 잃었고, 결국 패전국이 되어 또 다른 상실감을 떠안았다. 패전이란 어떻게도 돌볼 수 없는 상실과 절망의 경험이었을 것이다. 일본 여성 시인 후쿠나카 토모코(1928년생)는 "내가 살아남기 위한 무기처럼 시를 쓰기 시작한 것은 패전의 충격 때문이었다"라고 말한다. 그의 시

〈잊지 말 것〉에는 이런 구절이 있다.

"제 아무리 건망증 걸린 민족이라도 /잊을 수 있을까 그날의 일을 / 쌀처럼 사람 목숨이 사라졌던 시절을."

또 다른 여성 시인 이바라기 노리코(1926년생)의 〈내가 제일 예뻤을 때〉도 패전을 소재로 한 시이다.

내가 제일 예뻤을 때
주위 사람들이 숱하게 죽었다
공장에서 바다에서 이름도 없는 섬에서
나는 멋을 부릴 기회를 잃었다
[…]

내가 제일 예뻤을 때
내 머리는 텅 비어 있었고
내 마음은 딱딱했으며
손발만이 밤색으로 빛났다

내가 제일 예뻤을 때
우리나라는 전쟁에서 졌다
그런 어처구니없는 일도 있을까
블라우스 소매를 걷어붙이고 비굴한 거리를 활보했다
[…]

위 시인들은 전쟁이 한창이던 시기에 유소년기를 보냈고, 조국이 패전했을 때 여전히 십 대 후반이었다. 전쟁의 황폐함 속에서 불안과 공포의 성장기를 보낸 그들의 내면에도 애도 불이행의 문제, 전쟁 신경증 같은 것이 자리 잡고 있지 않을까 싶다.

이창동 감독의 영화 '밀양'을 관람할 때 그 영화가 애도의 전 과정을 치밀하게 보여 주는 점에 감탄했던 기억이 있다. 그 영화의 여주인공은 애도의 다양한 감정들을 놀랄 만큼 세밀하게 표현해 냈다. 그 영화에서 특히 인상적인 것은 용서에 대한 질문이었다.

주인공 여성은 남편을 잃은 후 애도 작업을 이행하듯 남편의 고향 밀양으로 거처를 옮긴다. 그곳에서 겨우 자리를 잡아 가던 중 아들이 유괴당하는 불행을 겪는다. 아들이 끝내 사체로 발견된 후 그녀는 모든 곳으로 아들을, 그리고 구원을 찾아다닌다. 지옥에 빠진 마음을 건져 낸 것은 교회에서였다.

그녀는 마침내 하나님으로부터 구원을 받았다고 생각하고 신의 은총으로 살인범을 용서하기로 마음먹는다. 그녀가 유괴범에게 용서의 말을 전하기 위해 교도소를 방문했을 때 유괴범은 뜻밖에도 온유한 얼굴로 그녀를 맞는다. 그는 교도소에서 하나님께 눈물로써 회개하고 용서를 받았다고 말한다. 이미 구원받았기 때문에 하루하루를 평온한 마음으로 지낸다고 했다. 교도소를 나서며 여자는 울부짖는다.

"내가 용서하지 않았는데, 어떻게 하나님이 먼저 용서를 해요?"

사실 우리에게는 타인을 판단하거나 평가할 자격이 없는 것처럼, 타인을 용서할 자격도 없을지 모른다. 우리가 할 수 있는 일이란 회개하는 일뿐이 아닐까 싶다. 우리 모두가 죄인이라는 기독교의 근본 교리는 용서의 어려움 때문에 등장한 전제 조건일지도 모른다. "우리에게 잘못한 이를 용서하오니, 우리의 죄를 사하여 주옵시고"라는 기도문에서 첫 구절과 두 번째 구절은 서로 인과적 진술일 수도 있다는 생각이 든다.

불교에서도 우리 인간은 세세생생 지은 업보의 인연으로 이 세상에 왔다고 한다. 지금 우리가 받는 고통은 예전에 우리가 누군가에게 준 고통의 결과라는 설명이다. 기독교의 회개, 불교의 참회 등은 기도와 수행의 첫 발자국이라고도 한다.

"아마 오로지 신만이 조건 없이 용서할 수 있을 것이다. 그리고 사실 신만이 용서할 수 있는 죄악이 있을 것이다. 그리스도조차 자신을 못 박은 자들을 용서할 것을 아버지에게 간구해야만 했다. '아버지, 그들을 용서하소서. 그들은 자신이 저지른 일을 모르나이다.'"

리처드 커니의《신, 괴물, 이방인》의 한 대목이다. 리처드 커니뿐 아니라 발터 벤야민, 폴 리쾨르 같은 인문학자들도 용서의 문제에 대해 연구한 기록을 남긴다. 용서의 문제는 심리학과 종교의 경계, 윤리학과 종교의 경계, 신화학과 종교의 경계에서 인간이 힘이 부친다고 생각되는 시점에 늘 등장한다. 용서는 어렵지만, 우리가 자신을 살리기 위해 꼭 필요한 것이라고 말한다.

Recipe

용서하지 않을 자유, 용서할 수 있는 용기

정말로 용서하고 싶지 않다면 억지로 용서할 필요는 없다. 용서하지 않고도 과거를 정리하고 화해할 수 있다. 하지만 용서하면, 내면 깊은 곳으로부터 용서할 수 있다면 가해자보다 강해졌다는 뜻이다. 진정한 자유는 용서한 사람이 받는 선물이다.

용서하기 위한 논리

용서하기가 정말 어렵다면 억지로라도 용서하기 위한 논리들을 동원하여 자신을 설득해 본다. 인과응보, 황금률, 역전이, '기브 앤 테이크' 등 어떤 논리를 동원해서라도 스스로를 납득시킨다. 그렇게 애쓸 필요가 있을 만큼 용서가 좋은 것임을 용서한 후에 알게 될 것이다.

고통은 용서하지 못한 마음이다

아까운 삶을 분노하고 복수하는 데 허비하면서 행복할 수 있는 기회, 창의성을 발휘할 역량을 놓치고 있지 않은지 돌아본다. 분노도, 고통도 내가 끌어안고 있다는 사실을 알아차린다. 마찬가지로 누군가 용서를 정하면 잘 받아 준다. 건성으로 약삭빠르게 사과하는 태도만 취한다고 느껴질 때라도 용서를 받아 준다. 더러운 오물도 흙으로 덮어 주면 좋은 거름으로 바뀔 수 있다.

참회하기, 자신도 용서하기

상대를 용서한 다음에는 자기 자신도 용서한다. 함부로 상대를 판단하고, 평가하고, 단죄한 행위에 대해 참회한다. 사실은 용서보다 회개, 참회에 더 비중을 두어야 한다. 참회는 같은 잘못을 범하지 않는 길, 나의 미래를 보장받는 길이다.

왜 사는지 아는 사람은 어떻게 살아야 하는지 안다

중국 무협지를 보면 복수가 복수에 꼬리를 물면서 스무 권, 서른 권짜리 대하소설이 전개된다. 복수의 컨베이어 벨트 위에 발을 들여놓으면 우리 삶이 어떻게 될 것인가를 보여 주는 훌륭한 교과서이다. 우리는 복수하기 위해서가 아니라 사랑하기 위해서, 행복해지기 위해서 살아간다는 사실을 기억한다.

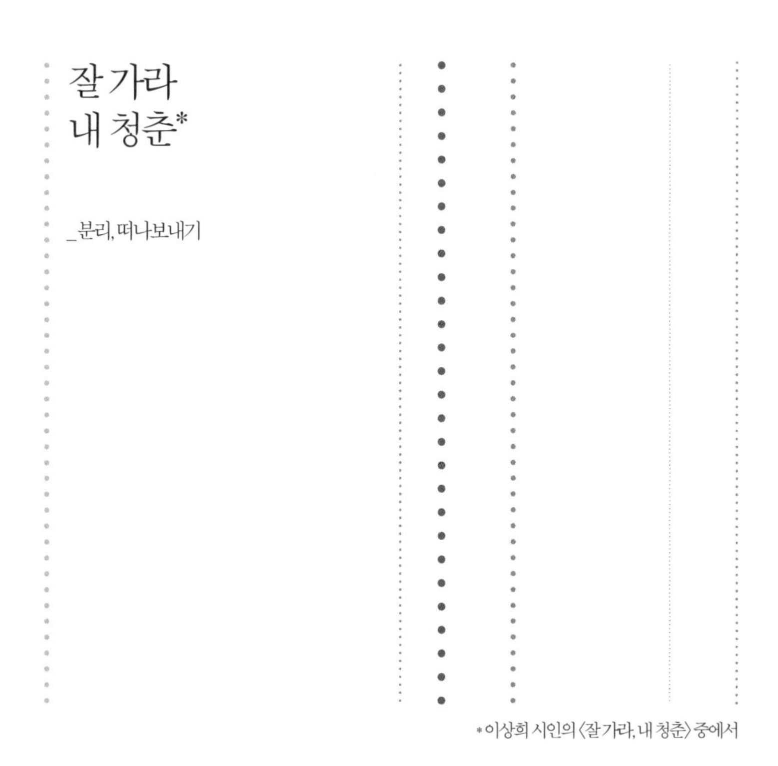

잘 가라 내 청춘*

_분리, 떠나보내기

* 이상희 시인의 〈잘 가라, 내 청춘〉 중에서

독자들을 만나는 자리에서 자주 받는 또 하나의 질문은 "당신은 이제 괜찮은가?"이다. 내가 그렇다고 대답하면 그들은 "괜찮다고 느껴지는 시점은 언제였고, 그렇게 느끼는 증거는 무엇인가?"라고 추가 질문한다. 그럴 때 내가 떠올리는 사례는 외할머니 죽음에 대한 경험이다.

외할머니가 돌아가시던 날도 늘 그렇듯이 새벽 여섯 시쯤 잠에서 깼다. 눈을 뜨자마자 전화벨이 울렸는지, 전화벨 소리에 깼는지는 명확하지 않지만 전화기를 들자 저편에서 외숙모 목소리가 들려왔다.

"외할머니가 돌아가셨다."

외숙모는 슬픔을 참느라 그랬는지, 여러 군데 소식을 넣느라 그랬는지 메마른 목소리로 장례식장과 발인 날짜를 알려 주었다. 잠결에 날짜들을 메모하면서, 내일쯤 가서 발인까지 보고 오면 되겠구나 생각했을 것이다. 전화를 끊기 전, 외숙모는 지나가는 말처럼 덧붙였다.

"입관은 열 시다."

그 문장은 순식간에 가슴 깊은 곳까지 스며들면서 남은 잠을 깨웠다. 내면 깊은 곳에서 소용돌이치듯 안타까움이나 그리움 같은 감정이 일었다. 꼭 한 번, 입관 전에 한 번만 외할머니 얼굴을 보고 싶었다. 그 마음이 얼마나 간절한지 순식간에 튕기듯 몸이 일으켜졌다. 세수하면서 소요 시간을 계산했고, 옷을 입으면서 차편을 계획하여 택시, 초고속 열차, 택시 등을 번갈아 갈아타며 외가로 갔다.

그 당시 나는 일상 속에서 꾸준한 자기 분석과 훈습을 이어 가고 있었다. 그 시기에도 마음 쓰이는 대목은 여전히 기억나지 않는 유년기였다. 가끔 '그 아이가 어땠을까?' 생각해 보기도 했다. 1.5세부터 6세까지 외가에서 자랄 때, 유년의 내가 경험한 감정이나 일상은 어땠을까 짚어 보았다. 외가 마을은 객관적으로 아이가 성장하기에 좋은 환경이었을 것 같았다. 마을 전체가 커다란 집성촌이었으니 거리에서 만나는 모든 이들이 아이에게 다정했을 것이다. 심부름할 만한 나이가 되었을 때 제사 음식 접시를 들고 밤길을 걷던 기억이 나기도 했다.

장례식장 입구에서 만난 외숙모는 나를 맞으며 이렇게 말했다.

"외손자들 중에 네가 가장 먼저 왔구나. 네가 외할머니 사랑을 제일 많이 받은 모양이다."

그 말이 가슴으로 스며들어 이상한 울림을 만들어 냈다.

입관식에서 뵌 외할머니는 잠드신 듯 평온해 보였다. 희고 반들거리는 피부와 웃음을 머금은 듯 평온한 낯빛은 아름다워 보이기까지 했다. 다른 이들이 입관과 관련된 무슨 작업을 하는 동안 나는 내내 외할머니의 얼굴만 바라보고 있었다. 저 고요하고 아름다운 얼굴을 평생 기억하리라. 그런 생각은 나도 죽음의 자리에서 그런 얼굴을 갖고 싶다는 소망이었다.

나는 가만히 손을 뻗어 손등을 외할머니 얼굴에 대어 보았다. 살갗은 유리처럼 차면서도 보드라운 감촉을 전해 왔다. 잠시 손등에 와 닿는 감각을 느끼다가 손을 뒤집어 손바닥으로 할머니의 볼을 쓸어 보았다. 외할머니 볼을 쓰다듬고 있자니 나도 모르게 눈물이 흘렀다.

내가 외할머니 얼굴에서 손을 거두어들이자 그동안 묵묵히 서 계시던 외삼촌이 내가 했던 것처럼 손을 내밀어 외할머니 얼굴을 쓰다듬었다. 환갑이 넘은 외삼촌은 나처럼 하고 싶었으나 망설이고 있었던 모양이다. 처음에는 한 손으로 외할머니 얼굴을 쓰다듬더니 다음에는 두 손으로 양 볼을 감싸 쥐었고, 급기야 외할머니 얼굴을 주무르다가 쓰다듬다가 잡아 늘이다가 했다. 그렇게 하는 외삼촌 얼굴에 눈물이 흐르고 있었다. 나는 한 번 더 외할머니 얼굴을 쓰다듬어 보고 싶었지만 외삼촌 기세에 눌려 가만히 있었다.

가만히 서서 내가 이전과는 다르게 대응하고 있다는 사실을 알아차렸다. 할아버지가 돌아가셨을 때는 슬픔의 감각을 마비시킨 채 멍한 상태로 시간을 보냈고, 아버지가 돌아가셨을 때는 내면에서 올라오는 다양한 감정들 속에서 혼란스러워했다. 하지만 외할머니 주검 앞에서 내가 비로소 잘 애도하고 있구나 싶었다. 나는 돌아가신 외할머니에 대해 슬픔과 함께 감사의 마음을, 죄송스러움과 함께 아린 안타까움을 느꼈다. 할머니가 조금 더 계셔 주기를 바라는 마음과, 좋은 곳으로 잘 떠나가시기를 바라는 마음이 공존했다. 그런 마음이 예전에 제대로 떠나보내지 못했던 할아버지와 아버지에 대해서도 똑같이 일어나는 것을 느꼈다.

그 자리에서 외할머니를 떠나보내는 엄마 모습도 유심히 보았다. 엄마는 비상한 예감으로 미리 외할머니 곁에 도착해 있었다. 돌아가시기 전 외할머니의 마지막 목욕을 직접 시켜드렸다고, 엄마는 인정받고 싶어 하는 아이처럼 말했다. 염습할 때는 전문가보다 더욱 적극적인 손길로 이런저런 일들을 처리하면서 외할머니를 독점하고 싶어 하는 무의식을 보였다. 그런 엄마를 보는 내 마음 밑바닥이 덤덤하고 편안한 것을 경이로운 느낌으로 지켜보았다.

그 시점에서 나는 내면의 엄마 이미지를 떠나보내고 엄마에 대한 심리적 의존에서 벗어났음을 확인했다. 한때는 나르시시즘을 투사하여 엄마를 미화하거나 이상화했고, 정신분석을 받은 후에는 내면의 분노를 투사하여 엄마를 원망하던 시기도 있었다. 그러나 이제 내가 엄마에 대해 느끼는 감정은 같은 여성으로서의 동질감과 응원의 마음 같은 것이다.

애도 작업의 마지막 단계는 잃은 대상을 마음에서 떠나보내는 일이다. 죽음 쪽으로, 텅 빈 상실 쪽으로 끌려가지 않기 위해서 우리는 적절한 시점에서 과거의 인물을 떠나보내야 한다. 동시에 과거의 인물과 관계 맺으며 형성한 과거의 자기도 떠나보내야 한다. 연인에서 싱글로, 아내에서 미망인으로 누군가의 자식에서 부모 없는 사람으로 달라진 자신의 정체성을 받아들여야 한다.

또한 새 정체성에 맞춰 새로운 자기로 태어나기 위해 적극적으로 노력해야 한다. 떠난 사람에 대해서 '그가 나를 버리고 떠났다'라는 사실에 집착할 게 아니라 '나는 그가 떠난 상황에 주도적으로 대처할 것이다'라는 태도를 취하고 그렇게 행동하는 일이 필요하다. 나의 실존은 떠난 연인이나 부모에게 달려 있는 게 아니라 나 자신의 결정과 행동에 달려 있다. 삶의 의미조차 스스로 발견해 내야 하는 것이다.

과거의 자기를 떠나보내는 일은 애도 작업이면서 동시에 변화와 성장의 방법이기도 하다. 우리는 성장하는 과정에서 반복적으로 과거의 자기를 죽이고 떠나보낸다. 알프레드 알바레즈는《자살의 연구》에서 자신이 자살을 시도한 행위가 무의식적으로 "어른이 되기 위해 과거의 자기를 죽이는 일이었다"는 사실을 통찰해 낸다.

> 어떤 면에서 나는 죽었다. 지긋지긋한 자의식, 넘쳐나는 감수성, 오만함, 관념주의 이런 것들이 청년기에 찾아들어 때가 되었는데도 가지 않은 손님처럼 그대로 계속 머물렀지만, 그것들은 결국 수면제로 인한 혼수상태를 살아 넘기지는 못했다. 젊은이들이 내게 그러하듯 나 역시 교만하고 방어적이었으며, 존재하지 않는 열정과 알지도 못하는 죄의식으로 가득 차 있었다. […]
>
> 자살을 기도한 후 나는 완전한 정지 상태에서 사흘간 누워 있었다. 깨어난 뒤에는 전과는 완전히 다른, 덜 논리적이고 덜 낙관적이고 덜 상처받기 쉬운 생활 방식이 서서히 자리 잡기 시작했다.

상실한 대상, 과거의 자기를 떠나보낼 때 마음 깊은 곳에서 동시에 진행되는 일은 내면의 부모 이미지, 내면의 아기도 떠나보내는 일이다. 우리는 오래도록 부모나 교사가 성장기 내내 만들어 준 바로 그 모습으로 살아왔다. 우리의 꿈 역시 부모의 꿈이 그대로 주입된 경우가 많다. 우리는 여전히 내면의 부모에게 사랑받고 싶은 마음을 간직한 채 부모에게서 배운 생존법을 구사한다.

부모의 죽음 앞에서 우리는 내면 아기를 더욱 명료히 알아차릴 수 있다. 의존성, 인정받고 싶은 욕망, 나르시시즘 등 유아적 생존 방식을 더 이상 사용할 대상이 없다는 것을 알게 되면서 그런 생존법을 사용하던 내면 아기를 떠나보내게 된다. 그때부터야 비로소 독립된 개인으로 자기만의 세계를 가지기 시작하는 셈이다.

프로이트는 아버지 죽음 이후 그의 치료들에 대해 방대한 저술을 쓰기 시작하였다. 마르셀 프루스트는 어머니 죽음 이후 집 안에 틀어박혀《잃어버린 시간을 찾아서》를 쓰기 시작했다. 그것은 부모를 떠나보내는 애도 작업이면서 동시에 자기만의 세계를 만들어 나가는 작업이기도 했을 것이다.

내 책장에는 부모 사망 후 아버지나 어머니의 삶을 소재로 하여 쓴 소설 작품들이 몇 권 따로 모여 있다. 막심 고리키의《어머니》와 알렉상드르 자르댕의《쥐비알》을 비롯해 아니 에르노의《어떤 여인》,《아버지의 자리》가 그런 종류의 책들이다. 페터 한트케의《왼손잡이 여인》과《소망 없는 불행》도 있다. 알베르 코엔의《내 어머니의 책》, 윌리엄 플러머의《흐르는 강물에서 건져 올린 인생》등은 비교적 최근에 나온 책이다.

위 작가들은 부모를 잃고 부모에 대해 글을 쓸 때 도입부마다 글쓰기의 어려움에 대해 토로한다. 그럼에도 꼭 써야 한다는 내적 의무감에 사로잡힌 모습을 보인다. 그런 태도야말로 부모를 잘 떠나보내고자 하는 욕망의 단면일 것이다.

아니 에르노는 결국 아버지를 주인공으로 하는 소설을 쓰기보다는 "아버지가 한 말들, 몸짓들, 취향들, 그의 일생에서 주목할 만한 사실들, 한 존재의 모든 객관적인 표식들을 한데 모으는 것"(《아버지의 자리》)밖에 할 수 없다는 사실을 알아차린다.

페터 한트케는 "어머니에 대해 무언가를 쓰겠다는 욕망은 강렬하지만 그 욕망이 너무도 막연해서 현재의 정신 상태로는 타자기에서 계속 같은 글자만 두드릴 것 같다"(《소망 없는 불행》)라고 고백한다.

저 작가들이 부모의 죽음 앞에서 그토록 갈등하는 이유는 애도 작업과 함께 부모로부터 심리적으로 분리되는, 진정으로 성인이 되는 일을 한꺼번에 진행하기 때문이 아닐까 싶다. 글쓰기를 통해 내면의 부모를 떠나보냄으로써 비로소 독립적이고 자율적인 개인으로 다시 한 번 태어나려 하는 것이다.

고백하자면, 내게도 저런 종류의 책을 쓰리라 꿈꾸던 시기가 있었다. 컴퓨터에 두 개의 폴더를 만들어 '어머니의 새벽', '아버지의 저녁'이라는 제목을 붙여 놓고 아버지 장례식 풍경, 그곳에서의 엄마 모습, 그로부터 촉발되는 헝클어진 생각들을 메모해 놓곤 했다. 언젠가는, 너무 길지 않게, 5백 매 정도씩만 내 엄마와 아버지에 대한 책을 쓰리라 구상해 두었다. 그런 책을 꿈꿀 때 내면에서 일던 생각이 명백히 기억난다.

'그 두 권만 쓰고 나면, 그러면 모든 게 괜찮아질 거야.'

그렇게 생각할 때 내가 원한 것이 애도 작업이었다는 사실을 나중에 알아차린다. 내면에서 들끓는 미숙하고 지긋지긋한 감정들, 유아적이고 의존적인 자기를 떠나보내고 싶었을 것이다. 이제는 그 책들을 쓰지 않아도 괜찮다고 느끼는 지점에 서 있다. 글쓰기 외에 다른 방식으로 애도 작업을 치러냈기 때문일 것이다.

그리하여, 지금 내가 '괜찮다고 느끼는 증거'라면 이런 것들이 있다. 글을 쓰기 위해 서너 달쯤 칩거할 때 어디까지가 자폐 성향이고 어디부터가 성찰과 탐구의 시간인지 구분할 수 있다는 것이다. 여성 비하적인 음담패설이 오가는 자리에서 빠져나올 때 어디까지가 신경증적인 반응이고 어디부터가 건강한 자기 존중감인지 구분할 수 있다. 종교를 수용할 때 어디까지가 의존성이고 어디부터가 인류의 지혜가 담긴 보물 창고에 접근하는 일인지 구분할 수 있다. 안다고 느끼는 것이 또 하나의 교만일지 모르겠지만, 심리 내면의 그런 미세한 차이들을 구분하여 감지하면서 어떤 경우에도 내면의 평온이 흔들리지 않을 때 내가 괜찮아졌다고 느낀다.

모든 종교가 떠나보내기, 놓아 버리기, 애착이나 집착 끊기를 강조한다. 전 세계 기독교도들은 사순절에 삶에서 욕망하는 무언가를 포기한다. 어떤 사람들은 담배 같은 부정적인 습관을 놓아 버리고, 어떤 사람들은 간식에 대한 욕구를 놓아 보낸다. 이슬람 전통에서 모슬렘들은 매년 라마단 기간에 40일 동안 단식한다. 그들은 햇빛이 비치는 낮 동안에는 먹고 마시는 것을 금한다.

불교의 출가처럼, 세속적 만족을 위한 모든 것을 놓아 버림으로써 더 높은 차원의 정신적 가치를 달성하고자 하는 일도 있다. "나날의 삶에서 신성을 찾는 일은 대체로 더하기보다는 빼기의 문제였다"라고 힌두교 성자 라마 수리야 다스는 말한다. 빼기의 문제란 바로 떠나보내기, 분리되기의 의미일 것이다. 떠나보내는 일은 궁극적으로 새로운 세계를 창조할 공간을 내면에 확보하는 일이다.

R e c i p e

추억의 물건 정리하기

이 시점에서는 떠난 이의 사진이나 물건들을 정리한다. 간직할 것, 쓰레기통에 버릴 것, 재활용 센터에 기증할 것 등으로 분류한다. 간직할 것은 의미 있는 것 한두 개면 된다. 애착 때문에 버릴 수 없는 물건은 '유보 상자'를 만들어 보관한다. 언젠가 그 물건 없이도 살 수 있다고 느껴질 때, 그때 처리한다.

강에 가서 말하기

떠난 사람을 마음으로부터 떠나보내는 자기만의 의식을 진행해 본다. 강이나 산, 무덤 등 과거의 인물과 관계된 장소를 찾아가 말한다. 삶의 한 시기를 함께해 줘서 고마웠다고, 그 기간 동안 희비애락을 느낄 수 있어 충만했다고 뒤늦게나마 "감사하다"라고 말할 수 있어 다행스럽다고, 평안하게 잘 지내라고 말한 후 모든 과거를 그곳에 두고 온다.

변화된 환경에 적응하기

떠난 사람이 없는 환경에 적응해야 한다. 혼자 영화관에 가는 일, 떠난 사람의 임무를 떠맡는 일, 떠난 사람과 관련된 사람들과의 관계를 정리하는 일 등을 처리한다.

그 아이는 어땠을까 생각해 보기

사실 당면한 이별에서 느끼는 고통의 80퍼센트는 우리 내면에 있는 과거의 아이가 느끼는 감정이다. 현재의 인물을 떠나보낼 때 우리 내면에 간직해 온 부모 이미지를 함께 떠나보내는 중임을 이해하면서 그 아이를 떠올려 본다. 그 아이의 감정에 공감해 주고, 그 아이를 위로해 준다.

이별이 삶의 일부분임을 기억하기

이별은 평생 지속되는 삶의 한 요소이며 사는 동안 반복되는 일임을 받아들인다. 이별이나 죽음을 파괴자, 침입자, 도둑처럼 느끼는 시간들에서 벗어난다. 무엇보다 명백한 진실은 우리 모두 수십 년 이내에 죽을 것이라는 점이다. 떠난다, 혹은 세상을 뜬다고 생각하면 삶의 자세가 달라지는 것을 느끼게 된다. 생의 목표, 가치관에도 변화가 올 것이다. 삶이란 흘러가는 순간을 단호히 놓아 주는 과정임을 마음에 새긴다.

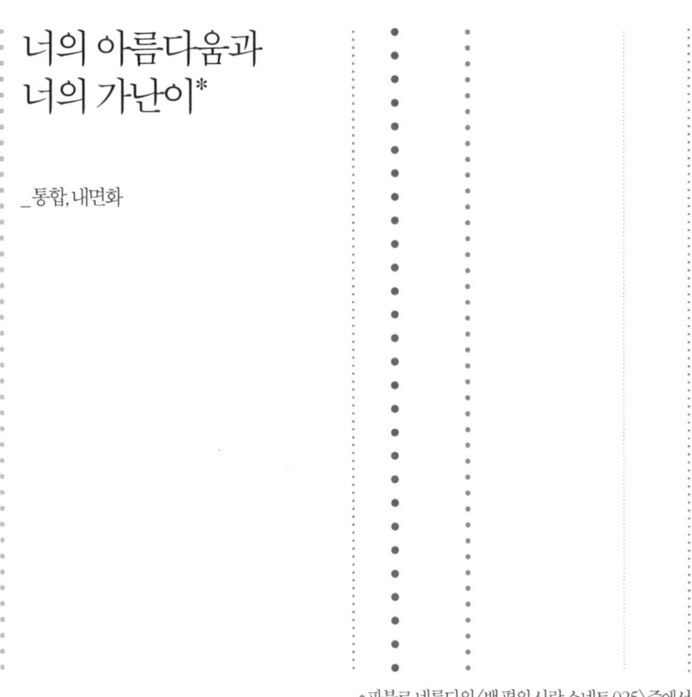

너의 아름다움과 너의 가난이*

_통합, 내면화

*파블로 네루다의 〈백 편의 사랑 소네트 025〉 중에서

독자들과 만나는 자리에서, "당신은 이제 괜찮은가?"에 이어 자주 받는 질문은 "당신은 얼마나 오래 걸렸는가?"이다. 그런 질문을 하는 사람은 치유 작업을 진행 중인 듯 보이며, 그 힘든 시간을 얼마나 더 견뎌야 하는지 알고 싶어 하는 것 같았다. 그럴 때면 나는 잠깐 망설인다. 저들에게 위로가 되는 따뜻한 빈말을 건넬 것인지, 차갑지만 진실을 보여 줄 것인지.

정신분석학이나 심리학 책을 읽기 시작한 이십 대 중반을 시작으로 잡고, 외할머니가 돌아가시던 시기까지를 계산하면 그 작업은 20년 이상 걸린 셈이다. 중증 우울증과 맞닥뜨려 몸과 마음을 치료하던 시점을 시작으로 계산하면 그 작업은 7, 8년쯤 걸린 것 같다. 지금도 일상 속에서 분석과 훈습이 계속되고 있는 점을 감안하면 그 작업이 아직 끝나지 않은 것 같기도 하다. 한 가지 분명한 사실은 나의 사십 대가 온통 자기분석과 훈습의 시간으로 지나간 것같이 느껴진다는 것이다.

외할머니가 돌아가신 후 나는 이따금 '외할머니는 어떠셨을까?' 떠올려 보곤 한다. 외할머니는 예전의 그 불편했던 환경에서 자식을 여덟 명이나 낳아 기르셨고, 그 자식들이 사회생활을 하는 동안 자식 수만큼 많은 손자들을 키워 내셨다. 나도 외할머니가 키워 내신 손자들 중 하나였다.

기억하는 한, 나는 외할머니가 생에 대해 분통을 터뜨리거나 당신이 해낸 일에 대해 생색내는 모습을 본 적이 없다. 내가 기억하는 외할머니는 언제나 귀엽게 웃는 얼굴로, 잠시도 쉬지 않고 일거리를 찾아 해내시는 분이었다. 외할머니는 스스로 떠맡은 일이 너무 많아 한숨짓거나, 화를 내거나, 불필요한 갈등에 허비할 시간이 없어 보였다. 무엇보다 외할머니는 관대하고 허용적인 사람이었던 것 같다. 내가 홍역을 앓을 때 매일 십 리 길을 업고 병원에 다녔더라는 얘기를 할 때도, 내가 닭장에서 계란을 꺼내 들고 산으로 가서 친구들과 그것을 얼굴에 바르고 놀았더라는 얘기를 할 때도, 할머니는 늘 얼굴 가득 웃음을 띠고 있었다.

유년기의 기억은 여전히 불투명하지만 어떤 목소리가 떠오르면 가슴이 시큰해지곤 한다. 이를테면, "참는 사람이 장사다", "지는 게 이기는 거다" 같은 문장이 외할머니 목소리 그대로 귓가에 들리는 때가 있다. 아마도 내가 친구와 다투고 속상해서 울고 있을 때 들려주었던 말인 듯, 저 문장들이 떠오르면 이상하게도 가슴 깊은 곳에 눈물이 맺힌다. 저 두 문장이 영원히 사용 가능한 고부가가치 생존법이라는 사실을 비로소 이해하게 된 이즈음, 나는 점점 더 많이 내 속에 외할머니가 존재하는 것을 느낄 수 있다.

외할머니는 80세가 되었을 때도 외국에 사는 손자를 만나러 가겠다면서 혼자 몰래 영어를 공부하셨다. 그런 일화를 떠올릴 때면 그것이 어쩐지 미래의 내 모습처럼 느껴져 슬그머니 웃음이 난다. 나는 이제 외할머니처럼만 살면 될 것이라 생각하고 있다. 외할머니 모습을 내면에 담아 두고, 노년의 모델로 삼고 나니 생의 마지막까지 밝고 가벼워지는 느낌이 든다.

이별한 사람과 분리되고 그를 잘 떠나보냈다 해도 우리에게는 그에 대한 기억이나 추억이 남는다. 그것은 떠난 이가 가져갈 수도, 어디에 내버릴 수도 없는 것들이다. 심지어 우리는 어느새 떠난 사람을 닮아 있기까지 하다. 아버지처럼 뒷짐을 지고 걷거나 어머니처럼 웃고, 떠난 사람이 좋아했던 음식을 즐겨 먹는다. 떠난 이의 아름다움과 지혜뿐 아니라 가난과 실패조차 내면에서 이미 우리의 일부가 되어 있다. 떠난 이는 내면 가장 깊은 곳에서 우리의 일부로 영원히 머무는 것이다.

애도의 마지막 단계에서 어떤 정신분석학자는 분리라는 개념을 중요시하는 반면, 어떤 학자들은 통합이라는 개념을 중요시한다. 통합이란 떠난 사람의 존재와, 그와의 기억들을 자기 내면으로 받아들여 자기의 일부로 만드는 일이다. 떠난 사람의 인격과, 그와의 관계를 자신의 일부로 만드는 내재화하기는 정체성을 형성해 나가는 중요한 방법이다. 내재화와 통합을 통해 우리는 점점 강해지고 지혜로워진다.

윌리엄 플러머의 《흐르는 강물에서 건져 올린 인생》은 우연히 집어 들었다가 단숨에 읽어 내려간 책이다. 저자는 열정적인 플라이 낚시꾼이며 주간지 《피플》의 편집장이었다고 책날개에 소개되어 있다. 저자에 대해서는 그 정도 소개되어 있지만 책 내용에 대해서는 그것이 소설인지 논픽션인지조차 명확하게 밝혀져 있지 않다.

작품 속 화자는 6년이나 공들여 쓴 작품이 냉대받는 슬럼프에 빠져 있다. 그는 6년 동안 삐거덕거리던 결혼 생활을 마침내 정리한 후 열 살짜리 아들을 데리고 무작정 런던으로 떠난다. 하지만 런던 도착 첫날 아버지의 부음을 듣는다. 아버지가 낚시하다가 심장마비를 일으켰고 강둑에 기댄 채 돌아가셨다고. 겨우 회복될 듯하던 그의 삶이 다시 혼란 속으로 빠져든다.

그가 중첩된 시련으로 인해 절망감에 빠져 있을 때 낚시꾼이었던 아버지 지인들이 그를 낚시 클럽에 초대한다. 그는 아버지의 낚시 장비를 꺼내 들고 마지못해 따라나선다. 그러다가 아버지의 낚시 일기를 발견하는 것을 전환점으로 하여, 그의 낚시 일기를 읽으면서 아버지가 했던 대로 낚시를 다니기 시작한다. 그는 낚시를 절망에서 움켜쥐는 지푸라기 같은 것이라 여기며 낚시가 상실감을 다스리는 데 도움이 된다고 믿는다. 그는 아버지처럼 낚시하기 위해 아버지의 일기에서 낚시 기술을 배운다.

"내가 진정으로 필요로 하는 순간이나, 내가 사용하고 싶어 하는 순간에라야 아버지의 교훈들이 더욱 빛을 발할 수 있었다."

떠난 이의 지혜를 받아들이는 일조차 먼저 분리 단계를 거친 후 자율적으로 시행해야 한다는 의미일 것이다. 그는 낚시를 통해 낚시보다 훨씬 많은 것을 얻게 된다. 낚시터에 앉아 아버지의 일기, 아버지의 기억을 총동원하여 아버지의 내밀한 속맘에 닿아 보려 애쓴다. 그 과정에서 아버지의 진정한 모습을 발견해 나간다. 아버지가 자기 생각보다 약한 사람이었고(나르시시즘의 극복), 실패를 기록하며 그것을 통해 배우려 했으며(용기 배우기), 자기 분야의 자존심 강한 전문가였다(자기 존중감)는 사실을 알게 된다. 아버지에 대한 과장된 이미지, 왜곡된 환상을 벗어 내면서 아버지의 참모습을 자신의 내면으로 통합해 나간다. 그 결과 자기 자신도 똑바로 보는 눈을 갖게 된다.

그가 아버지의 존재와 추억을 통합하는 과정에서 함께 수용하는 것은 애도 반응으로서 경험하는 슬픔, 죄스러움, 절망감이다. 동시에 모든 유년기의 서운함과 분노, 생에서 만난 실패의 경험들을 자기 안으로 받아안는다. 그것들을 회피해 온 비겁한 자신도 인격의 일부로 받아안는다.

애도 과정에서 내면에 통합해야 할 것은 떠난 사람이나 그와의 추억만은 아니다. 애도 과정에서 경험하는 다양한 감정들도 의식 속으로 통합해야 한다. 고통을 조절하고 슬픔과 화해해야 한다. 애도 작업을 이행한 사람은 바로 그 과정을 통해 강해지는 것이다. 우리의 삶은 사랑하는 사람이 떠나거나 사망한 후 훨씬 의미가 풍부해지고 역량이 커진다. 내면화, 통합이 영원한 성장법임을 알고 적극 사용하면 좋을 것이다.

정신분석 책을 읽어나갈 때 자크 라캉은 어떻게 읽어도 접근하기가 쉽지 않았다. 이 책을 읽어도 개념이 이해되지 않고, 저 책을 읽어도 전모가 잡히지 않았다. 그의 글이 원래 모호한 수사법의 지뢰밭이라고 하는데 그것을 한국어로 옮기는 과정에서 더욱 애매하고 어려워진 것 같았다.

그럴 때 내가 시도하는 방법은 누군가 다른 사람이 그의 삶과 학문을 설명해 준 책을 먼저 읽는 것이다. 그런 이유로 집어 든 책이 엘리자베트 루디네스코의《자크 라캉》이라는 평전이었고 비로소 자크 라캉의 개념들을 이해하는 길을 찾아낼 수 있었다. 그런데 그 책에서 내게 인상적인 점은 그가 자신의 학문을 발전시키고 확장해 온 과정이었다.

자크 라캉은 삶에서 만나는 모든 이들을 내면화하고, 그들의 학문적 성과를 통합하면서 자신의 이론을 전개해 나갔다. 철학자 알렉상드르 코제브와의 만남에서 욕망과 상상계 개념을 착안했고, 심리학자 앙리 왈롱에게서 '거울 단계' 개념을 차용했다. 철학자 바타이유의 향락 개념에서 실재계 개념을 찾아냈고, 인류학자 레비스트로스와의 만남에서 '무의식은 구조화되어 있다'라는 명제와 상징계 개념을 얻었다. 언어학자 로만 야콥슨과의 만남에서 '무의식은 언어처럼 구조화되어 있다'라는 명제와 시니피앙 이론을 내놓았다.

그는 석학들과의 만남을 의식적으로 추진했고 그들의 이론을 받아들여 자신의 학문을 확장시켰다. 그 방법은 생애 마지막까지 광범위하게 이어져 그는 한때 동양철학을 이해하고자 중국어를 배우기도 했다.

"라캉은 1933년부터 이미 당대 최고의 사상가들과 특별한 관계를 맺어야겠다고 결심했다. 코제브, 하이데거, 레비스트로스, 리쾨르, 알튀세르, 데리다 등과 종종 어렵기도 했지만 개인적 관계를 맺을 수 있었다. 이것은 프로이트 정신분석을 계속 진지하게 이끌어 나가려면 철학적 탐구를 거쳐야 한다는 그의 생각을 잘 보여 준다."

라캉은 자신이 왜, 무슨 일을 하는지 잘 알고 있었다. 그의 노력으로 인해 정신분석학은 철학을 비롯해 인문학의 모든 영역으로 개념을 확장시키는 길을 열게 되었다.

자크 라캉이 자신의 학문을 확장해 나간 과정을 따라가다 보면 《화엄경》의 선재동자 이야기가 떠오른다. 《화엄경》 '입법계품'에서 선재동자는 깨달음을 얻기 위해서는 어떻게 해야 하는지 문수보살에게 묻는다. 문수보살은 "지혜를 성취하려면 반드시 진실한 선지식을 찾아야 한다. 선지식을 찾는 일에 지나치거나 게으르지 말고, 선지식의 절묘한 방편에 허물을 보지 말아야 한다."라고 말해 준다. 선재동자는 문수보살의 가르침대로 쉰세 명의 선지식들을 찾아다니며 가르침을 구한다.

예전에는 그 이야기를 그냥 선재동자 이야기라고만 생각했다. 라캉 평전을 읽고 난 후 선재동자가 자크 라캉과 같은 사람이라는 것을 알게 되었고, 그 이야기가 우리에게 삶의 방법과 지혜를 일러 주는 일종의 은유라는 사실을 비로소 알아차렸다.

동일시, 내면화, 통합은 이별 후 시행하는 애도 작업의 도구만은 아니다. 그것은 일상생활 속에서 영원히 사용 가능한 유용한 생존법이자 성장 방법이다. 성장이란 내면이 극단적이지 않은 상태, 새로운 균형 감각이 생겨난 상태를 의미한다. 성장은 삶의 소명을 개척하는 일을 의미한다. 성장은 우리의 잠재력을 더 잘 활용하게 되었음을 의미한다. 성장을 통해 우리 내면은 관대하고, 강하고, 아름다워진다.

Recipe

모든 이들로부터 배운다

라캉과 선재동자가 알려 주는 소중한 삶의 비법이다. 정말 배울 점이 없는 사람조차 훌륭한 반면교사가 될 수 있다. 떠난 이들을 내면화하여 자기 일부로 만들었다면 이제는 자기만의 눈으로 세상을 본다. 부모의 지시에 따르는 태도, 연인에게 동조하는 방식이 아니라 자기만의 삶을 찾아 나선다.

내면의 힘에 닿아 보기

애도 과정에서 우리는 수많은 고통의 순간을 넘어왔다. 그때마다 마음의 키가 자라고 정신의 힘이 강해졌다. 강하고 지혜로워진 내면에 닿아 본다. 자기 삶에 필요한 지혜나 통찰은 내면에 있다. 간혹 예전의 고통스러웠던 순간을 그리워하는 자신을 발견해도 놀라지 않는다. 애도 작업이 끝났을 때도 얼마간 상실감이 느껴지므로, 마지막으로 힘껏 상실감을 끌어안는다.

오감을 열고 새로운 시도하기

자신의 감각을 처음 발견한 듯 경험해 본다. 하루 종일 소리만 들으며 다녀 보기, 코끝을 스치는 공기 냄새 맡아 보기, 맛난 음식이나 차 맛보기, 살갗에 와 닿는 바람결을 느껴 보기 등. 자신만의 감각으로 세상을 새롭게 발견해 가는 즐거움을 누려 본다. 매일 한 가지씩 새로운 일도 해본다. 새로운 사람 만나기, 낯선 공간 탐험하기, 새로운 문화 체험하기 등. 그 경험들이 우리를 만들어 나간다.

삶을 구조 조정하기

이번 기회에 자신의 역량이나 생의 자산 가치를 평가해 보고, 그것을 어디에 투자해서 어떤 이윤을 창출할 것인지 새롭게 기획한다. 생의 목표를 이전보다 한 단계 높은 가치를 향해 맞추고 비전과 정체성을 새롭게 포맷한다. 애도 기간에 받은 타인의 친절과 호의는 사회에 보답한다. 베푼 사람에게 곧바로 보답하면 상대방의 의도를 무화시키는 결과가 된다. 공동체에, 제3자에 도움을 줄 수 있다면 이미 우리 생이 더 높은 가치를 향해 나아가기 시작했다는 의미이다.

'젊음, 기쁨, 설레는 만남'

한 노인복지회관 현관에 커다랗게 걸린 슬로건이다. 70세, 80세가 되어도 우리가 원하는 것이 바로 저런 것임을 기억한다. 또 다른 상실을 무릅쓰고 새롭게 사랑하는 일이 우리를 자유롭고 강하게 만든다.

좋은 이별

초판 1쇄 발행 | 2012년 5월 1일
초판 29쇄 발행 | 2024년 3월 20일

지은이 | 김형경
펴낸이 | 김정숙
펴낸곳 | 사람풍경

등록 | 2011년 9월 20일 제 300-2011-167호
주소 | 110-719, 서울특별시 종로구 내수동 74번지 광화문시대 920호
전화 | 02)739-7739
팩스 | 02)739-6739
이메일 | sarampungkyung@daum.net

978-89-967732-4-5
978-89-967732-2-1 04800 (세트)

Cover Artwork by : David Hockney
"Still Life With Figure and Curtain" 1963
Oil on Canvas78×84"

Photo Credit: Steven Sloman